Florian Wilutzky

Helfende Hände

Florian Wilutzky

Helfende Hände

Um die Persönlichkeitsrechte einiger in diesem Buch vorkommenden Personen zu schützen, wurden Personen- und Ortsangaben verfremdet und manche Daten und Fakten verändert. Ähnlichkeiten mit lebenden oder bereits verstorbenen Personen sind nicht beabsichtigt und wären rein zufällig.

Bibliografische Information der Deutschen Nationalbibliothek: Die Deutsche Nationalbibliothek verzeichnet diese Publikation in der Deutschen Nationalbibliografie; detaillierte bibliografische Daten sind im Internet über http://dnb.dnb.de abrufbar.

Die automatisierte Analyse des Werkes, um daraus Informationen insbesondere über Muster, Trends und Korrelationen gemäß §44b UrhG („Text und Data Mining") zu gewinnen, ist untersagt.

Verlag: BoD · Books on Demand GmbH, In de Tarpen 42,

22848 Norderstedt

Druck: Libri Plureos GmbH, Friedensallee 273, 22763 Hamburg

ISBN: 978-3-7583-5767-1

Inhalt

Die sieben Sonnen des Daniel Dong

Unser Krankenhaus stand auf einer grünen Insel mitten in der Stadt, umgeben von hohen Bäumen, grünen Wiesen und der Poliklinik gleich nebenan. Man hatte es nicht weit, wenn man Hilfe brauchte. Und die Tür wurde Hilfsbedürftigen immer geöffnet, vierundzwanzig Stunden am Tag und alle sieben Tage der Woche. Von der guten Tradition profitierte auch die breite ländliche Umgebung der Stadt, darunter eine acht Kilometer entfernte Haftanstalt. Diese staatliche Einrichtung hatte zwar werktags ihren Gefängnisarzt, aber im Bereitschaftsdienst, nachts und an Sonn- und Feiertagen brachte die „grüne Minna" ihre Fahrgäste nur zu uns. Das war den Häftlingen natürlich wohlbekannt. Also wurde da öfter jemand im Bereitschaftsdienst krank oder versorgungsbedürftig, nur um mal „an die frische Luft" zu kommen.

Eines Abends brachte das bekannte Auto eine Neunzehnjährige aus ihrem verriegelten Quartier mit einer abgebrochenen Nähnadel in der linken Brust. Sie hatte sich das im Röntgenbild gut sichtbare fünf Zentimeter lange Metallteil so kunstvoll und tief in die Brust gedrückt, dass von außen nur noch ein winziger Einstich sichtbar war.

Die Nadel musste natürlich wieder raus. Und das erforderte bei den damals bescheidenen technischen Möglichkeiten viel Aufwand an Zeit und Geduld, wenn man große Schnitte vermeiden wollte. Anschließend musste die Patientin für einen Tag stationär aufgenommen werden. Das erforderte einen Wachmann vor der Zimmertür, der dann auch gerade noch verhindern konnte, dass die temperamentvolle Schöne in einem unbeobachteten Moment aus dem

1

Fenster sprang. Diese kleine Abwechslung hatte ihr offenbar gefallen, denn nach drei Tagen war sie wieder da mit einer noch größeren Nadel in der anderen Brustdrüse. Doch sie hatte wohl nicht bedacht, dass sich eine größere Nadel leichter extrahieren lässt. Umso kürzer dauerte das Happening. Nach zwei Stunden saß sie wieder in ihrer Zelle.

Eine andere Inhaftierte verschluckte mal ihre Zahnbürste. Das wurde mir zumindest eindringlich versichert. Heutzutage schaut man da mit dem Gastroskop nach und holt, falls vorhanden, den unerwünschten Mageninhalt heraus. Damals war aber das flexible Gastroskop noch nicht erfunden.

Mir blieb nur die Möglichkeit, die Patientin mit einem Schluck Bariumsulfatbrei zu durchleuchten. Das führte zu zwei Ergebnissen:

    1.   Der Bürstenschluck war echt und

    2.   Ich wurde zu einem der ganz wenigen Menschen der Welt, die eine Zahnbürste per Kontrastmittelaussparung in einem lebhaft arbeitenden Magen gesehen haben.

Ein unvergessliches Bild.

Die Zahnbürste bekam ich nur durch eine kleine Op. In die Hand. Die Patientin musste noch drei Tage im Krankenhaus bleiben und war damit ganz zufrieden. „Knast ist stinklangweilig", erklärte sie bei ihrer Entlassung,

„da muss man schon mal was tun".

Einem etwas anderen Interesse entsprach die chirurgische Behandlung eines Liebespärchens aus einer Kureinrichtung in unserer Nähe. Die beiden jungen Leute waren verheiratet, aber nicht miteinander. Sogenannte Kurschatten also.

An einem warmen Sommerabend in erholsamer Natur und hohem Gras zogen sie sich gegenseitig aus und ließen ihrer Lust und Liebe freien Lauf. In der Abenddämmerung hielt ein Weidmann auf der Pirsch das lebhafte Auf und Ab im Gras für einen hüpfenden Hasen und zielte mit Hasenschrot darauf.

Die Schrotkugeln aus Unterleib und Gesäßmuskulatur wieder heraus zu praktizieren war extrem zeitaufwendig und für die beiden Liebesleute keine willkommene Abwechslung. Auch auf die empfohlene stationäre Nachbehandlung verzichteten sie mit vielem Dank. Das spektakulärste Ereignis dieser Zeit bereitete uns ein älterer Häftling, der sich mit einer Glasscherbe die Pulsader am linken Handgelenk aufgeschnitten hatte.

Üblicherweise endet ja ein solches Vorhaben mit einem Fehlversuch, bei dem es auch ganz eindrucksvoll blutet, weshalb man nicht weiter und nicht tiefer schneidet. Dieser Patient aber hatte die Arterie wirklich eröffnet.

Daraus spritzte das Blut an die Decke und die Wände seiner Zelle und tropfte von der Decke herab und lief in der Stille der Nacht breitflächig langsam die Wände herunter. Das kam so auch in einer Strafvollzugsanstalt recht selten vor und versetzte das Aufsichtspersonal in helle Aufregung.

Mit zwei Notverbänden kam die Blutung nicht zum Stehen. Man klingelte hastig den Rufdienst und sogar den Anstalts-Chef aus ihren Betten. Und das war gut so, denn erst dem Chef gelang eine definitive Blutstillung mit einem ordentlichen Druckverband. Er fuhr auch gleich mit seinen Diensthabenden und seinem Häftling zusammen zu uns. Das machte mit Blaulicht und Sondersignal viel Furore in der Nacht.

3

Gut wenigstens für den Patienten, der schnell auf unseren Op.-Tisch kam. Aus chirurgischer Sicht war es ein schöner glatter Schnitt, der sich in Blutleere mit Nahtapparat leicht verschließen ließ.

Ich war guter Dinge und lobte einfach mal den Chef der aufgeregten Wachmannschaft für seinen fachgerechten Druckverband. Doch er und seine Getreuen kamen von ihrem Schrecken nur langsam los. Da kam der Patient noch eher in seelisches Gleichgewicht.

In diesem bunten Reigen lernte ich Daniel Dong kennen, den genialen Mathematiker und akribisch logisch denkenden Autisten. Wenige Tage nach dem aufregenden nächtlichen Intermezzo bat mich der Anstalts-Chef, "vielleicht mal" seinen Anstaltsarzt im Urlaub zu vertreten, und ich sagte nach einigen Zögern zu. Bei der ersten Sprechstunde hinter „schwedischen Gardinen" bekam ich das große Staunen. In dem äußerlich wenig versprechenden Bau gab es einen noblen Gesundheitstrakt mit supermodern eingerichteten lichtdurchfluteten Sprechzimmern und einer komplett eingerichteten Zahnarztstation. Dort konnte man als Häftling kostenlos eine umfangreiche Gebisssanierung in Anspruch nehmen. Man hatte ja meistens genug Zeit dazu.

Für die Allgemeinmedizin gab es die besten Geräte und die damals hochmodernen Karteitaschen zur Befund- und Verlaufsdokumentation. Auf dem Deckblatt dieser Taschen standen nach den Personalien der Patienten immer die Dauer, der Beginn und die Halbzeit der Haftstrafe. Der Grund der Inhaftierung stand jeweils am Schluss.

Zwei Jahre gab es z.B. für „unberechtigtes Führen eines Kraftfahrzeugs."

Das entsprach Schwarzfahren nach Fahrerlaubnisentzug.

4

Oder „Beleidigung." Das entsprach der Majestätsbeleidigung in früheren Zeiten. Oder „Gefährdung der sozialistischen Ordnung und Sicherheit."

Das entsprach öffentlicher Äußerung einer abweichenden Meinung zu politischen Statements.

Auf dem Deckblatt von Daniel Dong's Karteitasche stand „Staatsfeindliche Propaganda" und im Inneren "politisch fehlorientierter Autist." Dafür hatte er zwei Jahre Bau bekommen und noch nicht die Hälfte davon abgesessen.

Ich hatte von Daniel Dong noch nichts gehört und nichts gesehen außer was da geschrieben stand, und schon stieß mir dabei etwas auf.

Ein Autist macht keine Propaganda. Dieser Mann hatte verschwinden müssen, aber nicht wegen staatsfeindlicher Propaganda. Und er musste dieses Unrecht wahrscheinlich widerwillig ertragen. Die Formulierung „Staatsfeindliche Propaganda" war populär im Land. Man wurde zwar nicht gleich eingesperrt, wenn man mal im kleinen Kreis ein bisschen schimpfte, doch wer abweichende Gedanken von der Staatsdoktrin öffentlich äußerte, riskierte schon einen Platz in der Zelle.

Denn „Die Partei hat immer Recht", und da schweigt man lieber.

Der Klügere gibt nach.

Für Daniel waren Objektivität und Logik kein Grund zum Schweigen.

Sein Pech. Zur Ursache seiner Haftstrafe erklärte er mir später, dass auch er mit dem gebräuchlichen Slogan konfrontiert wurde „Du musst dich entscheiden, auf welcher Seite der Barrikade du stehst." Und er konnte das nicht nachvollziehen. Nach seiner Logik war die Barrikade ein Inbegriff von Spaltung der Gesellschaft. Er hatte als Autist zu allen Menschen gleichen Abstand, diesseits und jenseits einer Barrikade.

5

Seine Optimierungsberechnungen zielten daraufhin, den Erschwernisgrad von Barrikaden zu minimieren. Das sahen aber die Juristen ganz anders. Da wurde mathematische Logik zur Straftat. Denn was richtig und falsch bzw. Recht und Unrecht war, bestimmte die Partei. Barrikaden abbauen und Frieden schaffen war sträfliche Ketzerei. Seine „falsche" Auffassung von Barrikaden ähnelte auch meiner Denkweise. Ich möchte bei Patienten keine Unterschiede machen, z.B. ob drin im Knast oder draußen.

Daniels Vorgeschichte kannte ich noch nicht, doch ehe ich ihn gesehen hatte, war ich schon auf seiner Seite. Er kam anscheinend gelangweilt mit verschlossenem Gesicht ins Sprechzimmer. Aber seine Augen forschten lebhaft. Meine ebenfalls. Er war eigentlich nicht krank und hatte keine Beschwerden. Er war nur neugierig und voller Hoffnung auf den anderen Arzt. Deshalb hatte er Schmerzen und Symptome angegeben, die man objektiv nicht nachweisen kann.

Nierenkoliken und Brennen beim Wasserlassen. Wir waren uns per Blickaustausch schnell einig. Man wusste oder ahnte allenfalls, dass jedes Wort „in diesen heiligen Hallen" gefiltert und schon bei kleinen Schönheitsfehlern dem lauschenden Ohr der Staatssicherheit zu melden war. Und mindestens eine der freundlichen Sprechstundenschwestern war für diesen Job geschult und im Einsatz. Ein kurzes Zögern kam auf. Jeder von uns beiden wollte dem anderen den Vortritt für den Spielbeginn lassen. Ärzte müssen allerdings besser mit Worten taktieren können als Autisten. Und langes Zögern ist auch verdächtig. Also fragte ich ihn mit gespielter Gleichgültigkeit nach Befinden und Beschwerden, und er antwortete taktisch klug.

Wegen der Koliken musste eine Untersuchung in Seitenlage erfolgen. Auf der Liege konnte der Patient besser zwinkern und stumm

6

erzählen, ohne dass es jemand sah. Ich erklärte ihm, für jedermann hörbar, die Verdachtsdiagnose Harnwegsinfekt. Das erforderte einen Urinbefund, einige Labor-untersuchungen und Wiedervorstellung in zwei Tagen. Daniel Dong hatte von Medizin keine Ahnung aber manchmal gute Ideen.

Er mischte in seine Urinprobe unauffällig eine winzige Menge Blut und bestätigte damit in etwa, sichtbar und dokumentierbar, meine Verdachts-diagnose.

Ich verordnete ihm Nieren- und Blasentee sowie harndesinfizierende Tabletten und gab damit unserer Erstbegegnung eine solide Tarnung.

Doch von dem eigentlichen Sinn und Zweck dieses unüblichen Kennenlernens hatte ein jeder von uns beiden noch nicht mal eine klare Vorstellung. Daniel musste raus aus dem Knast. Aber wie? Bei meinem langen Grübeln wurde mir allmählich klar, dass so etwas nur mit der allmächtigen Partei ging.

Einen hohen Funktionär davon hatte ich schon mal bei einem Verkehrsunfall von der Straße weg mit Engagement und Glück zur schnellen und erfolgreichen operativen Versorgung seiner Unfallfolgen in die Universitäts-Augenklinik gebracht. Dafür ist er mir ewig dankbar und schickt mir Jahr für Jahr einen Neujahrsgruß. Jetzt mein einziger Lichtblick.

Auch Daniel hatte Pluspunkte gesammelt. Wegen seiner treffenden Voraus-berechnungen der Rentabilität von Investitionen und seiner untrüglichen Effektivitätsvergleiche für landwirtschaftliche Großbetriebe war die zentrale Plankommission auf das „Entwicklerkollektiv" aufmerksam geworden und wollte die tüchtigen Genossinnen und Genossen kennenlernen.

7

Ein passendes Argument. Damit verhalf die VIP in der Hierarchie der Apparatschiks ganz unbürokratisch der volksdemokratischen Justiz zur Flexibilität. Eine Woche später erfuhr ich bei der Wundversorgung eines Häftlings, dass „der komische Autist" aus dem Gefängnis nach Hause geschickt wurde. Daniel wusste, woher der Wind wehte, und wollte sich bei mir bedanken. So noble Geschenke verteilte Vater Staat sonst nur an Strafgefangene, wenn sie sich verpflichteten, für die Stasi zu spionieren. Das war mit Daniel nicht zu machen, doch auch ihm gewährte man die Freiheit nicht umsonst.

Er bekam drei Auflagen:

1.) Volle Verfügbarkeit für die Plankommission und ihre Gliederungen.

2.) Keinerlei Kritik an der Politik der Partei der Arbeiterklasse.

3.) Keine unerlaubte politische Tätigkeit.

Deshalb organisierte er einen diskreten Treff in einer Berggaststätte, wo sich Wanderer und Touristen trafen, unter denen wir nicht auffielen. Daniel war zuerst dort, sah mich kommen und kam mir entgegen.

„Hattest du eine gute Anreise?"

Als er merkte, dass ich überrascht war, fuhr er fort: „Wir haben mit Augenzwinkern Freundschaft geschlossen und können jetzt mit Wort und Tat weitermachen. Ich habe sonst keinen Freund. Nur dich".

Ich umarmte ihn spontan. Lange und stumm. So schnell wurde ich sein einziger Vertrauter, sein Leib- und Seelenarzt.

Er sprach wieder als erster: „Für uns ist ein separater Zweiertisch frei. Dort lässt sich gut reden".

Aber meistens redete nur er, der Autist. Typisch für ihn. Ein Arzt muss zuhören können. Damit waren unsere Rollen schon verteilt. Nach einigen verlegenen Dankesworten öffnete er sich locker und vertrauensvoll und erzählte mir an diesem und an den nächsten Tagen am selben Ort seine ganze Geschichte. Dabei holte er weit aus.

Sein Vater desertierte von der deutschen Wehrmacht, als diese den Balkan besetzt hielt, und schloss sich mit einer kroatischen Identität Titos kommunistischer Befreiungsbewegung an. Von der deutschen Militärgerichtsbarkeit wurden Deserteure besonders hartnäckig verfolgt und sofort liquidiert, wenn man sie fand. Auch nach dem Krieg verfolgten unauffällig und mafiös operierende fanatische Nazis weiterhin solche „Verräter", denen sie die Schuld am verlorenen Krieg gaben. Das korrelierte mit etlichen unaufgeklärten mysteriösen Todesfällen.

Der Vater versteckte sich als Jugoslawe einige Zeit in Österreich, fühlte sich aber dort bald nicht mehr sicher und nutzte eine Gelegenheit, als Gastarbeiter ins Ruhrgebiet zu gehen. Dort arbeitete er unbehelligt einige Jahre unter Tage und verdiente gut. Doch bald wurden auch in Deutschland wieder geheime SS- und andere „Kameradschaften" aktiv, die u.a. die Listen der Verräter abarbeiteten. Plötzlich gab es wieder unaufgeklärte mysteriöse Todesfälle. Der Vater wechselte unauffällig nach Ostdeutschland, wurde Mitglied der Einheitspartei, heiratete die junge Thailänderin, mit der er zusammen lebte, und nahm deren Namen an. Erst dann fühlte er sich vor seinen Verfolgern sicher. Der Staatssicherheitsdienst beobachtete ihn zwar, weil er aus dem kapitalistischen Westen kam, aber dafür gab es im Osten keine Neonazis.

„Meine Eltern führten eine harmonische, glückliche Ehe", fuhr, er fort.

9

„Obwohl ich Einzelkind blieb und meine deutsche Großmutter einst meinte, dass ich wohl deshalb manchmal verhaltensgestört wirkte, hatte ich eine unbeschwerte Kindheit. Als Mathe-Ass fiel ich erstmals in der dritten Klasse der Grundschule auf. An diesem Tag musste unsere Mathe-Lehrerin mitten im Unterricht dringend weg. Sie musste uns für eine Viertelstunde allein lassen und stellte uns eine Aufgabe: Wir sollten alle Zahlen von 1 bis 100 zusammenzählen. Wer zuerst fertig war, sollte eine Buchprämie bekommen.

Als sie gehen wollte, rief ich >fertig < und zeigte ihr das richtige Ergebnis. Es war eigentlich leicht erkennbar, dass diese Addition, vorwärts und rückwärts gezählt, aus 50 Zahlenpaaren besteht, immer mit der gleichen Summe 101.

Also: 1 + 100 = 101

2 + 99 = 101 usw.

Und 50 mal 101 = 5050 ist schnell im Kopf gerechnet."

Daniel berichtete das emotionslos wie eine Wasserstandsmeldung. Aus Bewunderung oder Lob und Tadel machte er sich schon als Kind nicht viel. Er erlebt seine ganz eigene Welt so, wie sie andere nicht wahrnehmen. Und er bekommt auf seine Art zu leben in einer totalitären oder liberalen Gesellschaft jeweils andere Reflexionen. Er zählte z.B. Die Anschläge der Kirchenglocke beim Läuten an unterschiedlichen Tagen und verglich sie. Oder er verglich die Anzahl von Radfahrern und Mopedfahrern pro Stunde auf der Dorfstraße und der Bahnhofstraße. Er war und ist immer beschäftigt. Und er steckt Schicksalsschläge relativ leicht weg. Sein Vater, der den Bedrohungen seines Lebens gut entkommen war, starb mit neunundvierzig Jahren einen Sekundenherztod durch Herzinfarkt, ohne vorher jemals ernsthaft krank gewesen zu sein, und ohne Vorankündigung. Das war für seine Mutter ein schwerer Schlag, und für ihn war die glückliche Kindheit vorbei. Er kam in das Internat einer sozialistischen polytechnischen Oberschule.

„Dort warf man mir unverblümt vor", berichtete er etwas erregt, „ein abartiger Sonderling zu sein. Man bewunderte mich als Mathetalent und belächelte mich als Eigenbrötler. Meine schulischen Leistungen und auch meine Noten im Sportunterricht waren immer gut bis sehr gut. Aber die so ausschlaggebenden „gesellschaftlichen Beurteilungen" strotzten von unwürdigen Bosheiten.

Die sozialistischen Pauker, die nichts anderes durften und konnten, als mir ihre sozialistischen Dogmen einzupauken, waren echt belastend.

>Der Mensch ist ein gesellschaftliches Wesen und kann sich nur im Kollektiv voll entwickeln<.

Und auch nur im Kollektiv kann ein fortschrittlicher Bürger seinen Fähigkeiten und seinen Bedürfnissen entsprechend, richtig arbeiten und leben."

Der Lehrmeinung nach musste jeder einem Kollektiv angehören, und möglichst einem „Sozialistischen Kollektiv".

In den Beurteilungen hieß es stets „Daniel ist nicht in der Lage und nicht bereit, sich in das Klassenkollektiv einzufügen".

Er erzählte weiter: „Auch der Klasse selbst wurde vorgeworfen, mich nicht ins Kollektiv zu integrieren. Integrationshilfen seitens der mir gegenüber schmalspurigen Pädagogen wurden gar nicht mehr erwogen. Nach anfänglichen frustrierenden Versuchen hatte man sich da keine Mühe mehr gemacht. Wegen eines Verrückten reißt man sich schließlich kein Bein raus. Die mir aufoktroyierten Kameraden und Freunde bedeuteten mir nichts. Ich hatte so viele Interessen und gedankliche Sphären, in denen ich beschäftigt war, dass mich da

11

Andere eher langweilten oder störten. Ich kam mit mir selbst am besten zurecht.

In der Klasse 11b2 der erweiterten Oberschule „Adolf Hennecke" kam erstmals eine der kuriosen Änderungen meines Daseins zustande, und zwar folgendermaßen: In der Schule versagte mehrmals im Jahr die Heizung.

Zur Winterzeit wurde es an solchen Tagen empfindlich kalt. Der Wartungsdienst fand die Ursache nicht. Es wurde viel herumgeschimpft. Einige Schüler fuhren einfach nach Hause und lösten dort herbe Kritiken der Eltern aus. Nach Feierabend testete die ganze Wartungsfirma alle Heizungen gleichzeitig und kam dabei ebenfalls zu keinem plausiblen Ergebnis. Das Heizkraftwerk bescheinigte Wärmeabgabe für den Strang, der auch die Schule versorgte, und der Zwischenspeicher für die Schule war aufgeheizt, aber in der Schule war es kalt. Doch kurz danach funktionierte die gesamte Heizung der Schule plötzlich von selbst wieder. Man lobte die Wartungsfirma für ihre gute Arbeit, und so schnell wie das laute Schimpfen aufkam, verflog der Ärger wieder. Bloß nach einigen Monaten war das gleiche Übel wieder da.

Ich hatte, wie schon gesagt, zu meiner Umgebung ein anderes als übliches Verhältnis. Ich ging mit Zahlen, Zeiten und Fakten intensiver um und vergaß nicht so schnell. So machte ich mir auch Gedanken über ein seltsam metallisch klingendes Geräusch, welches manchmal aus der Ferne zur Schule herüberschallte, und die Lautstärke einer großen Kirchenglocke hatte. Dabei fand ich heraus, dass die Heizungspannen in der Schule ganz regelmäßig auftraten, und dass das laute Klimpern in der Ferne immer am gleichen Tag ertönte. Zu jedem Quartalsbeginn. Das reizte meine Neugier. Bei der nächsten

Heizungspanne lief auch ich schnell mal weg und entdeckte die Schallquelle im zwei Kilometer entfernten Kfz-Instandsetzungsbetrieb.

Also wandte ich mich an einen ehemaligen Arbeitskollegen meines Vaters, von dem ich wusste, dass er in diesem Volkseigenen Betrieb arbeitete. Im VEB Kraftfahrzeuginstandsetzungswerk „Paul Greifzu" wusste man, woher die lauten Klänge zu jedem Quartalsbeginn kamen. Auf dem Werksgelände befand sich eine große Lackiererei mit drei Trockenkammern, die stark aufgeheizt wurden, wenn man sie in Betrieb nahm. Dafür brauchten sie extra starke Wärmezufuhr. Das und vielleicht auch die Lösungsmittel der Lacke bedingten ungewöhnlich schnellen Verschleiß der Rohranschlussdichtungen, die man deshalb vierteljährlich auswechselte.

Dabei wurden auch die an die Dichtungen angepressten Flansche leicht uneben und mussten auf einer Spezialvorrichtung mit einem schweren Hammer plangeklopft werden, zum Mithören für das ganze Stadtviertel.

Und für die offenen Rohre wurde nicht nur der direkte Anschluss zugedreht, sondern sicherheitshalber auch ein nicht mehr benötigter und immer offen stehender Hauptverteiler aus alten Zeiten. An diesem hing aber die Adolf Hennecke- Oberschule. Die hatte früher eine eigene Heizungsanlage und wurde vor etlichen Jahren an die Fernwärmeleitung angeschlossen. Damit das seinerzeit pünktlich zum Tag des Lehrers fertig wurde, hängte man sie einfach an den Hauptverteiler statt an den vorgesehenen Direktanschluss. Dieser sollte später erfolgen, war aber in den Jahresplänen des Kreises nie aufgenommen. Solche Vorhaben waren hinter Parteitagsinitiativen und

13

allen für den Sieg des Sozialismus wichtigen Programmen stets zweitrangig.

„First things must come first" galt auch hier.

Die gesonderte Wärmeleitung zur Schule geriet allmählich in Vergessenheit. Die gelegentlichen Heizungspannen waren schließlich im Vergleich zu den üblichen Pannen in Wirtschaft, Handel und Versorgung eher gering.

Immerhin war nun der Grund des Übels gefunden.

Für mich ging eine Sonne auf. Ich musste das nur noch publik machen, obwohl ich öffentliches Palaver nicht mochte und nicht konnte. Deshalb schrieb ich an die Chefsekretärin mit der Bitte um Weitergabe. Und dabei kam der Teufel ins Spiel. Auf meinem kleinen Briefumschlag war zu wenig Platz. Ich musste abkürzen. Danach stand bei der Adresse Adolf H. Das veranlasste den erfahrenen Chef, das Papier sofort zu schreddern, ohne es zu lesen.

Er bat mich aber in sein Büro und befahl mir regelrecht, den Namen der Schule nie wieder abzukürzen. Dabei fügte er leise an, mehr für sich als für mich, dass die Schule sich seinerzeit besser den Namen eines anderen Kämpfers für das Wohl der Menschheit hätte zulegen sollen, wie etwa Walter Ulbricht oder Joseph Stalin. Vollständigkeitshalber fragte er noch nach dem Inhalt des Schreibens, den ich ihm sofort erklärte. Doch er hörte schon nicht mehr hin. Das Telefon klingelte.

Er unterbrach mich freundlich: „schreib es auf und gib es meiner Sekretärin, damit ich es mir in einer freien Minute mal durchlesen kann".

Die freie Minute bekam er wohl nicht so schnell, und ich bekam langsam Unbehagen. Von Vaters Arbeitskollegen hatte ich das genaue

Datum des nächsten Dichtungswechsels in der Lackiererei erfahren und konnte nun den Termin der nächsten Heizungspanne voraussagen. Der war schon bedrohlich nahe. Doch wenn man mich als abartigen Sonderling nur mitleidig belächelte und der oberste Verantwortliche nicht reagierte, mussten eben die Tatsachen noch einmal überzeugen.

An besagtem Tag zog ich mich winterlich an und bekam wieder beißenden Spott zu hören. Aber nur bis es kalt wurde. Dann begann das große Staunen und danach das große Palaver.

Jetzt hätte ich die Dummies verspotten können. Stattdessen rief ich in der Lackiererei an und bat den Brigadier, uns nicht allzu lange frieren zu lassen. Er war überrascht und fiel aus allen Wolken.

„Gegen ein minimales Risiko kann ich den Hauptverteiler auch sofort öffnen", bot er an und schlug vor, dass wir uns kurzfristig treffen.

Gesagt, getan. In der Schule staunte man noch mehr und palaverte weniger. Für mich ging wieder eine Sonne auf. Bei unserem Treffen teilte mir der Brigadier ganz nebenbei mit, dass die Rohre für die Heißwasserzufuhr der Trockenkammern seiner Meinung nach zu eng sind und vielleicht auch das zu dem Manko der Dichtungsringe beiträgt. Ich berechnete ihm ein optimales Verhältnis zwischen Temperaturbedarf und Rohrdurchmesser. Das setzte der VEB sofort in die Tat um. Danach hielten die Dichtungen jahrelang. Mein Leben in der AH-Oberschule wurde erträglicher.

Der Direktor ließ sich nicht lumpen und verlieh der Klasse 11b2, aus welcher der Verbesserungsvorschlag für die Heizung kam, in einer festlichen Veranstaltung den Ehrentitel „Kollektiv der sozialistischen Arbeit".

Aus diesem aufgebauschten Stalinkult hielt ich mich raus. Dort mussten sich alle Lehrer „aus tiefstem Herzen" bei der Klasse 11b2

15

bedanken für deren „unermüdliche Arbeit zur Verbesserung der Heizungstechnik der ganzen Schule". Ich legte mich wegen Übelkeit und Erbrechen ins Krankenzimmer und hatte meine heimliche Freude, wieder mal einen Tag lang von Herdentrieb und Gruppenzwang frei zu sein. Meine Abwesenheit fiel nicht auf. Die gebauchpinselten Jugendfreunde fanden das auch ganz in Ordnung und entfalteten noch mehr sozialistisches Bewusstsein als sie schon reichlich hatten. Ehre wem Ehre gebührt und keine Ehre wem keine gebührt. Wer sich nicht ins Kollektiv einfügt kann erst recht nicht als Mitglied eines Kollektivs der sozialistischen Arbeit geehrt werden. Mir bedeuteten die Geldprämien und Urkunden und Kollektivmedaillen nichts. Für mich ging im Krankenzimmer wieder eine Sonne auf."

Daniel berichtete das mit sichtlicher Freude. Jetzt konnte ich einfach nicht mehr zuhören.

„Wie ist das mit deiner empfundenen Sonne? Gibt es davon mehrere? Hast du sie klassifiziert?"

Daniels Akribie ging über eine pauschale seelische Sonne weit hinaus. Er erlebte verschiedene Sonnen, von denen jede ihr ganz eigenes Licht strahlen lässt, welches auch seinen eigenen Schatten wirft, den man ahnen und fühlen kann.

Für ihn gibt es die Sonne der Erhabenheit und Güte, die Sonne des unbeugsamen Willens, die Sonne der göttlichen Ordnung und Gerechtigkeit, die Sonne der Kraft und Zuversicht und die Sonne der Zufriedenheit mit ständigem Sein und vergänglichen Schätzen.

„Mit unser aller Sonne am blauen Himmel sind das zusammen sechs."

„Ich habe sie nicht gezählt, aber du hast wohl Recht, wenn du das so siehst" antwortete Daniel.

„Die Sonnen scheinen nicht alle zugleich. Immer mal eine verschönt mir das Leben. Als Autist bin ich nicht gleich trostlos und verschlossen. Manche meinen, Autisten können nicht lachen. Da wäre ich die krasse Ausnahme. Es gibt bei uns viel Unsinn und entsprechend viele Witze, über die man lachen kann.

Zugegeben: Ich lache nicht mit anderen, sondern meistens alleine. Meine spätere Vermieterin sagte, dass sie manchmal hört, wie ich im Schlaf laut lache. Sie hat schon mal gefragt „lachen sie etwa über mich?"

„Gott bewahre mich davor", habe ich geantwortet und ihr die damaligen Witze erzählt, z. B. Ein Superkommunist lobt sein Himmelreich im Kreise seiner Spitzenfunktionäre.

„Der Kommunismus bringt uns ungeahnte Möglichkeiten. Da fliegen wir nicht nur zum Mond, sondern auch zur Sonne."

Einer seiner hohen Priester wagt den Einwand „das kann heiß werden".

Daraufhin der hochrangige Denker und Lenker: „Dann fliegen wir eben bei Nacht".

Oder eine wahre Begebenheit: Eines Tages stand an der Wandzeitung unseres Internats „Stalin unser Befreier von Butter, Speck und Eier".

Das wollte man mir in die Schuhe schieben, obwohl ich als völlig unpolitischer Mensch bekannt war. Eine Graphologin der Staatsanwaltschaft fand aus unseren Schriftproben einen anderen Schreiber dieses Sprüchleins raus, den man zu seinem Glück sofort in ein Heim für Schwererziehbare steckte. Seine gehirngewaschenen Mitschüler hätten ihn sonst womöglich zum Krüppel geprügelt. Aus dem Heim, einer baufälligen ehemaligen Fabrikantenvilla, konnte er nachts bequem aussteigen und in den Westen flüchten. Von dort schrieb er eine Postkarte an die Schule mit freundlichen Grüßen und besten Wünschen für wenig Erfolg beim Politparolen Pauken und baldige gute Besserung. Euer schwer erziehbarer Aussteiger. Wie zu erwarten bekam Daniel fachlich gute Abiturnoten und „gesellschaftlich" eine schlechte Abschlussbeurteilung. Damit konnte man üblicherweise nicht studieren. Doch Daniel war ein Arbeitersohn. Sein Vater hatte unter Tage gearbeitet. Damit wurde Studieren für ihn geradezu eine Pflicht.

Der höchstmögliche Prozentsatz von Arbeiter und Bauern-Studentinnen und -Studenten an den Universitäten des Arbeiter und Bauernstaates hatte absolute Priorität. Das Mathestudium wurde für Daniel ein paradiesisches Vergnügen. Er schwelgte in der Sphäre der Objektivität und Logik und freute sich auf jede Vorlesung und jedes Seminar. Im fünften Semester war er auf Teilgebieten schon versierter als seine akademischen Lehrer und half diesen bei der Arbeit. Ein Professor gestand ihm unter vier Augen, dass er nicht wüsste, was er ihm noch beibringen kann. Der umtriebige Student analysierte alles, bis an die Grenzen des Denkbaren. Er kritisierte z.B. den Urknall vor vierzehn Milliarden Jahren, der sich zwar mathematisch berechnen aber physikalisch nicht definieren lässt.

Ihn beschäftigten davon drei Versionen:

1.)   Vor dem Urknall war nichts. Energie, Materie, Raum und Zeit entstanden erst mit dem Knall. Energie korreliert mit Materie, Materie bedingt den Raum, Raum und Zeit bedingen einander. Wenn also wer oder was die Welt erschaffen würde keine Zeit dafür hätte, konnte der Urknall nicht stattfinden. Vor vierzehn Milliarden Jahren war dann die Zeit gekommen. Dass allerdings das Material für

18

sämtliche Galaxien im Kosmos aus dem Nichts daher geknallt kam, darf bezweifelt werden. Es wird aber ernsthaft diskutiert.

2.) Vor dem Urknall war etwas, denn von nichts kommt nichts, und wo nichts ist kann nichts knallen.

3.) Der Urknall ist eine Gedankenstütze, eine Gehhilfe für vergebliche Gedankengänge an den Grenzen unseres Denkvermögens. Den Zeitpunkt eines virtuellen Urknalls kann man anhand der Daten des expandierenden Universums rechnerisch ermitteln. Damit ist jedoch das Ereignis nicht bewiesen.

Die großen Protonenbeschleuniger bringen uns neue Erkenntnisse über die subatomare Struktur der Materie. Das hilft uns vielleicht bei der Suche nach dem Ursprung der Welt. Aber des Rätsels Lösung ist es nicht.

Dafür haben wir eine Fülle von neuen Theorien, und die sind ebenso interessant wie die bisherigen, und gleichfalls nicht bewiesen. Das Paradestück, das Weltall mit seinen Milliarden Milchstraßen und Milliarden Sternen pro Milchstraße sei aus einem Substrat entstanden, das in einen Fingerhut passt, ist einfach gedacht und lässt die Frage nach der Herkunft des Fingerhutsubstrates wiederum offen."

Daniels Fazit: Die Zeit steht fest aber was da geknallt hat ist rein hypothetisch. „Dafür fehlt uns das Begriffsvermögen, wenn überhaupt irdische Intelligenz dazu passt. Vielleicht kommt es noch. Kommt Zeit kommt Rat.

Wer das Pulver erfunden hat ahnte noch nichts von Atomkraft. Man kann sich immerhin vorstellen, dass künftige Generationen mit mehr Wissen und Verstand der Wahrheit näher kommen und dann ihre Vorfahren, die an Donnergott und Urknall glaubten, ebenso in die

Geschichte einordnen wie beispielsweise Neandertaler oder Urmenschen, die noch weniger oder gar nichts glaubten."

Für Politik war Daniel auch während seines Studiums nicht zu begeistern. Er hielt sich da weiterhin raus, so gut es ging. Er sah da nur Stimmungsmache, trügerisch, vergänglich und eher gut für unlautere Absichten, Feindbilder und Kriege.

Die Politik der Diktaturen fand er besonders typisch. Die halten sich für alternativlos und ewig. Doch das tausendjährige großdeutsche Reich z. B. existierte zwölf Jahre.

Und die DDR, welche den Kommunismus als die leuchtende Zukunft der ganzen Menschheit versprach, war nach vierzig Jahren pleite.

Daniel vertraute nur der Mathematik als Inbegriff der Objektivität, Wahrheit und Gerechtigkeit. Allerdings war er dabei mitunter ziemlich arglos.

Ich musste ihn oft daran erinnern, dass in der Diktatur andere Wahrheiten gelten und anderes Recht. Deshalb gehört zu jeder Diktatur eine straffe Strafjustiz mit politisch passenden Juristen. In solchen Systemen programmgesteuerter Obrigkeiten gerät man schnell mal hinter schwedische Gardinen.

So auch Daniel. Er kam nur schnell wieder hervor, weil andere Obrigkeiten desselben Systems an seinen Diensten sehr interessiert waren.

„Die Partei liebt mich nicht, aber sie braucht mich", kommentierte er das.

Nach seinem exzellenten Saatsexamen wurde Daniel von der Absolventenlenkung einer Plankommission für landwirtschaftliche Großbetriebe zugeteilt.

Dort erwartete man von ihm nicht viel. Er sollte die Ergebnisse von Fruchtfolgen auf unterschiedlichen Böden statistisch aufarbeiten, und er sollte die Erträge nach den aktuellen Anbauvorschriften einschätzen. Daniel aber orakelte nicht, er rechnete, zielstrebig und sicher. Dafür zog er alle verfügbaren Daten und Fakten heran, auch die „nebensächlichen", die man sonst kaum beachtete.

„Im Detail steckt nicht nur der Teufel", sagte er gern, „sondern immer die ganze Wahrheit. Man muss sie nur erkennen können oder berechnen."

Daniel schwelgte gern in der Welt der Details. Er gruppierte sie, verglich sie, ordnete sie nach Gesichtspunkten oder variablen Mustern. Er weihte mich manchmal in seine Gedankenwelt ein, doch ich konnte ihm nicht immer folgen. Eine erstaunliche intellektuelle Welt, in der er meisterhaft agierte. Er ging mit den Zahlen um wie ein Hirte mit seiner Herde, in seinem Büro, bei der Plankommission und zu Hause im stillen Kämmerlein. Er war einer der wenigen Glücklichen, bei denen Beruf und Hobby übereinstimmten. Mit seiner Veranlagung zu extremer Genauigkeit erzielte er treffsichere Prognosen z.B. für die Rentabilität von Investitionen oder die Wirksamkeit von Maßnahmen zur Steigerung der Ernteerträge.

Er konnte präzise berechnen, was sich lohnt und was sich nicht lohnt. Qualitativ und quantitativ. Das verschaffte ihm Anerkennung und Respekt.

Doch politische Einflussnahme auf mathematisch fundierte Planung empörte ihn. Deshalb hatte er zu Parteifunktionären und Ideologen ein zeitweilig problematisches Verhältnis. Man ließ ihn aber gewähren, solange er sich ruhig verhielt. Und ruhig bleiben ist die Tugend der Autisten.

21

Bei seinen rechnerischen Analysen alles möglichen stieg Daniel Dong allmählich dahinter, dass bei Sozialismus und politischer Ökonomie etwas im Argen lag.

Je mehr er in der alltäglichen Praxis zu tun hatte, desto klarer wurde sein Blick für die Unstimmigkeiten in diesem Gefüge. Erst zögerlich aber bald ungehemmt teilte er mir seine neuen Erfahrungen mit.

„Sozialismus ist Irrglaube und Diktatur zusammen. Die wenigen sozialen Pluspunkte wiegen die Gewaltherrschaft über alles Denken und Tun nicht auf. Ein solches System bringt Land und Leuten wenig Gutes und ist auf Dauer instabil." Oh Gott! Mein Schützling begab sich mit seinen Gedanken schon wieder auf dünnes Eis.

Für solche Fährnisse hatte er überhaupt kein Gespür.

Und er fuhr fort: „Zeitgeschichtlich gesehen gehören Sozialismus und Kommunismus zu den Grundleiden unserer Epoche."

Ich musste ihn ermahnen. „Sieh bloß zu, dass du der Diktatur nicht ins Fettnäpfchen trittst."

Meine Besorgnis spürte und verstand er. Aber er wandte den Blick nicht mehr ab von der Kluft zwischen Propaganda und Wirklichkeit. Mit der Zeit fand er dafür zahlreiche, mitunter bizarre Bestätigungen. Auch aus weiter Vergangenheit. In guten alten Zeiten. Zum Beispiel galt die Ukraine mit ihrer fruchtbaren Schwarzerde als die Kornkammer Europas und exportierte regelmäßig Weizen nach Westeuropa. Unter der Sowjetmacht hätte das Land die Kornkammer der Sowjetunion werden können. Aber im Sozialismus wurde auch die Ukrainische Landwirtschaft verstaatlicht bzw. kollektiviert und zur Kommandowirtschaft umfunktioniert. Die Folgen davon waren verheerende Hungersnöte, welche die Kommunistischen Machthaber

22

veranlassten, u.a. amerikanischen Weizen zu kaufen, den sie mit purem Gold bezahlen mussten.

Das waren jedoch Einzelaktionen, welche die Welt aufhorchen ließen, aber nur begrenzte Zeit halfen. Ihre regelmäßigen wirtschaftlichen Defizite glich die Sowjetunion ganz unspektakulär durch „Handel" mit ihren Vasallenstaaten aus. Dabei stand die DDR an erster Stelle.

„Der Exportplan in die Sowjetunion" hatte im sozialistischen Teil Deutschlands oberste Priorität und war wichtigster Inhalt des „Bruderbundes".

Durch diese Versorgungsader des größten Landes der Erde floss gleichmäßig und in flottem Tempo eine breite Palette brüderlicher Geschenke und im Rahmen der „Deutschsowjetischen Freundschaft" zu Freundschaftspreisen bezahlte gute Gaben, von aufbereitetem Uranerz über tausend Dinge des täglichen Bedarfs bis zu den besonders willkommenen landwirtschaftlichen Produkten.

Damals rollten die Weizenzüge mit über achtzig Achsen in die Gegenrichtung. Von Ostdeutschland via Ukraine nach Moskau.

So kamen Daniels Optimierungsberechnungen besonders vielen Menschen zugute. Doch mit ihrer Befreiung vom Sozialismus erhielten diese auch die Möglichkeiten wieder, sich selbst zu ernähren.

In Daniels lebhafte Denkvorgänge schlichen sich beim Gruppieren der Gesichtspunkte im stillen Kämmerlein ganz allmählich weitere ketzerische Gedanken ein. Wie er auch immer rechnete - er kam stets zu demselben erschreckenden Resultat:

Die Partei der Arbeiterklasse und der Arbeiter und Bauernstaat sind mittelfristig nicht mehr da. Einfach weg. Himmel und Hölle! Das wurde echt aufregend.

23

Aber nur im stillen Kämmerchen. Im sozialistischen Alltag lief alles wie gewohnt. Das Politbüro des ZK der SED, der Rat der Götter, hatte zwar Informationen über erste Zerfallserscheinungen ihrer Traumwelt, doch die greisen Herrscher über Staat und Volk, von denen manche noch Ernst Thälmann kannten, ließen sich ihr Wohlergehen etwas kosten.

Sie stockten einfach die ohnehin teure Stasi um die Hälfte auf und fühlten sich damit fest im Sattel, blind und taub für die Wirklichkeit.

Auch Daniel machte weiter wie gewohnt. Aber mit offenen Augen und Ohren. Dabei überraschte ihn ein sonderbares Erlebnis, ungewöhnlich und seltsam.

Er bekam eine Einladung der Zentralen Plankommission zu einer Arbeitsbesprechung. Er ganz allein.

Empfangen wurde er auch nicht von der Kommission, sondern von einem freundlichen Herrn mittleren Alters, ebenfalls allein. Höflich, gepflegtes Outfit, modischer Anzug ohne Parteiabzeichen. Er führte Daniel routiniert, als wäre er dort zu Hause, in den großen Saal des Hauses, komplimentierte ihn an einen Tisch in der Mitte des Saales, der sich nicht belauschen ließ, stellte sich mit Nachnamen vor und dann: „Ich arbeite beim Ministerium für Staatssicherheit".

Dabei zeigte er Daniel seinen Dienstausweis.

Als Daniel sich vorstellen wollte, winkte er ab. „Ich kenne sie von unseren Fotos und Berichten her. Ich bin aber nicht dienstlich hier, sondern ganz privat."

„Dann ist das also auch für mich hier ganz privat", parierte Daniel.

„Ja, wenn sie so wollen. Ich möchte ihnen also wegen ihrer nicht gerade DDR-freundlichen Gesinnung und Arbeitsweise keine Schwierigkeiten machen. Ich möchte sie nur um etwas bitten. Dazu gehört allerdings unser gegenseitiges Versprechen absoluter Verschwiegenheit über unsere Gespräche und alles Drum und Dran. Einverstanden?"

„Einverstanden."

„Wir müssen Anfang nächster Woche weiterreden. Passt ihnen Dienstag 15 bis 17 Uhr?"

„Mittwoch zur gleichen Zeit passt."

„Gut, dann hole ich sie von ihrer Wohnung ab."

Für den einsamen Daniel war das alles ein bisschen viel. Deshalb kam er vor diesem Termin zu mir und erzählte mir das alles haargenau. In solchen Sachen war er unbeholfen und bei mir gut aufgehoben.

„Du hast vielleicht einen Pakt mit dem Teufel geschlossen und kommst da schon nicht mehr raus", erklärte ich ihm.

„Pass gut auf, dass du dabei nicht anderen Menschen schaden wirst. Soweit mag das noch entschuldbar sein."

Pünktlich 17 Uhr hielt ein Jeep mit Fahrer und Armeekennzeichen vor Daniels Wohnung.

Sein Gesprächspartner stieg aus, begrüßte ihn kurz und platzierte sich und ihn auf dem Rücksitz.

„In diesen Zeiten kann man sich kaum noch unbehelligt unterhalten", eröffnete er das Gespräch. „Dazu habe ich nur noch meine Jagdhütte. Mein Fahrer ist als Geheimnisträger extra verpflichtet und zuverlässig."

Das beiderseitige Schweigeversprechen hatte also auch schon einen schweigenden Mitwisser.

Daniel fragte „sind sie Jäger"?

„Ja, wenn Zeit dazu ist. Aber heute bleibt die Flinte im Schrank. Heute geht es um mehr."

25

Die Unterhaltung schien spannend zu werden. Die Jagdhütte war groß und komfortabel eingerichtet, ausreichend für eine fünfköpfige Familie auf unbegrenzte Dauer. Von der Küche her kam Kaffeeduft, und alle Räume waren beheizt. Der Gastgeber bot Daniel Platz in einer bequemen Sitzecke an. Offenbar war er ein hochchargierter Typ. Er schien jedoch leicht verlegen.

„Unsere aktuellen Informationen laufen immer deutlicher darauf hinaus, dass es mit der DDR zu Ende geht. Ich habe einen Fahneneid auf die Republik geschworen, und am siebenten Oktober wird mich Erich Honecker zum Generalleutnant befördern. Dabei werde ich feierlich erklären: „Ich diene der Deutschen Demokratischen Republik!

Aber ich kann die Augen vor ihrem Untergang nicht verschließen. Der Sozialismus hat sich nicht bewährt. Das kann man nicht mehr ändern. Ich kann aber auch nicht tatenlos zusehen, wie alles vor die Hunde geht. Da muss etwas getan werden. Wie sehen sie das?"

Daniel entwickelte, ebenfalls verlegen, sein Denken und Tun dazu. Der General war überrascht. So viel hatten seine Informanten nicht herausbekommen. Er stand auf, holte eine Flasche Courvoisier und zwei Gläser aus der Schrankwand, und schlug fest und freudig vor: „Das trifft sich gut. In dieser Sache sind wir bestens beieinander. Das müssen wir begießen. Ich heiße Heiko."

Daniel zögerte nicht lange, trank mit dem heiteren Heiko, und erwiderte ihm „meine Personalien hast du ja schon. Prosit! Von mir kannst du allerdings nur Mathematik erwarten. Dafür aber in höchster Qualität."

„Das ist es ja, weshalb ich dich gesucht habe. Darauf können wir gleich noch einen trinken. Ich weiß, wie gut du für laufende Prozesse

26

Prognosen stellst. Kannst du mir annähernd einen Zeitpunkt bestimmen, an dem unser Vater Staat sich verabschieden wird?" „Das ist rechnerisch möglich. Aus jetziger Perspektive wird es in ca. vierzehn Monaten sein. Der Kollaps wird plötzlich kommen, wie ein verzögerter Konkurs. Wenn wir dem Endstadium noch etwas näher kommen, kann ich das genau präzisieren."

„Wir müssen also in Verbindung bleiben, auch wenn das deiner autistischen Mentalität nicht imponieren mag. Es ist wichtig. Ich muss den Todestag der DDR wissen. Vor allen anderen!"

Sie tranken den zweiten Cognac im Stehen und gingen raus. Der Fahrer war, wie auch sonst üblich, im Auto geblieben und hatte das Gelände überwacht. Bis auf zwei Kaffeepausen. Dafür bekam er, wie gleichfalls üblich, eine Flasche Cognac mit nach Hause.

Irrig und Kurios: Zur selben Zeit als ein Politbüromitglied vor der UNO-Vollversammlung am New Yorker East River über den endgültigen Sieg des Sozialismus referierte, hatte Daniel Dong mathematisch korrekt den Untergang des Sozialismus formuliert und dazu ein annähernd genaues Abschlussdatum errechnet. Ihm lächelte dabei die Sonne der Kraft und Zuversicht.

Zum ersten mal überhaupt beschloss er, ein mathematisches Resultat geheim zu halten. Und sein neuer Freund Heiko war da ganz auf seiner Seite. Heiko hatte ihm auch seinen Schutz angeboten, falls er, der eigenwillige Autist, doch noch mal der Staatsmacht ins Fettnäpfchen treten und in die Fänge der Justiz geraten würde. Dazu hatte Heiko ihm eine geheime Notrufnummer gegeben. So arbeitete Daniel weiter wie bisher und wie alle anderen um ihn herum. Dabei stolperte er auch weiterhin darüber, dass bei Wahlen in der DDR stets ein Ergebnis von 99,9 Prozent für die jeweils aufgestellten alternativlosen Kandidaten zustande kam.

Für Daniel war das eine Farce und signifikantes Merkmal einer Diktatur. Er aber wollte reale Zahlen. Auch für die Zustimmung oder Ablehnung der Wähler bezüglich Beschlüssen, Maßnahmen oder Personen. Dieser subjektive Faktor, im Funktionärsjargon auch „Stimmungen und Meinungen der Mitarbeiter", wirkte sich nachweislich auf die Arbeitsproduktivität aus, und diese spielte auch bei Daniels Optimierungsberechnungen eine wichtige Nebenrolle.

Im Magdeburger Schwermaschinenbau z.B. war die Arbeitsproduktivität am Montag nach einem gewonnenen Heimspiel des FC Magdeburg um 2 Prozent höher als im Durchschnitt.

Dieses subjektive Pro, insbesondere die Zustimmung der Bevölkerung zu den jeweiligen Fünfjahrplänen, verwendeten die obersten Planer im Staate ganz ähnlich, natürlich in der gültigen Höhe von 99,9 Prozent. Und damit waren entsprechende Defizite in der Planerfüllung schon vorgesehen.

Doch das war kein Grund zur Beunruhigung. Zur sozialistischen Staatsführung gehörte auf allen Ebenen das unverzichtbare Element „Agitation und Propaganda", umgangssprachlich Agitprop.

Damit konnte man eine Kluft zwischen Planziel und Planerfüllung wie auch andere Unebenheiten locker ausgleichen. Die Ökonomen in der Planwirtschaft konnten aber nur mit dem weiter wirtschaften, was tatsächlich erwirtschaftet wurde. Und dafür schauten sie auch gern mal auf Daniels Prognosen für die Jahresetappen des laufenden Fünfjahrplans. Daniel arbeitete nur mit glaubhaften Zahlen. Deshalb waren seine Prognosen so treffend und er so gefragt.

Unaufgefordert und mit viel Geschick und Glück verschaffte sich Daniel Versammlungsprotokolle und Abstimmungsergebnisse der

28

Mitglieder mehrerer Landwirtschaftlicher Produktions-genossenschaften und arbeitete diese rechnerisch auf. Im Sozialismus galt das schon als Straftat, denn die Protokolle lagen mit Geheimhaltungsstufe in verschlossenen Schränken und waren nur wenigen ausgewiesenen Personen zugänglich. Mit seinen Ergebnissen kam Daniel, unabhängig und unverbindlich, für die Rubrik Landwirtschaft des Fünfjahrplanes zu anderen erreichbaren Zielen als die bereits formulierten.

Das grenzte schon fast an Hochverrat. Er hatte seine Rechenergebnisse niemandem mitgeteilt und nirgendwo propagiert, aber sie waren allen zugänglich. Wenn damit jemand zur Staatsanwaltschaft ging, musste diese reagieren.

Ich riet ihm, seine Notrufnummer zu kontaktieren.

„Der gewünschte Teilnehmer ist zur Zeit nicht erreichbar", erklärte eine freundliche Telefonistin am anderen Ende des geheimen Drahtes.

„Für dringende Terminsachen hinterlassen sie bitte Namen und Adresse. Wir rufen zurück."

Statt des Rückrufes kam ein Streifenwagen der Volkspolizei vor Daniels Haustür. Zwei Polizisten forderten ihn freundlich aber bestimmt auf, mitzukommen „zur Klärung eines Sachverhaltes". Sie fuhren mit ihm zu einem Richter im Kreisgericht.

„Gegen sie läuft ein Ermittlungsverfahren wegen subversiver Schädigung des Fünfjahrplanes, den unsere marxistisch-leninistische Partei auf unserem Parteitag ordentlich beschlossen hat, und wegen Sabotage der Arbeit einer staatlichen Instanz. Wegen der Schwere ihrer abscheulichen Straftaten ordne ich ihre sofortige Untersuchungshaft und eine polizeiliche Durchsuchung ihrer Wohnung an. Wenn sie hier gleich ein Geständnis ablegen, können sie

29

ihre Haftbedingungen verbessern. Ich frage sie: gestehen sie ihre Straftaten?"

„Mit ihnen rede ich nicht."

„Das werden sie bereuen. Wir bringen sie schon zum Reden. Bei uns haben bisher alle geredet."

Er winkte zwei „Behördenangestellte" vom Strafvollzug herbei, die schon bereit standen, Daniel an den Armen packten und zur Weiterfahrt in die grüne Minna traktierten. Nach dem öden Aufnahmeritual kam es im Zellentrakt des Gefängnisses zu einer heiteren Begegnung. Ein Mitgefangener aus seiner ersten Inhaftierung kam lachend auf ihn zu. Er hatte den merkwürdigen Rechenkünstler sofort wiedererkannt.

„Das trifft sich ja gut! Ich bin auch Wiederholungstäter. Habe wieder Autos geklaut und Pech gehabt. Beim fünften mal ist was schief gelaufen. Hast du auch was geklaut?"

„Noch schlimmer. Ich habe den Fünfjahrplan kritisiert. Aber das ist eine lange Geschichte. Die erzähle ich dir Morgen."

Doch schon am Abend nach diesem Wohnungswechsel wurde Daniel in das Dienstzimmer vom Chef des Hauses geholt. Darin saß breitbeinig, wuchtig und zurückgelehnt hinter dem Schreibtisch der diensthabende Stellvertreter des Chefs. „Sie sind entlassen. Gegen sie ermitteln wir zur Zeit nicht."

Dieser Auftritt rührte Daniel genau so wenig wie seine Verhaftung am Vormittag. „Können sie mir bitte ein Taxi rufen?"

„Wir spielen hier nicht wünsch dir was, und sie haben hier nichts zu verlangen. Sie folgen jetzt den Weisungen des Postens neben ihnen und verlassen das Objekt auf kürzestem Weg."

Daniel zeigte diesem stupiden Breitbein nur noch einen Blick der Verachtung, nahm seinen Entlassungsschein vom Tisch, drehte sich auf dem Absatz um und verließ wortlos den Raum. Es war schon dunkel. Nicht weit vom Gefängnistor im trüben Lampenlicht schlenderte eine junge Frau unauffällig aber aufmerksam herum und wartete offensichtlich auf den Entlassenen. Ihrem Outfit nach und ihrer Art zu schlendern konnte man sie locker dem illegalen Straßenstrich der DDR zuordnen.

Sie war da, rechnerisch logisch gedacht, auch nicht von ungefähr. Entweder hatte sie einen Insider-Tipp aus dem vergitterten Haus bekommen oder die kurz zuvor eingeschalteten Scheinwerfer vor dem großen Tor hatten sie angelockt.

Sie sprach Fachjargon. „Na mein Hübscher? Lange keine wahre Liebe gehabt? Mit mir kannst du viel nachholen. Wollen wir deine Freiheit feiern? Ich mache dir einen guten Preis."

Dabei kuschelte sie sich, versiert und ungehemmt, ein bisschen an ihn ran. Daniel hatte es mit der wahren Liebe nicht so eilig. Ein Taxi wäre ihm am liebsten gewesen. Vielleicht konnte sie ihm dabei behilflich sein.

„Kein Problem. Dein Taxi habe ich dabei." Sie nahm seine Hand und zog ihn über die Straße zu einer stattlichen Limousine.

Alle Wetter! Daniels Logik eröffnete ihm plötzlich einen ganz anderen Zusammenhang der Dinge. Anschaffen mit Auto war in der DDR nicht üblich.

So etwas wusste auch ein Autist. Und gleich so ein Luxusschlitten - echt unwahrscheinlich. Dahinter steckte eher sein mächtiger Freund Heiko, der trotz Abwesenheit so viel Befehlsgewalt entfalten konnte, und mit Hilfe des schönen Autos und der schönen Fahrerin noch etwas

31

mehr von dem ihm so wichtigen Mathematiker wissen wollte. lm Auto sah sich Daniel aufmerksam um. Dabei fiel sein Blick auf eine Armee-Taschenlampe in der Seitentasche der Fahrertür, die er schon in Heiko's Jeep gesehen hatte, und die es nicht zu kaufen gab. Noch ein Punkt für General Heiko.

Man konnte sein Ministerium um diese clevere Mitarbeiterin in Topformat echt beneiden. Von nun an erzählte Daniel der gesprächigen Sicherheitsnadel nur noch, was der General hören sollte, und nichts anderes. Der Heimweg war lang und bot zum Erzählen viel Zeit. Aus den beiläufigen Zwischenfragen seiner Fahrerin analysierte der Autist spielend einen perfekten auf den Zweck zugeschnittenen Fragespiegel. Sie bestätigte ihm damit endgültig ihren Auftrag.

Daniel machte das Spielchen mit und erleichterte ihr die Arbeit, ohne dass sie es bemerkte. So clever wie sie war er allemal. In Daniels gemütlichem zu Hause, bei Kaffee und Pralinen, schob sich das heikle Versprechen von der wahren Liebe wieder in den Vordergrund. Sie kuschelte nicht mehr und wartete, wie er sich verhalten würde. Und er ließ sie nicht lange warten.

„Ich muss dir leider gestehen, dass ich HIV-positiv getestet bin, und da trotz allem, was man tun kann, ein gewisses Ansteckungsrisiko besteht."

Ein praktikabler Befreiungsschlag. Die geschulte Geheimagentin gab ihr einstudiertes Sprüchlein des Bedauerns zum besten und beruhigte ihn mit dem Slogan, dass Kavaliersdelikte durchaus entschuldbar sind. Sie hatte sich in der Wohnung genügend umgesehen und machte sich in aller Freundschaft und ohne viele weitere Worte wieder auf den Weg. Daniel hatte sie trotz allem wie ein großzügiger Freier reichlich belohnt. Wer wen mehr veralbert hatte war nun ganz egal.

32

Ende gut, alles gut. Bei ihrem nächsten Treffen an einem anderen Ort, unsichtbar und abhörsicher, scherzte der General: „Du bist mir vielleicht ein Schlitzohr. Das mit dem AIDS hat dir unsere Mitarbeiterin im Außendienst wirklich geglaubt. Und die schönen Kindermärchen, die du ihr gesteckt hast, vielleicht auch. Aber die waren ein bisschen zu durchsichtig."

„Und du hättest mir einen gemächlichen Taxifahrer schicken können, statt so eine heiße Braut. Die war ein bisschen zu echt und zu schick."

Doch deshalb hatten sie sich nicht getroffen. Es gab Neuigkeiten. Die wirtschaftlichen und politischen Ungereimtheiten, Land auf, Land ab, ließen das Volk schon aufbegehren, im Politbüro herrschte plötzlich Uneinigkeit, und Erich Honecker hatte ein fortschreitendes Krebsleiden. Alles wurde brenzliger. An brüderliche Hilfe von Seiten der Großen Sozialistischen Sowjetunion war nicht zu denken. Im Gegenteil. Die konsequenten Freunde mit ihrer ebenfalls maroden Planwirtschaft bestanden auf ihren gewohnten Forderungen. Dabei durfte es auch etwas mehr sein bei den permanenten Versorgungsengpässen, die schon bedrohlich wurden. Auch die pünktlichen Reparationszahlungen und die ständige Bereitstellung von Arbeitskräften aus den sozialistischen Ländern, z.B. für den Bau von Erdgas-Pipelines, konnten die kranke Wirtschaft nicht retten und das Platzen der großen sozialistischen Seifenblase nicht verhindern.

Heiko drängte umso mehr auf die ihm so wichtige Präzisierung des „Endtermins". Die Berechnungsstrecken splitterten sich jedoch auf.

Eine Hauptstrecke war Grenzöffnung und Reisefreiheit.

Rasche Annäherung an die BRD war bereits in Sicht, und eine von Heikos Hauptabteilungen hatte bereits aufgeklärt, dass der gewitzte Franz Joseph Strauss seinen Weidgenossen Erich Honecker mit

33

Krediten über den Tisch ziehen will. Zugleich schwappten politische Wellen von West nach Ost, die Daniels Berechnungen störten. Dann endlich wurde sein Stasigeneral deutlicher.

Es ging um finanzielle Transaktionen. Damit hatte Daniel neue und greifbare Ansätze.

In dem entscheidenden aller Treffen gab Daniel seinem geheimen Freund einen genauen Tipp. Von da an transferierten Heiko und zwei Mitverschworene Devisenbestände von Ministerien, die ihnen zugänglich waren, auf ein Konto, über das vorübergehend nur die Drei verfügen konnten. Das durfte nicht auffliegen und war nicht lange haltbar, denn es häuften sich da auffällige Summen an.

Nach der Grenzöffnung flogen die hohen Herrschaften abwechselnd mit einem privaten Jet nach Luxemburg, in die Schweiz und in das ferne Singapur, eröffneten dort Konten und versteckten darauf das Geld aus der DDR.

Als die Staatsgewalt nur noch taumelte, hoben die Drei in Berlin alles ab, was für sie legal möglich war, vor allem aus dem üppigen Vermögen der Partei der Arbeiterklasse, und füllten damit die Auslandskonten weiter auf.

Als andere pfiffige Köpfe auf dieselbe Idee kamen, war das meiste Geld schon weg. Und als die Treuhandgesellschaft sich auf Kassen und Konten stürzte, sah sie nur noch gähnende Leere.

Undank ist der Welt Lohn: Lenin lehrte „Imperialismus ist verfaulender Kapitalismus", aber in der DDR verfaulte der Sozialismus.

Ihren Dienst taten die drei wendigen Raubritter unauffällig weiter, bis sich ihre Jobs ganz von selbst erübrigten. Von da an war auch Daniels Notrufnummer passé und die heimliche Freundschaft ebenfalls, denn Freund Heiko war für Daniel plötzlich weg und unerreichbar. Der aber meldete sich nach einiger Zeit noch mal, um sich zu bedanken und zu verabschieden. Dabei tranken die beiden etwas mehr als sonst, und Heiko erzählte Daniel erstaunlich viel. Von der Planwirtschaft, die ihr eigenes Grab schaufelt, vom Sozialismus, der beim Volk nicht ankommt, und von der Übermacht des Geldes. „Wir haben aus der DDR ein bisschen davon abgezweigt und wollen damit noch ein bisschen mitmischen."

Daniel war nicht sonderlich beeindruckt. „Gehst du jetzt in die Politik und schwingst in Deutschland große Reden?"

„Nein, keine großen Reden und nicht in Deutschland."

„Wo dann?"

„In Österreichs Schwerindustrie. Dahin haben wir schon lange gute Kontakte. Und ich werde dich gewiss irgendwann wieder um Hilfe bitten, denn mit deiner autistischen Korrektheit bist du der fähigste Mathematiker, den ich kenne.

Wenn du magst schicke ich dir wieder eine Notrufnummer, falls du mal in Geldnot kommst, oder ein Startkapital für einen aussichtsreichen Job brauchst oder sonst etwas. Ich hole dich aus jeder Patsche raus, auch wenn das nicht auf Anhieb klappt, wie beim letzten mal."

Daniel hätte diese Notrufnummer sofort anrufen können, denn sein Job und seine Plankommission hatten sich ebenso einfach erübrigt. Und das interessierte ihn wieder mal kaum.

Ihn beschäftigten stets unzählige Dinge, die er systematisierte und variierte. Für die Arbeitsangebote, die er bekam, nahm er sich kaum Zeit. Ein lukratives Angebot aus den USA, wo eine Weltmarktforschergruppe einen ideenreichen Mathematiker suchte, las

35

er nicht einmal vollständig durch. Ich musste ihm auf die Sprünge helfen und ihn mehrfach drängen, wieder einem Lebensrhythmus zu folgen und einer regelmäßigen Arbeit nachzugehen. Er entschied sich zögerlich für die neuen Perspektiven im geeinten Deutschland und nahm ein Stellenangebot an im Ministerium für Land und Forstwirtschaft der Regierung seines neuen Bundeslandes. Dort errechnete er u. a. effektive Verfahren der Bewirtschaftung und lohnende Investitionen. Er bewies den Fachbereichen, dass dort nicht nur mit Fachwissen und agrotechnischen Terminen sondern auch mit Mathematik etwas zu machen ist. Man schätzte ihn wieder und brauchte ihn.

Nach einem guten Jahr jedoch erhielt sein Personalleiter eine anonyme Anzeige der kriminellen Vergangenheit des Straftäters Daniel Dong.

Dieser sei wegen seiner Straftaten zwei Mal zu Haftstrafen verurteilt gewesen, und nur auf Betreiben des Ministeriums für Staatssicherheit sei ihm die zweite Haftstrafe erlassen worden. Das deutete auf eine recht honorige Zusammenarbeit mit der Stasi hin. Als überzeugender Beweis war der Anzeige die Ablichtung eines Protokolls der Gefängnisverwaltung hinzu gefügt.

Die unausbleibliche Folge war eine fristlose Kündigung.

„Sie haben eine Stunde Zeit, um ihre persönlichen Sachen zu packen und das Haus zu verlassen. Danach will ich sie hier nicht mehr sehen."

Daniel antwortete wieder mit stolzem Schweigen und einem Lächeln der Erhabenheit über tendenziöses Getöse und Getue.

Zwei mal als Verbrecher gebrandmarkt und dieser rüde Rausschmiss hatten die Heimatliebe des logisch orientierten Daniel sterben lassen.

Drei Wochen später arbeitete er im eigenen Büro in Boston/Massachusetts, unbehelligt und frei. Wir kommunizierten fast täglich per Bildschirm.

Er startete bei den Marktforschern freudig durch, mit realen Daten, Fakten und Konzepten. In dieser Sphäre war er wirklich zu Hause und sehr produktiv.

Er gewann sogar auf Anhieb einen Mathematikwettbewerb und stiftete sein Preisgeld einer Bürgerinitiative für Ausgegrenzte und sozial Benachteiligte.

Kurz danach meldete sich bei ihm sein Freund Heiko aus Österreich. Der umtriebige Ex-General war offenbar nach wie vor bestens informiert. Die beiden vereinbarten ein Treffen in Kanada. Es gäbe viel zu tun, deutete Heiko militärisch taktisch an. Doch seine Pläne durchkreuzte ein harter Schicksalsschlag. Er erkrankte urplötzlich an einer akuten Form von Blutkrebs. Den ersten Schub überstand er, den zweiten überstand er nicht. Dabei nützten ihm auch seine hohen Millionenbeträge auf der hohen Kante nichts.

Kurz bevor er starb vermachte er einen großen Teil davon Daniel Dong, der für ihn errechnet hatte, wann man sich begehrte Früchte von den Bäumen schütteln kann, ehe sie ein Sturm der Zeitgeschichte wegweht. Dem über Geld und Gut erhabenen Mathematiker, der die Millionen nicht wollte, fielen sie nun wie Sterntaler vom Himmel auf sein Konto. Und er wusste, er würde das Geld spenden, hin und wieder, für diesen und jenen guten Zweck. Und niemand würde wissen, welche Wege die hilfreichen Beträge gegangen waren. Daniel folgte damit wenigstens zum Teil den Absichten des ungehorsamen Generals, der so unüblich lebte, und zur Unzeit starb. Zur Beerdigung des geheimnisumwitterten Toten, der wohl einiges brisante Wissen mit

37

ins Grab nahm, auf einem kleinen Wiener Friedhof, kamen nur wenige Trauernde. Sie kamen aus sehr verschiedenen Ländern und sahen sich meistens zum ersten und zum letzten mal.

Daniel verhielt sich auch in dieser Versammlung so verschwiegen wie er es seinem kühnen Weggefährten im Leben versprochen hatte. Nach Deutschland kam Daniel nicht. Erst viele Jahre später, als seine Mutter, die ein zweites mal verwitwet und in die Jahre gekommen war, ihn inständig darum bat, eilte er zu ihr. Sie wollte ihn noch mal ganz nahe bei sich haben, seine Umarmungen erleben, seinen Atem spüren, ihm sein Lieblingsessen zubereiten.

Natürlich trafen auch wir uns und nahmen uns dafür genügend Zeit. Wir hatten das beide gebraucht. Er, der Geniale und ich, der von ihm Faszinierte vom ersten Augenblick an in einem deutschen Sprechzimmer hinter Gittern.

Ich war sein einziger Freund und quasi Leib- und Seelenarzt geblieben. Er sah gut aus, war wohlhabend, ohne Sorgen und voller Ideen. Er war beruflich viel herumgekommen, war Professor geworden, sprach vier Sprachen und hatte namhafte Projekte mitgestaltet. Daniel Dong hatte sogar versucht, nach Einstein und Hawking eine Weltformel zu finden. Doch alles was er fand war, dass es in unserer Zeit keine mathematische Weltformel geben kann, weil sich die Entstehung der Welt „auf Knall und Fall" mathematisch nicht berechnen lässt und die Welt vor dieser Entstehung rechnerisch bereits existierte.

Aber er hatte seine siebente Sonne gefunden.

„Das ist die Sonne der Erkenntnis, die selten am Horizont aufgeht, und für viele Mühen und Enttäuschungen entschädigt. Man kann nicht alles mathematisch errechnen, und es gibt nicht auf alles unbedingt eine Antwort. Mathematik ist auch nur ein Produkt menschlichen Denkens, welches damit entstand, dass unsere Urahnen begannen, ihre zehn Finger zu zählen. Und dieses hat trotz seiner ständigen Bereicherung seine logischen Grenzen. Wer immer sucht und sinnt, wird auch Intuitionen folgen und weiter kommen. Auf meinen Lebensweg, als Beispiel, scheinen nun im Wechsel sieben Sonnen. Da weiß ich immer, wo es lang geht."

Feuerzauber

An einem sonnigen Sonntag im goldenen Herbst hatte unsere erste Fußballmannschaft ihr schwierigstes Auswärtsspiel gewonnen, war mit Glück und einem Punkt Vorsprung an die Tabellenspitze gekommen und hatte berechtigte Chancen, Herbstmeister in der Staffel Süd der DDR-Liga zu werden. Das mussten wir feiern. Die Sponsoren spendierten wesentlich mehr Freibier und Sekt als üblich, und im Hof des Vereinslokals wurde ein Spanferkel zubereitet. Für mich war das stets ein Wechselbad der Gefühle. Ausgelassene Freude und drückende Zwänge zugleich. Als Mannschaftsarzt immer ansprechbar und fit sein, als Krankenhaus-Chef viel Verantwortung und wenig Promille haben, Spaß gibt es dabei allemal. Das fröhliche Beieinander ging bis weit nach Mitternacht. Nur die Sirene auf dem Rathausdach, die völlig unpassend in die Nacht hinein heulte, gab ersten Anlass, mal auf die Uhr zu schauen und ans Heimgehen zu denken, denn um 06:00 Uhr war allgemeiner Arbeitsbeginn in den DDR-Betrieben. Vor die fröhlichen Abschiedsszenen an der Haustür des Lokales, schnellte dann ein Blaulicht blinkendes Feuerwehrfahrzeug mit quietschenden Reifen und stoppte neben mir. „Herr Doktor, es gibt Arbeit", rief der Fahrer. „Steigen Sie ein! Das wird ein toller Tanz"

Alles Weitere ging wortlos vonstatten.

Unterwegs fragte ich ihn: „Woher wissen sie, dass ich hier bin?"

„Der Bürgermeister wusste es und hat mich hergeschickt. Das Pflegeheim brennt."

40

Ein hellroter Feuerschein am Nachthimmel ersparte ihm Einzelheiten. Auftragsgemäß stoppte er jetzt neben dem Bürgermeister, welcher mit energischer Stimme versuchte, Ordnung in das Gewimmel vor dem brennenden Haus zu bringen. „Wie kommst du denn hierher?" fragte ich ihn.

„Als Bürgermeister ist man immer im Dienst", rief er im Weggehen und fuhr einen aufgeregt jammernden Pflegeheimpatienten im Rollstuhl an die andere Straßenseite. „Erzählen können wir später" An die Stelle des Bürgermeisters trat, wie ein Wunder, der zweite Sekretär der Kreisleitung der Einheitspartei. Er wohnte nicht in der Kreisstadt, sondern in der Nähe unseres Pflegeheimes, und der Lärm vor dem Heim hatte ihn geweckt. Er konnte sehen, wie ein Schornsteinbrand des Hauses rasch zunahm und das Feuer sich auf den rechten Seitenflügel ausbreitete. Der Schornstein sprühte Funken und Flammen wie ein Vulkankrater, und durch die Dachziegel des Seitenflügels quoll dichter Rauch. Die Feuerwehr besaß keine Drehleiter. Sie konnte mit zwei Löschzügen Dach und Schornstein nur von unten her erreichen. Das brachte keinen schnellen Erfolg. Die Gefahr war nur allzu deutlich sichtbar und spürbar.

Für mich war das momentan Gefährlichste eine drohende Massenpanik. Die musste verhindert werden. Mit schnellem und straff organisiertem Handeln. Alle Bewohner und Patienten mussten aus dem Seitenflügel schnellstmöglich raus, zuerst aus dem Obergeschoss, wo die Rauchentwicklung rasch zunahm. Zugleich musste eine weitere Ausbreitung des Feuers verhindert werden.

Der Einsatzleiter hatte das klug angegangen und die meisten seiner Leute mit Atemschutzgeräten ins Haus geschickt. Aus dem Straßenausgang des Seitenflügels brachten sie einen nach dem

41

anderen Pflegeheimbewohner heraus, aber viel zu langsam. Alte und Gebrechliche sind schwer beweglich und auch uneinsichtig. Manche müssen einfach mit Händen gepackt und getragen werden. Für manche genügt ein Rollstuhl. Die meisten aber kann man nur mit Krankentrage, Tragetuch oder im Bett transportieren.

Und der Fahrstuhl war zu klein und zu umständlich, sodass die Evakuierung vorwiegend über die Treppe erfolgte. Draußen waren schon etwa zehn Betten, nach Schätzung des Einsatzleiters.

„Wie viele sind noch drin"? fragte ich ihn.

„Neunzehn", rief er zurück. „Die zu bewegen wird immer schwieriger. Aber das ist unsere Sache. Die wir raus gebracht haben sind deine Sache!"

„Bringt sie nur erst mal raus"! rief ich ihm hinterher.

Er war ständig am Laufen, aber effektiv und präzise wie ein Schweizer Uhrwerk. Der zweite Sekretär stand wieder in meiner Nähe. Er hatte eine Patientin, die schreiend umherirrte, an die Hand genommen und zu den anderen gebracht.

Ich fand ihn sympathisch. Ein stämmiger Landwirt, den einst die Funktionäre seiner Genossenschaft in die Parteizentrale abkommandiert hatten. Der Mann war belastbar.

„Überlege mal, wen wir jetzt wecken können. Wir brauchen Betreuung für die alten Leute, möglichst sachkundig und möglichst sofort."

„Aber woher nehmen und nicht stehlen", lächelte er mit voller Kraft und Zuversicht.

Ein Machertyp, eher Pragmatiker als Politiker.

„Mir fällt da was ein, bin schon in der Spur."

Er ging an den Betten mit den Patienten vorbei und sagte etwas zu ihnen. Ein Politiker mit Herz! Schön aber selten.

Das Häuflein der Geretteten machte mir jetzt schon die nächsten Sorgen. Sie waren allein und zu nahe am Haus. Glühende Funken fielen ab und zu auf die Bettwäsche. Der Holzhausen-Hans kümmerte sich bisher als einziger um die Schutzbedürftigen. Johannes Holzhausen fiel sonst im Stadtbild kaum auf. Ein schmächtiges kleines Männlein. Gehbehindert nach Erkrankung an Kinderlähmung, lebte er bescheiden und zurückgezogen in einer ärmlichen Mietwohnung.

Hier im Schein des Feuers wurde er zum wahren Helden. Als einer der Ersten vor Ort war er kurzerhand in das gefahrenbedrohte Haus hinein gestürmt und hatte mit lauter Stimme und heftigen Gesten die ersten Insassen hinaus bugsiert. Er half noch immer mit Umsicht und Geschick bei der Bergung der Hilflosen. Er war nicht zu bremsen. Doch ohne Atemschutzgerät wurde das mittlerweile problematisch. Kurz und knapp „befahl" ich ihm regelrecht, sich draußen um die Geretteten zu kümmern und sie aus der Gefahrenzone zu bringen.

Holzhausen-Hans legte sich sofort ins Zeug, unverdrossen, unermüdlich.

Mein Befehlston kam wider Willen. Ich war aufgeregt. Mittlerweile fanden sich noch mehr Prominente am Unglücksort ein, und wo viele kleine Könige regieren wollen, geht schnell mal was durcheinander. Da sollte wenigstens das medizinische Management übersichtlich bleiben.

Der zweite Sekretär kam wieder mit seiner Frau, einer Arbeitskollegin seiner Frau und deren Ehemann.

Gott sei Dank! Und auch dem Sekretär mit seinen Hilfsbereiten sei Dank!

Ihm erteilte ich den Auftrag, mit seinen Leuten und dem Holzhausen-Hans einen Sammelpunkt für die Geretteten einzurichten. Mit provisorischer Betreuung. Pflegeheimpersonal gab es dafür nicht. Die wenigen Altenpflegerinnen waren in diesen Stunden unabkömmlich.

Bei den Promis vor Ort stand plötzlich auch der „Generaldirektor der Vereinigung Volkseigener Betriebe der Schuhindustrie", welcher in meiner Nachbarschaft wohnte und immer einen Scherz auf Lager hatte.

„Du treibst Dich auch überall herum. Hast Du in Deinem Krankenhaus nicht genug zu tun?"

„Doch, habe ich, und auch ein kleines Anliegen."

„Ich bin ganz Ohr."

"Postiere dich bitte am oberen Abschnitt der Straße, bis vielleicht Polizei kommt, und postiere deinen Fahrer am unteren Abschnitt. Macht die Straße dicht und leitet den Verkehr über den Thälmannplatz um. Der Trubel hier wird zu groß. Das erschwert die Arbeit. Kannst du mir auch dein Auto überlassen? Ich muss gleich ins Krankenhaus."

"Ausnahmsweise", bestätigte er.

Auf meinen Nachbar Wolfgang war Verlass. Hoffentlich wusste das die Schuhindustrie zu schätzen.

Im Krankenhaus lief ich erst über alle Korridore. Da stand Einiges herum, was weggeräumt werden konnte. Platz schaffte das kaum, aber Bewegungsfreiheit. Auf dem Dachboden standen immer ca. fünfundzwanzig Reservebetten transportbereit. Die waren leicht verstaubt aber in voller Anzahl griffbereit. Glück gehabt.

Nun bat ich die beiden Bereitschaftsärzte und drei kurzfristig entbehrliche Nachtschwestern in mein Zimmer und erläuterte ihnen, was bevorstand. Alle neunundzwanzig Hilfsbedürftigen konnten wir in unserem relativ kleinen Haus nicht sofort aufnehmen, aber dafür hatte ich auch schon Pläne. Meine fünf Nachtaktiven zeigten sich nicht besonders überrascht. Sie hatten schon etwas munkeln gehört. Doch die Unruhe stand ihnen ins Gesicht geschrieben. Hier brauchte ich jedoch keinen Befehlston. Sie sollten auch selbst nicht mit zupacken. Ich bat sie nur in aller Freundschaft, auf den reibungslosen Ablauf der Aktion bedacht zu sein. Der ältere der beiden Ärzte fragte, ob der Kreisarzt schon im Ort sei.

Diese bange Frage beschäftigte mich von Anfang an, ich hatte bloß die Zeit nicht gefunden, mich darum zu kümmern. Seine Anwesenheit war, ehrlich gesagt, auch nicht gerade wünschenswert, denn seine Unbeliebtheit im Krankenhaus hätte den reibungslosen Ablauf der Dinge voraussichtlich behindert. Trotzdem beauftragte ich den Kollegen, unseren Kreisarzt anzurufen, ihn zu informieren, keinesfalls aber herzubitten.

Der Kollege verstand recht gut, warum und wieso. Dann setzte ich mich mit unserer Fahrdienstbereitschaft und der Technik in Verbindung und ordnete an, den Speisesaal und den Kulturraum leerzuräumen und das Inventar in den Garagen zu verstauen.

In wenigen Minuten waren zwei Kraftfahrer da. Auch sie hatten die Sirene und die Feuerwehr gehört, wussten, worum es ging, stellten keine überflüssigen Fragen und begannen sofort mit der Arbeit. Mitten hinein kam der Kollege, den ich an sein Telefon geschickt hatte.

„Der Kreisarzt hört nicht ."

„Auch nicht an seinem Privatanschluss?"

„Nichts zu machen. Niemand hebt ab."

Also musste ich selbst ran. Das war nicht unbedingt Vorschrift, aber ratsam. Zur Erklärung: In der DDR gab es keinen Mobilfunk, und die Festnetztelefone klingelten in jedem Fall. Doch auch mir zuliebe hob niemand ab.

Aber mir zuliebe flüsterte ein guter Geist: „Ruf die Zentrale vom Rat des Kreises an, die Tag und Nacht besetzt ist."

Gesagt, getan und gleiches Resultat:

„Der Herr Medizinalrat ist zur Zeit nicht erreichbar." Da war wenigstens ein bisschen Respekt vor unserer schlafenden Obrigkeit!

Doch diese Kategorie honoriger Hoheiten hatte mit niederem Volk und niederer Nachtarbeit wenig im Sinn. Geschwollene Reden waren da gang und gäbe, aber keine helfenden Hände.

Zum Arbeitsprofil der sozialistischen Creme de la Creme erlebte unser Mannschaftsbetreuer mal ein Stück Realität. Bei einer Fahrt auf der „Völkerfreundschaft", dem „Urlauberschiff der Werktätigen", war eine junge Frau akut mit heftigen Bauchschmerzen und drohendem Kreislaufversagen erkrankt. Dem Schiffsarzt hatte sie mitgeteilt, dass sie seit kurzem schwanger war. Er lagerte sie narkosegerecht in seinem Mini-OP, leitete die Kreislaufbehandlung ein und stellte bei der Untersuchung fest, dass es sich nicht um eine Fehlgeburt, sondern mit großer Wahrscheinlichkeit um eine Bauchhöhlenschwangerschaft handelte, bei der es zur Perforation eines Eileiters gekommen war mit einer massiven Blutung in die Bauchhöhle. Eine dringliche lebensrettende Bauchoperation wurde erforderlich, die der Schiffsarzt allein nicht ausführen konnte. Der Kapitän des Schiffes durchsuchte daraufhin die Passagierliste und fand unter den 550 Fahrgästen siebenmal den Titel Dr. med. und zweimal den Titel Dipl. med.

Diese Damen und Herren ließ er freundlich und diskret in die Kapitänsmesse bitten und erläuterte ihnen kurz und bündig die Situation. Das fanden die hohen Herrschaften sehr interessant und wussten es mit klugen Kommentaren und aktuell-politischen Leitsätzen zu diskutieren, doch keiner von ihnen war in der Lage oder bereit zur ärztlichen Hilfe für die bedrohlich Kranke. Und den Kapitän hatte das nicht einmal sonderlich überrascht. Vollständigkeitshalber ließ er die Passagierliste noch einmal nach dem Stichwort Medizinalrat durchsuchen, woraufhin sich zwei Kreisärztinnen mit dem Titel Medizinalrat und je ein Kreisarzt und ein Poliklinikdirektor mit dem Titel Obermedizinalrat in der Kapitänsmesse einfanden. Alle vier legten großen Wert darauf, mit ihren Titeln angesprochen zu werden, redeten viel von politisch-ökonomischen Grundsätzen und Zielen und Vorteilen des Sozialismus und waren gleichfalls nicht bereit, der Schmerz leidenden Patientin in ihrer Not irgendwie zu helfen. Die solchermaßen unfähigen Damen und Herrn Räte gesellten sich zu ihren gleichermaßen unfähigen Vorgängern und vergrößerten so die Gesellschaft mit beschränkter Eignung auf ein Dutzend hippokratischer Attrappen, von Luxus verwöhnt, von allen guten Geistern verlassen. Sie brauchten sich nicht lange zu beschnuppern, um sich gegenseitig kennenzulernen. Sie hatten alle die gleichen Arbeitsbedingungen: Thronsaalgroßes Arbeitszimmer, angenehm klimatisiert, wuchtig üppiger Chefsessel, klotzig überdimensionierter Schreibtisch, Honeckerbild an der Wand und sichere Abschirmung von der Alltagsrealität durch Vorzimmerdame -frei nach Eichendorffs romantischer Erzählung

„Aus dem Leben eines Taugenichts".

47

Heinrich Heine hatte für solche Zeitgenossen die Worte gefunden „sie tranken heimlich Wein und predigten öffentlich Wasser".

Die Notfallpatientin kam aus ihrer misslichen Lage, Gott sei Dank, trotz allem unbeschadet heraus. Allerdings nur mit Hilfe eines schwedischen Arztes, der auf Veranlassung des Kapitäns per Hubschrauber an Bord kam. Die 12 Apostel des schönen Lebens, mit medizinischen Spitzengehältern, aber unfähig zu medizinischer Hilfe, hielten sich davon weit abseits. Sie hatten sich gar nicht erst die Mühe gemacht, die Räumlichkeiten und Möglichkeiten des Schiffsarztes anzuschauen, geschweige denn die Patientin. Dennoch reklamierten sie den therapeutischen Erfolg vor allem für sich, mit der Begründung, dafür einen wegweisenden Beschluss gefasst zu haben. Ärztliche Kompetenz war demnach auf dem „Urlauberschiff der Werktätigen" ebenso rar wie Werktätige. Umso mehr tummelten sich da die Schreibtischmediziner und sonstigen Funktionäre , die man lieber gehen als kommen sah. Die unerkannten Krankheitserreger ihrer eigenen schönen Welt.

Mein spezieller Kreisarzt, politisch rhetorisch ebenfalls gewaltig und medizinisch erschreckend dürftig, hatte sein sozialistisches Wohlbefinden noch perfekter im Griff: Den nur ihm zur Verfügung stehenden volkseigenen PKW z.B. organisierte er sich in echt sozialistischer Führungs- und Leitungs-tätigkeit. Als unser Krankenhaus wegen der damals häufigen Stromsperren eine Notstromanlage zugewiesen bekam, fand der Medizinalrat umgehend einen Gutachter, welcher zu der Erkenntnis gelangte, dass man den Kraftstoff für das Antriebsaggregat im Krankenhausgelände nicht bunkern darf. Und schon wurde die Notstromversorgung des Krankenhauses kreisärztlich unterbunden. Und für die anderweitige

Verwendung der bereitgestellten Mittel hatte der Medizinalrat die Entscheidung bereits in der Schublade. Er kaufte für das Geld ganz schnell eine sowjetische Diplomatenlimousine „zur besonderen dienstlichen Verwendung".

Eine Woche später stand der lächerlich exorbitante Straßenkreuzer, ausdrücklich personengebunden, vor dem Garagentrakt der Abteilung Gesundheitswesen beim Rat des Kreises. Und das hatte alles seine Richtigkeit. Niemand durfte sich darüber wundern, denn die politisch-ideologische Führung hatte stets den Vorrang im Staate. Und das Extra-Auto für den gewichtigen Parteistrategen war ein bedeutender Schritt vorwärts im Kampf für den Sieg des Sozialismus.

Ein Durchschnitts-DDR-Bürger musste beim Autokauf 10 bis 15 Jahre warten, bis er sein Auto von der Verkaufsstelle abholen konnte. Da waren manche Käufer inzwischen verstorben. Wohl deshalb flüsterten böse Zungen, dass der kreisärztliche Kauf von Auto und Gutachter schon lange vor unserem Bemühen um den geeigneten Stromerzeuger fest stand. Außerdem passten dicke Bonzen und pompöse Luxuslimousinen schon immer gut zusammen, auch und gerade im Arbeiter- und Bauernstaat. Die Notstromversorgung eines Krankenhauses war dagegen nur ein schwaches Argument.

Mit solchen sekundenkurzen Erinnerungen düste ich wieder los, unruhig und siegesbewusst zugleich. An der unteren Absperrung der Straße zum Pflegeheim standen ein Polizist, Mitglied unserer dritten Fußballmannschaft, und sein Bruder, Produktionsleiter der genossenschaftlichen Milchviehanlage, den der Urtrieb des Kleinstadtbewohners veranlasst hatte, zu erkunden, „wo es brennt". Die beiden konnten mich hinter der Windschutzscheibe nicht erkennen. Der Polizist wies mich energisch in Richtung

49

Thälmannplatz und wollte schon explodieren, weil ich trotzdem auf ihn zu fuhr. Als ich ausstieg fing er an zu lachen.

„Seit wann fährst Du Dienstwagen der volkseigenen Schuhindustrie?"

„Seit mich der Schuh drückt. Für dieses Sonderangebot heute Nacht ist mein Krankenhaus eine Nummer zu klein."

„Keine Bange, Doc", mischte sich der Produktionsleiter ein, „wir sind ja auch noch da. Du tust alles für uns, und wir tun alles für Dich. Wenn Du Helfer brauchst: Ich habe zur Zeit zwei Studenten im Praktikum bei mir, die ich zu Dir abkommandieren kann. Sie sind recht anstellig. Wann sollen sie kommen?"

„Heute zur Spätschicht, das wäre phantastisch! Wie sieht's bei euch aus? Alles im Griff?"

„Nicht ganz. Alles schreit nach dir."

„In der Nacht schmeichelst du noch besser als am Tag. Fahr mal bitte das Auto beiseite."

Er setzte sich lachend ans Steuer, und ich lief zu den Schutzbedürftigen, die eine neue Bleibe brauchten. Bei diesem Stress wurden sie schon fast ausnahmslos zu pflegebedürftigen Patienten. Ehe ich dort war liefen mir zwei Sanitäter der „Schnellen Medizinischen Hilfe" mit ihren halblangen weißen Kitteln entgegen.

„Warum kommt ihr erst jetzt?" empfing ich sie.

„Wir wussten nichts von dem Feuer. Der Dispatcher hat uns vor vier Minuten alarmiert und mitgeteilt, eine Frau Ernestine von Hohenstein-Erkenrath sei im Pflegeheim sehr unruhig geworden und habe Bauchschmerzen bekommen, vermutlich Gallenkolik."

„Und nun geht es wieder mal um mehr. Ihr seht ja, was hier los ist. Legt Frau von Hohenstein Erkenrath einen venösen Zugang an, haltet Buscopan bereit und fahrt sie ins Krankenhaus. Wenn sie in kritischem

50

Zustand ist, fordert ihr mich nach. Wenn nicht, nehmt ihr zwei gehfähige Pflegeheimpatienten mit. Die werden im Krankenhaus schon erwartet. Statt der Freimeldung ruft ihr die Zentrale über Draht und sagt in meinem Auftrag, dass ihr für mindestens drei Stunden nicht einsetzbar seid und das Krankenhaus für drei Tage nicht aufnahmebereit ist. Dann bringt ihr euer zweites Fahrzeug und euren dritten Mann mit und kommt so schnell wie möglich wieder her. Hier stehen mindestens zwanzig Liegendtransporte an.

Das Fahren ist dabei das wenigste. Ihr müsst die Patienten auch in den provisorischen Betten unterbringen. Das können euch die Schwestern nicht abnehmen. Die müssen auf ihren Stationen bleiben. Wir haben nicht mal für jede Station eine Nachtschwester. Ist euer Reservesprechfunkgerät betriebsbereit?"

„Selbstverständlich."

„Dann leiht mir das bitte mal aus. Wir müssen ständigen Funkkontakt halten. Das soll hier möglichst reibungslos über die Bühne gehen. So eine Open-Air Veranstaltung tut den alten Leuten nicht gut und darf nicht allzu lange dauern. Und macht schön leise. In der Nacht möchte man schlafen."

„Oder Nachtdienst schieben. Alles klar! Schon unterwegs."

Der zweite Sekretär und seine Helfer hatten den Sammelpunkt perfekt eingerichtet und alle Hände voll zu tun für die zahlreichen Wehwehchen einiger unruhiger Oldies, die den plötzlichen Trubel noch gar nicht begreifen konnten.

Meine erste Sorge war „sind alle draußen?"

„Ich glaube schon."

„Bist du sicher?"

„Nein."

51

Suboptimal aber ehrlich. Jemand aus dem Heim musste das klären. Möglichst die leitende Nachtschwester, die alle Hausbewohner kennt. „Mache ich", erklärte Holzhausen-Hans und eilte unaufgefordert ins Haus. Er hatte sich dem zweiten Sekretär an die Fersen geheftet und unseren Dialog mitverfolgt.

Zwei Minuten später meldete er diesem: „Die Chefin kann nicht kommen. Die muss ihre Leute beruhigen. Aber Schwester Gundula kommt".

„Gut gemacht, Hans, aber bleib jetzt bitte hier."

Er blieb bei seinem Sammelpunkt-Team. Zur selben Zeit kam eine junge, bildhübsche Altenpflegerin auf uns zu, gefolgt von den beiden Rettungs-sanitätern. Die hatten mir per Handzeichen signalisiert, dass es bei der Patientin mit den Bauchschmerzen keine Komplikationen gab, und waren einige Schritte der hübschen Gundula gefolgt. Da wurden wohl kesse Worte gewechselt. Junge Männer waren halt eine Seltenheit im Pflegeheim. Sie schauten ihr schließlich hinterher wie einer frisch gekürten Schönheitskönigin auf dem Laufsteg. Und Gundula schaute mit sachkundigem Blick auf die Sammelpunktszene, dreißig Meter weiter. Ich brauchte ihr nichts zu erklären. „Schwester Gundula, kennen sie die Patienten vom Seitenflügel?"

„Ja, ich habe dort Nachtschicht."

„Sind alle evakuiert?"

„Ja, die Feuerwehr hat mich als Letzte mit raus genommen. Ich bin frisch geräuchert."

„Sind sie noch gut drauf?"

„Geräuchertes hält sich."

„Dann zählen sie bitte am Sammelpunkt noch mal nach und schauen, ob das alles ihre Patienten vom Seitenflügel sind und ob jemand verletzt ist oder anderweitig Hilfe braucht. Sagen sie dort, dass ich gleich komme."

„Wird gemacht."

Sie war nicht nur hübsch, sondern auch clever und cool. Der Sammelpunkt befand sich in zuverlässigen Händen. Das war mehr wert als Geld und Gut. Aber Schwester Gundula kam unerwartet schnell wieder, hastig und aufgeregt.

„Ein Patient fehlt! Das ist der Herr Heprich. Der ist problematisch. Er kann gut gehen, aber ihm fehlt jede Orientierung. Er ist schon öfter vom Pflegeheim weggelaufen und hat sich dann verirrt und nicht wieder zurückgefunden. Oft haben ihn hilfreiche Leute zurückgebracht, aber auch schon mal eine Polizeistreife. Seitdem hat er ein Armband mit Name und Adresse. Der Holzhausen-Hans bringt ihn jedes Mal sofort wieder her, wenn er ihm in der Stadt begegnet. Wahrscheinlich irrt er jetzt irgendwo hier in der Nähe herum. In der Dunkelheit war er noch nie weg."

Upps! Das hat mir gerade noch gefehlt. Keine Leute und sofort Herrn Heprich suchen. Die Dunkelheit ist für ihn lebensgefährlich. Was tun? Schnell entscheiden. Fußballer aus den Betten klingeln? Abartig aber effektiv. Mir zuliebe wären sie sofort da. Polizei? Zivilverteidigung? Ein Suchtrupp von irgendwoher? - Unreal.

Das wäre zwar nach Vorschrift, würde aber zu lange dauern. Wenn überhaupt. In dem Moment kommt ein freier Sankra zum Sammelpunkt.

Das ist es. Ich beauftrage den Fahrer, seine Kollegen her zu funken und die drei eine halbe Stunde lang suchen zu lassen. So viel Zeit muss sein. Die Kameraden sind kompetent und haben Lampen und Gerät. Zur Zeit das Optimum.

Wenn sie den Patienten nicht finden, müssen Plan B oder C herhalten. Nach zehn Minuten ruft Holzhausen-Hans aus der Dunkelheit „Ich brauche eine Trage und eine Taschenlampe."

Hans bringt Glück, könnte man dazu sagen. Der aufmerksame Hans hatte den Bericht von Schwester Gundula mit angehört und nachgedacht. Er wusste, dass der Seitenflügel des Pflegeheimes einen Kellerausgang zum Garten hinter dem Haus hatte. Und sein Spürsinn ließ ihn da etwas vermuten. Die Tür war nicht abgeschlossen. Im Keller war kein Feuer und kein Rauch. Es war nur nass und kalt, und er fand keinen Lichtschalter. Er hatte jedoch eine Schachtel Streichhölzer dabei. Davon zündete er eins nach dem anderen an und fand so nach zielstrebigem Suchen seinen alten Bekannten Herprich. Sein Spürsinn hatte ihn nicht getäuscht.

Der alte Herprich erzählte später, dass er von dem beißenden Qualm in seinem Zimmer weg wollte und im Trubel der Evakuierung plötzlich allein vor dem hell erleuchteten offenen Fahrstuhl stand. Die Feuerwehr hatte im Treppenhaus zu tun. Da wäre er nicht vorbei gekommen. Also stieg er in den Fahrstuhl ein und fuhr nach unten. Nachdem er ausgestiegen und der Fahrstuhl wieder weg war, stand er im Dunkeln. Er tastete sich lange an Wänden entlang, um eine Tür oder einen Lichtschalter zu finden, aber ohne Erfolg. So wurde er bald müde und setzte sich auf den Fußboden und lehnte sich mit dem Rücken an eine Wand. Mehr wusste er nicht.

Als Holzhausen-Hans den Patienten fand, lag der auf dem nassen Fußboden und war kaum noch ansprechbar. Hans brachte ihn in stabile Seitenlage und forderte ihn laut rufend auf, tief Luft zu holen. Mehr konnte er in der absoluten Dunkelheit nicht tun. Er eilte, so schnell er konnte, zurück.

Vor dem Garten des Pflegeheimes begegneten ihm zuerst der Pfarrer der evangelischen Kirche und seine Frau.

„Kommen Sie bitte, schnell", rief er nur, und die beiden folgten ohne zu zögern dem humpelnden Hans bis vor den Kellereingang. Dort bat er sie, einen Moment zu warten, bis er wiederkäme, und Hans war mit Lampe und Trage schnell wieder da.

Jetzt stimmte mit Fug und Recht „Hans im Glück", denn seine beiden Helfer beherrschten das Handling der ersten Hilfe wie Profis. Und mehr.

Der alte Herr Heprich zitterte bei seiner Bergung vor Kälte. Sein Zustand wurde bedenklich. Die Pfarrersfrau legte ihm ihre Handtasche und ihren Schal als Polster unter den Kopf. Der Pfarrer zog seinen Mantel aus und bedeckte damit den Frierenden, einfach und schnell. Zum Beten fehlten Zeit und Ruhe. Er kompensierte das mit einer wunderschönen Geste. Dann hoben beide die Trage an. Das Wort dazu sprach Hans auf seine Weise.

„Wir können uns freuen. Wer zittert lebt."

Die Kameraden in den halblangen weißen Kitteln hatte ich über Funk zurückgerufen. Sie kamen dem „Rettungsteam Holzhausen" staunend entgegen.

Wir begannen sofort mit der Kreislaufbehandlung und reichten den Patienten durch bis auf die ITS.

Ohne Holzhausen-Hans hätte Adolf Heprich nicht überlebt. Das wollte ich dem Hans nun nicht gleich sagen. Es war eh nicht die Zeit dazu. Ich zog es vor, zu warten, bis er für seine Rettungstat öffentlich geehrt und ausgezeichnet würde. Dann wollte ich ihm als einer der ersten in aller Form gratulieren. Der Bürgermeister versprach mir, mich rechtzeitig vorher zu informieren.

Doch die Stadtväter wollten oder durften nicht. Johannes Holzhausen gehörte nicht zu denen, die man auszeichnet und ehrt. Im Sozialismus waren solche Entscheidungen besonders einfach. Da ging es um Marschrichtung und Kriechvermögen.

Ehe sich das allmähliche Vergessen anschleichen konnte habe ich schließlich das ganze Team Holzhausen zu einem geselligen Gartenfest eingeladen und bei einem feierlichen Höhepunkt mit feierlichen Worten und selbstgefertigten Urkunden und Medaillen an den dunklen Pflegeheimkeller erinnert und was darin geschah. Der guten Tat gebührt ein gutes Wort und ehrendes Gedenken! Der Pfarrer holte spontan dazu das Gebet nach, für das bei der Rettungsaktion keine Zeit war. Er sprach wahrhaft und gerecht. So walteten Anstand und Würde eben hinter dem Gartenzaun.

Zu seinem nächsten Geburtstag erklärte Adolf Heprich seinen Lebensrettern

„in den Fahrstuhl vom Pflegeheim steige ich nicht mehr ein. Der funktioniert nicht richtig. Da laufe ich lieber über die Treppe. Das ist viel einfacher."

Die Schreckensnacht der alten Leute dauerte noch lange und wartete mit ständig neuen Herausforderungen auf. Es zeichnete sich langsam ab, dass für etwa zehn der so plötzlich Obdachlosen kein Platz mehr im Krankenhaus war. Ich musste schnellstmöglich Reserven erschließen, damit sich der Abtransport vom Sammelpunkt nicht verzögerte. Mir fiel dabei sofort wieder der Tanzsaal der benachbarten Gaststätte ein, mit dem ich schon öfter mal für Katastrophenpläne inoffiziell disponiert hatte. Er war leicht zugänglich, hatte günstiges Nebengelass, und vor dem Haus war viel Parkfläche. Jetzt wurde er plötzlich alternativlos. Andere schützende Dächer waren nicht verfügbar oder zu weit entfernt. Und Zeit für Diskussionen war auch nicht.

Das Auto der Schuhindustrie ließ den Gaststättenbesitzer schon aufhorchen. Beim ersten Klingeln stand er in der Tür. Was dann geschah ist heutzutage unmöglich, nicht einmal vorstellbar. Doch damals dauerte es nur wenige Minuten. Ich schilderte ihm ohne Umschweife die Situation, er gewährte mir ohne Umschweife die dringliche Hilfe. Er führte mich in den Saal, schaltete volle Beleuchtung ein und fing schon an, das Parkett frei zu räumen. So handelten aus heutiger Sicht die wahren Helden im Sozialismus, denen man, wie Holzhausen-Hans, kaum dankte.

Bereits eine halbe Stunde später montierten Sanitäter und Fahrer zehn Betten zusammen und stellten sie in zwei Reihen auf die Tanzfläche. In aller nächtlicher Ruhe.

Doch als die erste Patientin anrollte, wurde es plötzlich laut. Die Patientin schlief und merkte nichts davon. Ein heftig streitender Mann aus dem Nachbarhaus spreizte sich vor uns auf wie ein Pfau, mit einer Miene von höchster Bedeutsamkeit, und tadelte uns alle zusammen wortgewaltig wegen der nächtlichen Ruhestörung.

„Wenn sie hier nicht sofort aufhören, rufe ich die Polizei! Außerdem möchte ich ihren Dienstvorgesetzten sprechen. Wer ist das?"

„Der Kreisarzt. Telefonbuch und Telefon sind nebenan. Rufen sie am besten gleich an, denn hier stehen sie im Weg und stören die Arbeit des Rettungswesens."

Aber damit hatte der energische Intervent offensichtlich noch gar nicht gerechnet. Inzwischen war er selbst zum lautesten Ruhestörer geworden und wollte sich erst mal richtig quer legen.

57

„Sie haben mir keine Vorschriften zu machen! Wann und wen ich anrufe, bestimme ich selbst."

Und den Umstehenden erklärte er laut und eindrucksvoll, dass er dem Kreisarzt mal gepfeffert den Marsch blasen werde, damit der die Krachmacher vom Krankenhaus kräftig zusammenstaucht.

Gewaltige Töne wie von ganz oben.

Drei meiner Helfer sind verwundert, staunen ein wenig unsicher und sagen erst mal gar nichts. Ein Rettungssanitäter hält sich den Bauch vor Lachen und spricht zuerst den energischen Polterer an:

„Ach Bummi, mach doch nicht schon wieder so viel Wind mit deinem kurzen Hemd. Du weißt doch, dass du dich nicht aufregen sollst. Dein Psychotherapeut hat es dir erst vorgestern wieder gesagt."

Mir erklärt er, dass sein Onkel Holger Bumke „geistig leicht behindert" sei und mit Psychopharmaka behandelt wird.

„Ich fahre mit Herrn Bumke alle vier Wochen zum Nervenarzt, wo er seine Tabletten verschrieben bekommt. Das Problem dabei ist, dass Herr Bumke die Tabletten nicht regelmäßig einnimmt und dann zu Unruhezuständen und manchmal zu etwas absonderlichem Verhalten neigt."

Währenddessen nahm er seinen Bummi liebevoll an die Hand und räumte ihn geräuschlos ab.

„Vielleicht hast du deine Tabletten wieder vergessen. Komm, wir schauen mal nach."

Meine Leute wussten nicht, ob sie lachen oder schimpfen sollten, und fingen an, zu diskutieren. Viel Gerede hemmt allerdings den Arbeitsablauf. Ich musste behutsam verkünden:

„Weiter geht's, meine Herrschaften. Nur noch eine knappe Stunde, dann ist hier alles wieder ruhig und friedlich."

Diese vage Prognose bewahrheitete sich aber nur, weil es unseren Pflege-dienstleiter, der in der Nähe wohnte, bei der völlig ungewohnten nächtlichen Geräuschkulisse aus dem Bett getrieben hatte und er nun in unserer Mitte stand. Ein Mann der Tat. Fähig, verlässlich und mit dem Gaststättenbesitzer bestens befreundet. Welch ein Glück! Ich konnte ihn stehenden Fußes und mit gutem Gewissen zum „Standortbevollmächtigten" der „Außenstation" erklären. Schon seine bloße Anwesenheit bewirkte Ruhe im Team. Er hatte immer auch die kleinen Notwendigkeiten im Blick, gab dazu seine Hinweise und Anweisungen, war immer in Bewegung und fasste mit an, wo es am zweckmäßigsten war. Ganz nebenbei wirkte er auch gütig auf einige unruhige Pflegepatienten ein, die warten mussten, bis ihre Betten bezogen waren. Einen Visitenwagen mit allem, was in der Außenstation gebraucht würde, ließ er sich vom Krankenhaus kommen, obwohl dort ebenfalls kaum jemand entbehrlich war.

Es lief gut. Auch im Krankenhaus, wo alle ihr Bestes gaben und keine Pannen auftraten. Gott sei Dank! Bis zum Frühschichtbeginn 06:00 Uhr hatten wir „Luft zum Atmen". Die personalintensive Frühschicht mit allen Stationsschwestern im Haus würde auch weniger problematisch sein.

Aber dann: Allein die Außenstation würde mindestens eine bzw. zwei Vollbeschäftigte für je drei Schichten benötigen. Und die waren beim damaligen Pflegenotstand schwerer zu finden als eine kleine Stecknadel in einem großen Heuhaufen.

„Kommt Zeit, kommt Rat", redete ich mir ein.

Unsere Personalleiterin, damals „Kaderleiterin", die ein besonderes Talent hatte, plötzlich auftretende Lücken zumindest provisorisch zu stopfen, pflegte zu sagen: „Unmögliches erledigen wir gleich, Wunder vollbringen wir etwas später". Das hört sich wenigstens gut an.

Elf Betreuungsbedürftige befinden sich noch am Sammelpunkt gegenüber dem Pflegeheim . Der Wetterbericht meldet Regen. Ich muss wieder raus.

lm Haus des großen Schreckens ist alles wieder ruhig. Promis, Gaffer und die Feuerwehr sind weg bis auf zwei Mann Brandwache, die sich auch um die Nachsorge kümmern. Doch ehe ich den Sammelpunkt erreiche, meldet sich über Funk ein Rettungssanitäter

„Kommen sie schnell ins Pflegeheim! Dringender Notfall. Spontane Dyspnoe mit Atemstillstand, Kreislaufversagen, dekompensierter Schockzustand."

Ich fahre vor den Haupteingang. Von einem hell erleuchteten Raum im ersten Stock geht ein Fenster auf.

„Hierher Doktor! Wir müssen reanimieren, Schnell."

Der hell erleuchtete Raum ist das Dienstzimmer der Heimleiterin. Auf einer Couch liegt Schwester Carmen, die leitende Nachtschichtschwester, und atmet nicht mehr. Ihr Gesicht ist gefährlich blassblau verfärbt. Die Stirn ist mit kaltem Schweiß bedeckt, der Puls ist schnell und flach und nur noch an der Halsschlagader tastbar. Sie ist nicht mehr ansprechbar. Die beiden Rettungssanitäter haben gerade mit Herzdruckmassage und Atemspende begonnen. Zwei Altenpflegerinnen bringen ein Funktionsfähiges Beatmungs-gerät herein.

Ein großes Glück in höchster Not. Als erstes drücke ich der Patientin mit der Atemmaske einige Atemzüge reinen Sauerstoff in die Lungen. Das braucht sie am dringlichsten. Ein Sanitäter und eine der Schwestern versuchen mühevoll, an den Armen einen venösen Zugang anzubringen. Doch das ist bei diesem dekompensierten Schockzustand fast aussichtslos. Deshalb platziere ich notgedrungen risikovoll eine dicke Flügelkanüle in der rechten Halsvene und injiziere die Notfallmedikamente, die der Sanitäter schon aufgezogen hatte. Er bereitet inzwischen die Infusion mit einem Kreislaufunterstützer vor, entfernt in gewohnter Routine ein gerade erreichbares Bild von der Wand und hängt den Infusionsbeutel an den Bildernagel, um die Hände frei zu bekommen.

Ich muss der Patientin unter Sicht einen flexiblen Tubus in die Luftröhre gleiten lassen, und der Sanitäter muss mir schnell und sicher assistieren. Dabei kommt es auf jede Sekunde an. Das sind bei den dringenden Rettungsmaßnahmen die wichtigsten Momente.

Wir werden mit Erfolg belohnt. Die Schocksymptomatik klingt ab, der Blutdruck steigt und wird an den Armen wieder messbar, der Puls wird langsamer und kräftiger. Nach etwa 13 Minuten ist die Patientin transportfähig.

Eine Minute der Besinnlichkeit kommt auf. Den hilfreichen Schwestern steht die Freude ins Gesicht geschrieben. Wir beiden Rettungsdienstakteure haben die schreckliche Gewissheit noch vor Augen, dass es nur eine Minute später nicht mehr möglich gewesen wäre, die so plötzlich in tödliche Gefahr geratene Schichtleiterin wieder ins Leben zurück zu holen.

Jetzt erzählen mir ihre Kolleginnen, dass Schwester Carmen schon einige Male Asthmaanfälle bekommen hatte, insbesondere nach Aufregungen.

Diese Zustände seien jedes Mal schnell wieder abgeklungen.

Ich bleibe bei ihr während des Transportes und bringe sie persönlich auf die Intensivstation. Sie fängt schon an, spontan zu atmen. Aber das

61

ist noch keine Garantie für Entwarnung. Immerhin ist sie in besten Händen und ich kann mal durch das Haus laufen. Auf der Außenstation kommt der letzte Patient in sein Bett. Er ist ein „ruhiger Beamter", fand das nächtliche Intermezzo sehr interessant und unterbreitet mir Verbesserungsvorschläge für die Arbeit der Feuerwehr. Mein Pflegedienstleiter sagt mir "alles im Griff" und sagt dem Patienten, dass der Pflegedienstleiter für Verbesserungsvorschläge zuständig ist. Ich kann also weiterspazieren. Im Krankenhaus, insbesondere bei den notdürftig untergebrachten Pflege-heimpatienten, gibt es keine gravierenden Probleme. Aber in den Dienst-zimmern klingeln die Telefone. Man will wissen, was war und was wird. Besonders von Angehörigen der nächtlichen Zugänge werden Fragen über Fragen gestellt. Ich könnte die ganze Zeit am Telefon verbringen, kann aber nicht. Deshalb bitte ich den Kollegen, der einige Stunden zuvor versucht hatte, den Kreisarzt zu erreichen, mich jetzt bei den Anrufern zu vertreten und füge scherzhaft hinzu: „Vielleicht haben sie den Herrn Rat jetzt mal an der Strippe."

Er antwortet genauso scherzhaft: „Hoffentlich nicht".

Der Morgen dämmerte und die Frühschicht begann. Bei meinem nächtlichen Nachspiel nach dem erfolgreichen Fußballmatch stand ich ebenfalls auf der Siegerseite. Der volle Einsatz, wie ihn der Trainer gefordert hatte, machte sich auch bei mir bezahlt. Im Krankenhaus lief es besser als gedacht. Auch auf der ITS. Patientin Carmen Holzmüller schaute interessiert im Zimmer herum. Sie winkte mich heran als ich durch die Tür kam.

„Können Sie mich verstehen?" fragte ich sie.

Sie nickte.

„Können Sie jetzt normal atmen?"

Sie nickte wieder.

„Wenn Sie sicher sind, dass der Asthmaanfall nicht wiederkommt, dann heben Sie bitte die rechte Hand."

Sie folgte der Aufforderung prompt. Ich entfernte den Tubus aus ihrer Luftröhre und forderte wie gewohnt:

„Sagen Sie bitte Anna arbeitet am Abend."

Sie sagte: „Vielen herzlichen Dank, Herr Doktor für Ihre Hilfe".

Im selben Moment ertönte draußen vor dem Fenster lautes Motorradknattern, woraufhin Carmen anfügte:

„Jetzt kommt meine Chefin".

Die Heimleiterin donnerte mit hurtigem Tempo heran. Sie stellte ihre schwere Maschine einfach neben den Krankenhauseingang und stürmte, ohne auf den Fahrstuhl zu warten, geradewegs zur ITS.

„Lassen Sie mich bitte, bitte zu Schwester Carmen" rief sie hektisch und flehend.

Ich führte sie zu Carmens Bett. Da sprühten Emotionen hoch. Die beiden hätten sich am liebsten stürmisch umarmt. Das verhinderte zum Glück die Hygieneordnung. So hielten sie sich an den Händen und brachten kein Wort über die Lippen. Der sonst so hart verpackten Chefin liefen Tränen über die Wangen. Ich ließ ihnen noch einen Moment. Dann musste ich unterbrechen. „Ende des Besuches außerhalb der Besuchszeit! Wir drei haben heute noch viel zu tun."

Als die Heimleiterin schon an der Tür war, rief ihr Carmen hinterher:

„Morgen komme ich wieder zur Nachtschicht"

Draußen entschuldigte sich die umtriebige Frau.

„Während das Pflegeheim brannte, tanzte ich ahnungslos auf der Geburtstagsparty meines Bruders in Jena. Bei mir zu Hause musste es pausenlos geklingelt haben. Man wollte mich holen, aber niemand war

63

in der Wohnung. Ich komme direkt aus Jena und war nur 10 Minuten auf Arbeit. Bin gleich weitergefahren. Jetzt erst mal Tausend Dank für Ihre Hilfsaktion. Sie waren großartig.

Aber nun was ganz anderes:

„Ist es nicht ein bisschen zu früh für die Entfernung von Honeckerbildern? Waren Sie da vielleicht zu voreilig? Und dann noch das Gesicht des Staatsratsvorsitzenden mit Blut bespritzt! Wenn das an die falsche Adresse kommt, haben wir eine Katastrophe, gegen die ein Schornsteinbrand harmlos ist. Man kann das Bild nämlich nicht neu kaufen. Honecker und Gorbatschow sind ausverkauft. Und abwaschen kann man es auch nicht. Denn der Vorsitzende ist nicht waschecht".

„Vielleicht lässt es sich irgendwie restaurieren", versuchte ich sie zu beruhigen.

Solchen überflüssigen Knatsch muss man sich mit möglichst wenig Aufwand und ohne viel Getöse vom Halse halten, wenn man viel zu tun hat. Ich würde da erst mal ganz ruhig bleiben und Honni nur verstecken. Momentan gibt es wichtigeres zu tun.

Es ist übrigens Carmens Blut, was ihm da auf die Nase getropft war. Das passiert schon mal beim Anlegen einer Infusion unter provisorischen Bedingungen. Und abhängen wollten wir ihn nicht auf Dauer, sondern nur, solange Carmen zwischen Leben und Tod schwebte.

Die nächsten zwei Stunden verbrachte ich vorwiegend mit quälender Suche nach Pflegekräften für unsere über Nacht hinzugekommenen Kranken-stationen. Denn schon zur Spätschicht wurde es da voraussichtlich sehr eng. Natürlich gab es in der Frühe auch hier und da etwas Aufregung im Zusammenhang mit den nächtlichen

Neuigkeiten, und kleine Wichtigtuer, die damit viel Krawall machten. Das ist nicht ungewöhnlich und leicht verkraftbar, wenn das Betriebsklima stimmt. Kein Problem.

Am späteren Morgen rief dann plötzlich und kaum noch erwartet mein Kreisarzt an.

„Kommen Sie sofort hier her."

Das konnte alles bedeuten, Gutes oder Böses. Doch ich brauchte dringend personelle und auch organisatorische Unterstützung und redete mir Gutes ein. Weil ich nicht geschlafen hatte, zwang mich meine Sekretärin zu einem starken Kaffee und riet mir eindringlich, in die Höhle des Löwen nicht selbst zu fahren. Normalerweise organisierte sie mir ein passables Auto mit Fahrer abfahrbereit vor die Tür, aber an diesem Tag war das unmöglich. Alle Autos und Fahrer wurden gebraucht. Keiner war da. Ich stand vor den leeren Garagen wie bestellt und nicht abgeholt.

Nur ein klappriger Trabant zog langsam vorbei und stoppte plötzlich. Aus der „Pappe" stieg Marion Seeliger und bemühte sich, zu schimpfen.

„Du bist mir vielleicht eine treulose Tomate! Dass Du jetzt keine Sprechstunde machst, hättest Du auch gestern schon bekannt geben können."

Aber sie konnte gar nicht richtig schimpfen. Uns verband ein heimlicher Glücksfaden, reißfest und krisensicher. Wir hatten jahrelang zusammen im Kirchenchor gesungen, und sie war mir schon wegen ihrer bezaubernden Sopranstimme von Anfang an sympathisch.

„Marion, Dich schickt der Himmel, komm rein und fahr zum Rat des Kreises", unterbrach ich sie, setzte mich auf den Beifahrersitz. Unterwegs berichtete ich ihr das Nötigste und fragte sie nach ihrem

65

Befinden und Denken und Tun. Ihr ging es gut. Sie hatte nichts auszustehen. Unwillkürlich kam sie ins Schwärmen von unserer Vergangenheit.

Vor einigen Jahren hatten wir schon einmal so zusammengesessen. In einem Reisebus auf der Rückfahrt vom Chorsingen. Wir waren eher zufällig auf die hinterste Sitzbank geraten, die man spöttisch „Abtreiberbank" nannte, weil man dort in den urigen Vehikeln aus der Stalinzeit besonders heftig gerüttelt wurde. Es war schon abendlich dunkel. Niemand konnte uns sehen, auch der Busfahrer nicht im Rückspiegel. Und plötzlich hatten wir uns lange und leidenschaftlich geküsst. Spontan, ohne Vorahnung. Und das brachte Tausend Engelsstimmen zum Singen. Unbeschreiblich schaurig schön. Danach zupfte Marion eine Glockenblume aus ihrem bunten Strauß, den sie für ihren Solopart bei unserem Auftritt geschenkt bekommen hatte, steckte sie mir vorn in meinen aufgeknöpften Hemdkragen und flüsterte feierlich:

„Die musst Du in unserem Liederbuch pressen, auf Seite 125 bei dem Kanon „Alles schweiget..." zur Erinnerung an heute".

Wir brauchten uns gegenseitig nie daran zu erinnern. Dieser Moment lebt in uns „auf immer und ewig". Es gab schon Schönes in der DDR. Wenn auch manchmal im Schutze der Dunkelheit.

Vor anderthalb Jahren war Marion mit einem krebsverdächtigen Brustknoten zu uns gekommen und hatte darum gebeten, nur von mir operiert zu werden. Zum Glück erwies sich der Tumor als gutartig. Der postoperative Verlauf gestaltete sich komplikationslos, und wir konnten planen, den Gewebsdefekt durch eine rekonstruktive Op. in der Uniklinik Jena auszugleichen. Deshalb hatte sie einen Bestelltermin für diesen Tag. Marion kam mit kleinen Überraschungen

66

wie dieser gut zurecht. Änderungen vorbehalten war schließlich das Grundprinzip der Planwirtschaft.

In der Beletage, der Höhle des Löwen, herrschte gemächliche Ruhe. Die Sekretärin begrüßte mich mit hochgezogenen Augenbrauen.

Der Löwe selbst, der mich so eilig her zitiert hatte, ließ mich eine gute Viertelstunde warten, obwohl er nichts weiter zu tun hatte, als Zeitung lesen mit zugehörigem zweiten Frühstück.

„Um die aktuellen Argumente für die Tagesdiskussion parat zu haben", pflegten die eifrigsten Parteipropagandisten zu sagen.

Im Sozialismus war es erwünscht, eine Meinung zu haben, aber eben nur eine. Und die stand in der Zeitung.

Die Begrüßung fiel äußerst knapp aus. Dabei schaute der Hausherr unentwegt auf die Zeitung, würdigte mich keines Blickes und sprach von Hausbesuchen und Behördengängen, die er getätigt hatte.

Offenbar wollte er mir den fleißigen Treppendackel vorspielen, der keine Anstrengungen scheut.

Doch im Vorzimmer hatte ich reichlich Gelegenheit herauszufinden, dass er die Zeit seit Dienstbeginn im Chefsessel verbracht hatte. Und vor Dienstbeginn waren Behördengänge unmöglich und Hausbesuche eher unwahrscheinlich.

Außerdem wusste ich aus eigenem Erleben, dass dem übergewichtigen Schnaufer treppauf schon nach dem ersten Stock die Puste ausgeht.

Mit Treppendackel war da auch nicht viel. Alles was er also wirklich getätigt hatte, war Frühstücken und Zeitung lesen.

„So wie Du arbeitest, möchte ich meinen Urlaub verbringen", soll mal der Oberbürgermeister zu ihm gesagt haben.

Weil er mir keinen Platz anbot, blieb ich mitten im Zimmer stehen.

Das rührte mich alles wenig. Darüber, dass er mir zumutete, sein

67

durchschaubares Geschwätz zu glauben, konnte ich schweigend lächeln. Zweckmäßig betrachtet war dieser Auftakt sogar günstig. Ich konnte hoffen. Wenn seine Selbstbeweihräucherung noch ein bisschen weiterging, würde ich passende Worte der Anerkennung und des Lobes formulieren, seine Eitelkeit nähren und vielleicht sein Wohlwollen für meine Hilfsbedürftigkeit finden.

Aber oh weh! Unmittelbar nach seiner Präsentation als „Superman", sozusagen als positives Gegenbeispiel, fragte er unvermittelt: „Und was haben Sie wieder für Ungereimtheiten verzapft?" Er war also über den Pflegeheimbrand informiert. Doch von den Vorgängen im Einzelnen wollte er gar nichts wissen. Keine Frage nach Patienten, keine Frage nach Mitarbeiterinnen und Mitarbeitern des Gesundheitswesens. Ihn interessierte nur, wer von den Prominenten vor Ort war. Dieser kindische Eifer verdarb mir die Hoffnung auf Unterstützung.

Verärgert schoss ich zurück und nannte ihm mit heimlicher Schadenfreude ausdrucksvoll eine Persönlichkeit nach der anderen, nicht ohne zu bemerken, dass die Promis sehr hilfreich mit in das Geschehen eingegriffen hatten. Bei jedem Namen verfinsterte sich seine Miene. Schließlich unterbrach er mich abrupt und erklärte, von oben herab wie ein Strafrichter bei der Urteils-verkündung: „Herr Wilutzky, Sie haben in der vergangenen Nacht total versagt. Sie haben alles falsch gemacht, was falsch zu machen möglich war und nur Unheil angerichtet. Ihre erste und dringlichste Pflicht war, mir den Vorfall sofort zu melden. Das sollte Ihnen bekannt sein. Mit dieser Unterlassung haben Sie gegen unsere sozialistische Meldeordnung verstoßen, Ihre Pflichten in grober Weise vernachlässigt und damit unserer Gesellschaft erheblichen Schaden zugefügt."

68

Er machte eine Pause und wartete mit versteckter Neugier auf die Wirkung seiner Strafpredigt. Aber er bekam nicht viel zu sehen. Ich war nur müde und wenig beeindruckt. Vielleicht deshalb holte er zu einem weiteren Schlag aus:

„Wie mir zu Ohren gekommen ist, haben Sie in der Nacht mit Ihren Fußballern gefeiert, statt sozialistische Führungs- und Leitungstätigkeit auszuüben".

Der Dicke hinter seiner Kaffeekanne wirkte wie ein Spaß aus dem Wilhelm Busch-Album. Was er mit sozialistischer Führung und Leitung meinte, war mittlerweile bekannt und berüchtigt. Damit schob er mein dringendes Anliegen einfach weg. Pflegebedürftige in Not passten ihm nicht in den Kram. Und er legte noch eine Schippe drauf:

„Ihr Fehlverhalten entspricht einer Straftat. Ich muss mich hier um Recht und Ordnung kümmern und werde gegen Sie ein Disziplinarverfahren eröffnen."

Wow! Da schimmerte doch schon wieder Imponiergehabe durch. Er prahlte gern mit seinen Machtbefugnissen wie so viele große und kleine Despoten, die eine Diktatur am Laufen halten. Oder lauerte da eine bestimmte Absicht?

Ich war im falschen Film, und er spürte, dass mich seine Drohgebärden nicht beeindruckten. In den vergangenen Jahren hatte er schon zweimal solche Spielchen erfolglos inszeniert. An Fachkompetenz wagte er sich nicht heran, und meine Rücktrittsangebote als „Staatlicher Leiter" lehnte er stets ab. Mir dämmerte allmählich, was der umständliche Taktiker eigentlich wollte. Er brauchte einen Sündenbock für seine Blamage vor der regionalen Prominenz. Dazu sollte ich wirksam und möglichst

69

widerspruchslos verdonnert werden. Nicht mal einen Deal, auf den ich vielleicht eingegangen wäre, hatte er erwogen.

Bei näherem Hinsehen zeichnete sich nämlich in diesem Disput ein gegenseitiger Bedarf ab. Er brauchte einen Sündenbock, ich brauchte Personal. Auf einen systemkompatiblen Heiligenschein musste ich nicht bedacht sein und konnte locker dafür herhalten, dass der Dicke in der Nacht lieber schlafen wollte, als rufbereit zu sein. Für zwei bis drei pflege-kompetente Leute aus seiner Verwaltungsblase wäre ich bereit gewesen, die Kröte zu schlucken. Es wäre nicht die erste gewesen.

Mit ein wenig Diplomatie und Feingefühl beiderseits hätte man sich da ein Stück weit entgegen kommen können. Doch Dickie war dafür blind und taub. Er eiferte unbeirrt im Betonkopfmodus weiter. Mit dem Knüppel Klarheit schaffen war das Mittel seiner Wahl. Zeitsparend, effektiv und vielseitig anwendbar. Herbeiprügeln der Wunschvorstellung, wenn nicht sein kann, was nicht sein darf. Dickie bedachte jedoch nicht, dass ein Kämpfer für einen guten Zweck sich nicht so einfach verprügeln lässt. Mich reizte es, ihm das zu zeigen.

„Ich habe Sie angerufen, Herr Medizinalrat, und leider nicht erreicht."

„Das stimmt nicht! Das ist eine Lüge."

„Mein Diensthabender im Krankenhaus hat mehrfach versucht, Sie zu erreichen, leider auch vergebens."

Den am besten beweisbaren Anruf über die Zentrale vom Rat des Kreises erwähnte ich noch nicht. Die ersten kleinen Nadelstiche hatten schon genügt. Das machtstrotzende Schwergewicht wurde aufbrausend und heftig. „Versuchen Sie nicht, mich hinters Licht zu führen. Ich sage es Ihnen auf den Kopf zu: Sie haben überhaupt nicht angerufen! Niemand hat angerufen!"

70

Das war seine Version, die er auch vor diesem „Gespräch" schon verbreitet hatte, in beruhigender Gewissheit, dass man ihm, dem mächtigen Paladin der Partei- und Staatsführung einfach mehr glauben musste, als dem kleinen Chef eines kleinen Krankenhauses in einer kleinen Stadt.

Doch hundertprozentig sicher schien sich Dickie da wiederum nicht zu sein, zumal mir seine deutlich höhere Lautstärke wenig imponierte.

Außerdem hatte er schon vor diesem befohlenen Rapport Anrufe wegen der Brandkatastrophe in seinem Kreis bekommen, und er musste sich verleugnen lassen, weil er nicht auskunftsfähig war. Da musste also eine Wahrheit herbeigezaubert werden, für die selbst der Knüppel zu kurz war.

„Deine letzte Chance", ermunterte mich meine innere Stimme.

So bat ich betont höflich und entgegenkommend den dafür Zuständigen noch einmal um kurzzeitige Unterstützung bei meinem Pflegeheimdilemma, jedoch genauso erfolglos wie bei den nächtlichen Telefonkontaktversuchen.

„Wenn Sie Ihre sozialistische Führungs- und Leitungstätigkeit nicht nach den bewährten Prinzipien der Partei- und Staatsführung konsequent durchsetzen und Ihre Arbeiter und Angestellten von der führenden Rolle der Arbeiterklasse und ihrer Marxistisch-Leninistischen Partei im Kampf für den Sieg des immerwährenden Sozialismus nicht tagtäglich überzeugen, brauchen Sie sich über die Folgen Ihres Versagens nicht zu wundern. Erwarten Sie etwa, dass ich Ihre Schlamperei noch unterstütze?"

Er wurde immer lauter. Die Vorzimmerdame bekam wieder etwas zu hören, was sich gut weitererzählen ließ.

71

„Sie haben hier nichts zu sagen und nichts zu verlangen! Und wenn Sie das noch nicht kapiert haben und hier noch unverschämt werden, bringe ich Sie vor Gericht und hinter Schloss und Riegel, wie alle Feinde des Sozialismus"

Solche Formulierungen hätten Bürger anderer Länder vielleicht beeindruckt. Für einen DDR-Bürger waren sie schon beinahe langweilig. Das war zu alltäglich in der Demokratischen Republik.

Natürlich war Dickie ein weithin bekannter Denunziant, der seine politischen Dogmen liebend gern von sozialismusfeindlicher Meinungsvielfalt säuberte. Man richtete sich halt darauf ein. Aber so viele Feinde des Sozialismus, wie Dickie und seinesgleichen gern weggezaubert hätten, konnte man gar nicht einsperren. Das Fassungsvermögen der Haftanstalten im Staat war immer gut ausgelastet. Leere Zellen waren Raritäten. Und das Staatsoberhaupt musste mit regelmäßigen Generalamnestien immer wieder mal Platz schaffen für weitere Feinde des Sozialismus.

Mir war das Drohgehabe des Parteistrategen mit seinen immer gleichen Gebetsmühlentexten total egal. Ich hatte wenig Zeit und viel zu tun. Dabei wurde ich mit seinen schwachsinnigen Strafpredigten nur aufgehalten. Dickie war alles in allem ein Arbeitshindernis, das nun offensiv angegangen werden musste. Dulden oder gar zurückweichen wäre geradezu verantwortungslos gewesen. Hier bedurfte es kräftiger Impulse. Dem fetten Faulenzer, der ärztliche Ethik mit Füßen trat, gebührte ein munteres Schlusswort. Und auf einen groben Klotz gehört ein grober Keil.

„Herr Medizinalrat, ich habe den Eindruck, dass Sie hier derjenige sind, der nicht kapiert, was zu tun ist."

Das verschlug ihm die Sprache. Unbändige Wut stieg in ihm auf.

Sein Gesicht wurde krebsrot. Nach sekundenkurzer Starre sprang er heftig in die Höhe, rüstete sich auf zum fortissimo vivace, hob seinen massigen Arm und wies mir die Tür.

„Raus, raus, raus!"

Damit war unser etwas außergewöhnliches Gespräch, von dem eigentlich wir beide etwas mehr erhofft hatten, beendet.

Das Abschlussszenario war eben noch mal ein kleiner Höhepunkt. Da hatte sich unser Supersozialist einen Andersdenkenden zur Frühstückszeit bestellt, um ihn genüsslich auseinander zu nehmen, und ihn danach auf Untertanenmaß zusammen zu stauchen.

Und nun dieser störrische Stümper, ideologisch viel zu unreif und zu nichts zu gebrauchen. Dieser notorische Querkopf, der mit irgendwelcher Patienten-betreuung wichtig tut, die im Parteiprogramm gar nicht enthalten ist, anstatt die wegweisenden Lehren Lenins und der Großen Sozialistischen Oktoberrevolution als oberstes Prinzip des Gesundheitswesens zu achten und zu befolgen, der auch noch aufmüpfig ist und Forderungen stellt, hatte ihm den Appetit verdorben. Bei seinem sonst so gloriosen zweiten Frühstück, umgeben von den wohlklingenden Formulierungen der Tageszeitungen, waren unangenehme Störgeräusche aufgetreten. Das forderte die ganze Kraft des Kaffeekannenkämpfers heraus.

Der allerwichtigste Gesundheitsgenosse zur rechten Zeit am falschen Ort das durfte nicht bekannt werden. Das stimmte einfach nicht. Und das ganze Unheil, was der aufsässige Krankenhausketzer an dem Pflegeheim angerichtet hatte, musste er, der politisch zuverlässigste, nun wieder in Ordnung bringen. Eine barbarische Bosheit gegen ihn und zugleich eine Herausforderung, die massiven Knüppeleinsatz verlangte.

Auf mich wirkte der temperamentvolle Rausschmiss wie eine Kabarettszene. Schade nur um die verschwendete Zeit, in der ich lieber gearbeitet hätte. Somit ging ich, begleitet von den Klängen des tobenden Wüterichs, feierlich langsam zur Tür, vorbei an dem Standartportrait von Erich Honecker. Der blickte mit seinem versteckten Mona Lisa- Lächeln von der Wand herab, als wollte er sagen

„Sorry, doctor. Take it easy. Meine Lakaien sind halt nicht immer so gut gelaunt wie ich."

Draußen auf dem Parkplatz stand Marion neben ihrem Trabbi wie auf glühenden Kohlen. Und ich musste sie trotz allem um weitere Minuten Geduld bitten. Schweren Herzens aber unabdingbar.

Dann lief ich im Eiltempo die kurze Strecke zum Hauptgebäude vom Rat des Kreises, wo man durch einen Seiteneingang direkt in die Telefonzentrale kam. Die Telefonistin der Frühschicht begrüßte ich erlesen höflich und freundlich. Sie antwortete mir in gleicher Weise. Das tat gut nach dem Brüllaffengetöse kurz zuvor. Ich bat sie um einen Auszug des analogen Datenspeichers von den Anrufen der letzten zwölf Stunden unter dem Vorwand, dass die Telefonzentrale meines Krankenhauses überprüft werden müsse. Als Chef des Krankenhauses war ich dazu berechtigt.

Die freundliche junge Frau erstellte mir per Knopfdruck den schriftlichen Beweis für unsere Telefonaktivitäten der letzten Nacht. Sie wusste noch nichts von meiner Kreisarztaudienz und allem Drum und Dran.

Übrigens brauchte sie ihre freundliche Arglosigkeit nie bereuen, denn das Disziplinarverfahren kam nie zustande. Sein Glück. Denn mit dem

Ausdruck des Datenspeichers konnte ich bei der Show eine Bombe platzen lassen.

Zurück zu Marion eilte ich wieder mit Riesenschritten, doch diesmal, wie so oft in Zeitnot, kam ich zu spät. Marion wurde gerade vom Kreisbetriebsarzt attackiert.

„Können Sie nicht lesen? Hier steht groß und breit Parkflächen für Gesundheitswesen. Außerdem ist das hier allgemein bekannt. Diesen Verstoß gegen die Parkordnung melde ich der Volkspolizei. Darauf steht eine Ordnungsstrafe."

Marion war schon ein wenig beeindruckt. Sie wusste nur nicht, dass ihr ein stadtbekannter Angeber und wenig tauglicher Mediziner gegenüber stand, mit dem niemand etwas zu tun haben wollte. Deshalb spielte der sich gerne groß auf. Aber ich kannte diesen Typen zur Genüge. Am liebsten hätte ich ihm einen Kinnhaken verpasst. Doch in der Ruhe liegt die Kraft.

„Herr Kollege, belästigen Sie bitte nicht meine Mitarbeiterin. Dieser Pkw ist mein Dienstfahrzeug, und ich bin nicht zum Spaß hier, sondern dienstlich als Staatlicher Leiter eines Krankenhauses. Ein Krankenhaus gehört übrigens zum Gesundheitswesen. Auch das ist hier allgemein bekannt. Jetzt gehen Sie mir bitte aus dem Weg. Sie behindern meine Dienstfahrt. Ich habe wenig Zeit." Währenddessen hatte ich mich ans Lenkrad gesetzt mit Marion neben mir. Weil der streitende Möchtegern provozierend stehen blieb, startete ich durch, sodass er zur Seite springen musste. Er schrie uns etwas hinterher. Deshalb ließ ich den scheppernden Zweitaktmotor noch lauter scheppern als üblich. Das übertönte sein Geschrei. Im Rückspiegel sahen wir ihn in der Qualmwolke des Kaltstarts mit den Armen fuchteln.

Das war schon fast symbolisch. lm Sozialismus gab es viel Schall und Rauch. Marion erholte sich schnell. Je mehr wir Abstand bekamen von der untauglichen Obrigkeit, desto mehr stieg ihre Stimmung und auch ihre Neugier. „Wie war denn nun dein Stelldichein mit unserem allerhöchsten Herrn und Gebieter?"

„Kurz gesagt ein Flop."

„Und genauer gesagt?"

„Genauer gesagt waren Majestät ziemlich ungehalten. Die alles überragende Bedeutung seiner Majestät für das Wohl der Menschheit war nicht genügend gewürdigt worden. Somit haben Majestät die Angelegenheit mit den Schutzbedürftigen im Katastrophenfall wieder mal nicht kapiert und einfach ignoriert. Dabei waren Majestät selbst eine einzige Katastrophe. Und ich war nicht der wohlgefällige Untertan."

„Und? Wundert Dich das? Hast Du von dem dicken Dümmling was anderes erwartet? Oder hattest Du gar Wunschträume wie der kleine Muck im Märchenland?"

„Wunschträume weniger, nur die knallharte Pflicht und Schuldigkeit, diese Not irgendwie zu bezwingen, und das sofort und mit leeren Händen. Dafür ist der Politparolenclown die falsche Adresse. Pech gehabt."

„Ja, der Imperator von Honny`s Gnaden. Wenn es um Arbeit geht, wird er Dich weiterhin allein lassen. Arbeit sieht der nicht. In meinem Heimatkreis ist der Kreisarzt wirklich Arzt. Der macht keine Parteipropaganda bei der Arbeit und scheut sich nicht, Kollegen zu vertreten, wenn Not am Mann ist. Und die Patienten gehen gerne zu ihm."

„Gott sei Dank. Das gibt es noch. Normalität tut gut."

„Wo klemmt es denn jetzt bei euch am meisten?"

„Bei den Nachtschichten."

„Okay, dann werde ich Urlaub machen und abends bei euch antreten."

„Marion, Du bist mein Lichtblick des Tages. Tausend Dank! So wird das Leben in der Diktatur des Proletariats und der Medizinaldespoten leichter. Dick und doof bleibt ja der unsere. Damit müssen wir leben. Erschreckend ist nur, dass er nichts mehr begreift und zu nutzbringender Arbeit nichts taugt. Eine taube Nuss. Fachlich inkompetent und persönlich bescheuert. Ich wäre schon froh, wenn der uns mit seinem Politgeschwafel und seiner stupiden Phrasendrescherei weniger bei der Arbeit stören würde. Das kostet jedes Mal wertvolle Arbeitszeit und im Endeffekt unbezahlte Überstunden."

„Das kann ich Dir lebhaft nachfühlen. Solche Fieslinge sind sehr erfolgreich als Handlanger großer Diktatoren und klägliche Verlierer bei Chancen-gleichheit für alle. Wer so einen Apparatschik zum Vorgesetzten hat, muss schon besonders kreativ sein. Da gilt es, Schaden zu begrenzen und Schlimmstes zu verhindern. Kompetenz und pragmatisches Handeln werden im System gebraucht, aber verachtet. Das einzige, was zählt, ist Loyalität zur Obrigkeit und tägliches Nachplappern von ideologischen Floskeln und politischen Bekenntnissen. Dann sitzt man fest im Sattel und kann das Zepter schwingen oder auch den Knüppel. Der Adel dreht die Gebetsmühlen, und das Volk muss mit der Realität klarkommen Apropos Realität: Weißt Du überhaupt noch, dass meine Pappe hier knattert, weil ich in Deine Sprechstunde bestellt bin?"

„Ja, schon, und wir sind pünktlich. Die Sprechstunde hat gerade begonnen". Sie wollte mich verblüffen und war nun selbst verblüfft.

„Wieso?"

„Weil wir gleich im Sprechzimmer sind."

Marions Wohnhaus stand direkt in der Straße zur Kreisstadt. Auf dem Hinweg waren wir wegen der kreisärztlich angeordneten Eile daran vorbeigebrettert. Nun hielt ich vor der Haustür.

„Wollen wir wirklich hier aussteigen?" fragte sie etwas unsicher.

„Der treue Trabant soll doch heute nicht ganz umsonst gefahren sein."

Marions Wohnambiente war genau so sympathisch wie sie selbst.

„Möchtest Du Kaffee oder Tee?"

„Tee, aber erst die Arbeit, dann die Tassen."

Und schon legte sich die gelehrige Patientin mit freiem Oberkörper auf ihre Couch, wie sonst in der Sprechstunde. Das war noch nicht einmal provisorisch, denn das Ultraschallgerät, was gewohnheitsmäßig danebensteht, gab es damals noch nicht. Ohne die heute übliche technische Diagnostik musste man bei der Untersuchung sehr genau hinschauen und die Gewebsbeschaffenheit sehr sorgfältig ertasten. Ich schaute aufmerksam auf den aktuellen Befund, und Marion schaute aufmerksam auf mein ernstes Gesicht. Erst als ich sicher war, dass unserer Planung nichts mehr im Weg stand, löste sich alle Anspannung, und Marion zog mich in plötzlich aufsprühender Freude an sich und drückte mir einen stürmisch leidenschaftlichen Kuss auf den Mund. Danach flüsterte sie wieder wie nach dem Chorsingen im Bus: „Darauf habe ich lange gewartet. Ich denke oft an Dich. Schade, dass Du nicht mehr bei uns bist. Ist es denn unabdingbar, dass Dich Deine Leitungstätigkeit, vielleicht auch Leidenstätigkeit, so voll und ganz in Anspruch nimmt? Ist das noch gut und sinnvoll? Die Zeiten sind schlecht geworden und viele Menschen auch. Du siehst arg mitgenommen aus. An Deinen

Augenwinkeln und auf Deiner Stirn haben sich Falten gebildet, und Deine Stimme klingt hart und ernst und melancholisch."

„Aber die plastische Chirurgie ist gut geblieben, sogar noch besser geworden", versuchte ich mich aus der Verlegenheit herauszureden, „und sie wird Dich noch schöner machen, als Du schon bist."

Die Melancholie war plötzlich eher auf Marions Seite. Sie wurde still und nachdenklich, während mich die Unruhe peitschte. Meinen Tee trank ich im Stehen. Dabei bedrängte ich Marion zum letzten mal.

„Bleib jetzt zu Hause und ruh' Dich aus. Dein Auto bringt Dir einer meiner Fahrer in spätestens zwei Stunden wieder. Die Schlüssel sind dann in Deinem Briefkasten, und die Papiere für Jena im Handschuhfach."

Für einen langen Abschiedskuss fehlte die Zeit.

Marions Operationsergebnis wurde besser als erwartet. Sie musste mehrmals nach Jena und traf dort eher zufällig mit Gleichgesinnten zusammen, die über Ländergrenzen hinweg dachten und Spendenaktionen für die hungernde Bevölkerung in den Problemregionen Afrikas anschoben. Man durfte von der DDR aus spenden, aber nur im Rahmen des politisch Erlaubten. Die jungen Leute bekamen Ärger mit der Staatsgewalt und durften erst zur Wende weitermachen. Dabei erblühte Marion, wie nach einem langen Winter, in der Schönheit ihrer weiten Seele und ihrer großen Hilfsbereitschaft. Ein Jahr später flog sie mit einem Ärzteteam nach Afrika. Dort gab es für sie viel nachzuholen und noch mehr zu tun. Unser Liederbuch mit der Glockenblume auf Seite 125 steht ganz vorn in meiner Glasvitrine bei den Schätzen der Vergangenheit. Unser reißfester Glücksfaden reichte lange Zeit bis Afrika.

Wieder im Hause rief mir mein Stellvertreter schon von weitem zu:

„Musst Du ausgerechnet jetzt in die Kreisstadt fahren, wo hier alle Hände gebraucht werden? Wir benötigen dringend Personal"

„Befehl ist Befehl", konnte ich nur sagen,

„ich hatte versucht, etwas Gutes daraus zu machen."

„Was hast Du Gutes mitgebracht?"

„Mein drittes Disziplinarverfahren."

„Wie bitte?"

„Ich bekomme wieder ein Disziplinarverfahren."

„Und kein Personal?"

„Keinen Pfifferling" er lachte irritiert und laut.

„Ich fasse es nicht! Ein Disziplinarverfahren statt Unterstützung im Notfall. Strafe statt Hilfe. Siehst Du endlich ein, dass ich Recht habe? Solche Schwachköpfe machen jede Katastrophe noch schlimmer. Wenn es um Politgeschwafel geht, sind sie dicke da, wenn es um Menschenleben geht, werden sie zur zusätzlichen Gefahr. Wer eine Katastrophe zu bewältigen hat, muss zuerst die Schwachköpfe fernhalten. Das ist eine der wichtigsten Voraussetzungen. Übrigens hat Deine Sekretärin vorhin angerufen. Sie hat ein Schreiben erhalten, mit dem der Herr Medizinalrat anordnet, dass zwei von unseren OP-Schwestern ab dem nächsten Monatsersten in der Kreispoliklinik arbeiten müssen. Das wären Nr. sieben und acht unserer Fachkräfte, die hier auf der Gehaltsliste stehen und auswärts die Schäden ausgleichen, die der stupide Trampel laufend verursacht."

Mir ging das Messer in der Tasche auf. Das Abverfügen meiner OP-Schwestern hätte er mir auch vorhin mitteilen können, als ich bei ihm zum Rapport war. Normalerweise werden außergewöhnliche Maßnahmen im Arbeitsprozess auch mündlich abgesprochen. Sogar beim Militär, wo Versetzungen üblich sind und durch Befehle geregelt werden, gibt es dazu mündliche Ausführungen. Aber dieser gefährlich Unfähige tickt anders. Er rühmt sich in seinen Kreisen, Personalprobleme schnell und unbürokratisch zu lösen. In diesem Fall war eine halbe Schreimaschinenseite sein gesamter Arbeitsaufwand. Mehr hielt er nicht für nötig. Doch eine solche Attacke gegen ein noch intaktes Krankenhaus erforderte schlagkräftige Abwehr. Ich musste aufrüsten.

„Oliver, Du hast vollkommen Recht. Einem Chirurgen zumuten, seine eigene OP- Abteilung zu demontieren, kann wirklich nur ein Schwachkopf. Es wird Krieg geben, Olli. Stehst Du dann auf meiner Seite? Würdest Du mein Zeuge sein und die Wahrheit sagen, wenn es hart auf hart kommt?"

„Keine Frage. Wenn wir jetzt nicht aufpassen, macht der uns bedenkenlos platt und schiebt uns dafür die Schuld in die Schuhe wie bei dem ambulanten Zentrum, das er in Grund und Boden gewirtschaftet hat. Wir müssen unser Haus und unsere Patienten verteidigen, so gut wir können. Und wenn wir dafür in den Knast kommen. Dann ist es wenigstens für einen guten Zweck. Aber schieb das jetzt erst mal beiseite. Komm jetzt nicht aus der Spur. Du musst heute funktionieren für das, was heute ansteht. Und wie es aussieht, wird das schon mehr als genug. Die Geschütze für morgen und übermorgen fahren wir morgen und übermorgen auf."

„Gut so. Dann mach' ich jetzt mal meine Runde."

Der Anfang war mein Chefbüro. Marions Papiere mussten fertiggestellt werden. Meine kluge Sekretärin ging freundlich darauf ein. Erst danach zeigte sie mir Dickies schroffe Anweisung mit der Bemerkung: „Viel Freude wird der Beutegreifer an unseren Schwestern nicht haben. Die können sich neuerdings in das

81

Wismutkrankenhaus retten, wenn er nach ihnen greift."

„Für uns wären sie dann trotzdem verloren", bedauerte ich. Aber plötzlich kam mir ein rettender Gedanke.

„Nein! Sie werden bei uns bleiben. Das fechte ich aus."

„Wie wollen Sie das machen?"

„Es gibt da einen Weichmacher für Steinzeitkommunisten, vor allem solche, die einen schwarzen Fleck auf der weißen Weste bzw. einen braunen Fleck in der roten Karriere haben."

Damit hatte ich schon zu viel gesagt. Auf meine kluge Geheimnisträgerin war jedoch Verlass. Sie konnte schweigen wie ein Grab. Der „Weichmacher" durfte nur im äußersten Notfall angewendet werden und war nur wenigen Eingeweihten bekannt und erlaubt. Eben diesen, welche wussten, wie viel Dreck am Stecken manche hohen Herrschaften hatten. „Wissen ist Macht" bewahrheitete sich auch hierbei. Der äußerste Notfall war es noch nicht, aber die äußerste Unverschämtheit.

Obwohl ich nicht zu den Berechtigten gehörte, kannte ich die Formel. Ich ließ mir damit noch zwei Tage Zeit. Am Abend des zweiten Tages, abhörsicher im stillen Kämmerlein, griff ich zum Hörer und drückte den roten Knopf. Danach detonierte eine brisante Ladung. Ich bekam viele mahnende Zeigefinger von ganz oben vorgehalten, doch die Attacke gegen das Krankenhaus war abgewehrt. Der Appetit des Moloch war gezügelt und wir blieben von weiterer sozialistischer Leitungstätigkeit vorerst verschont.

Bald danach kam eh alles anders. Im realen Sozialismus war die Kluft zwischen Untertanen und Obrigkeit besonders groß. Und die unteren Millionen siegten in diesem Kapitel der Geschichte auch deshalb, weil die oberen Zehntausend in ihrem Luxus ertranken.

Ehe mich die Unruhe wieder hinaustrieb, klopfte es an die Vorzimmertür. Zwei Frauen mittleren Alters vom Kleingerätemontageband des städtischen Elektronikbetriebes meldeten sich zur Aushilfe bei der Altenpflege. Sie waren ehemalige Patientinnen und zählten ihre zahlreichen Erlebnisse im Haus ununterbrochen auf.

„Woher wissen Sie, dass wir personelle Hilfe brauchen?"

„Aus dem Buschfunk."

Ich nahm sie mit zu den Brennpunkten im Haus. Dort packten sie sofort mit an und blieben bis zum Ende der Spätschicht. Marion, die tagsüber noch nicht konnte, kam pünktlich zur Nachtschicht. Sie brachte noch ein junges Mädel vom Kirchenchor mit. So halfen auch die Sängerinnen der Kirche dem Sozialismus über die Runden. In der „Außenstation" begrüßte mich ein eifriger Lehrling aus der Schuhfabrik.

„Der Pflegedienstleiter ist im Nebenraum. Er braucht mal einen Moment Ruhe. Er ist seit morgens drei Uhr auf den Beinen". Als er merkte, dass ich zögerte, legte er nach: „Wissen Sie, wie sich das anfühlt, wenn man eine halbe Nacht nicht geschlafen hat und dann den ganzen Tag arbeiten muss?"

Ein stummes gütiges Lächeln war darauf wohl die beste Antwort. Das vermeidet Irritationen und nutzlose Diskussionen. Bei stürmischer See braucht man möglichst alle Mann an Deck und möglichst mit Schwung und guter Laune. Mein Pflegedienstleiter kam von selbst und ließ mich reden.

„Wie läuft es bei Dir? Hast Du, was Du brauchst oder klemmt die Säge irgendwo?"

„Dank der Nachfrage. Die Oldies sind pflegeleicht und zufrieden.

83

Der Gastwirt hat ihnen extra einen Fernseher aufgestellt und Skatkarten gegeben. Du wirst lachen, es fehlt an nichts außer Desinfektionsalkohol. Im Haus sind die Vorräte fast aufgebraucht, und mit dem Bedarf für diesen Tanzsaal bin ich einfach überfordert. Du warst doch gerade bei der Abteilung vom Rat des Kreises, die für uns zuständig ist. Führt da ein Weg rein?"

„Spaßvogel! Diese Abteilung ist eher gegen uns zuständig. Die Schreibtischpiraten dort nehmen uns eher noch was weg, als uns zu versorgen. Um unser täglich Brot müssen wir uns schon selber kümmern, und wenn wir etwas haben, müssen wir es gut verstecken. Die cleveren Genossen greifen überall hin, wo sie sich was holen können. Da sind sie wirklich schnell und unbürokratisch. Ihre Weisungsberechtigung können die durchaus effektiv einsetzen. Vor vierzehn Tagen erst haben sie vom Kontingent unseres Fuhrparkes sechs Satz Winterreifen beschlagnahmt. Unsere Kraftfahrer vermuten, dass die damit ihren privaten Bedarf gedeckt haben. Schnell und unbürokratisch."

Einkaufen konnte man in der Planwirtschaft nämlich nicht so selbstverständlich wie heute. Viele Gebrauchsgüter waren da kontingentiert, und unser Kontingent für Desinfektionsalkohol z.B. wurde vom 86 Kilometer entfernten Leipzig beliefert. Da musste man gut aufpassen, denn wer zu spät kam, den bestrafte das Leben schon bei der Krankenhaushygiene. Wir hatten aufgepasst und trotzdem keinen Alkohol. Das Kontingent hatte für den erhöhten Bedarf nicht ausgereicht. Größere Betriebe leisteten sich immer einen Direktor für Einkauf und Beschaffung. In kleineren Krankenhäusern musste irgendjemand wissen, meistens eben der Chef, wo außerplanmäßig etwas zu holen war.

Als eiserne Regel galt dabei: Nichts ausplaudern, damit die Quelle nicht versiegt. Dieses ungeschriebene Gesetz war dem gewitzten Pflegedienstleiter wohlbekannt. Er hatte schon mal einen Kanister bereitgestellt. Er wusste eher als ich, was ich dazu sagen würde: „Dann gib mal Dein Kännchen her. Morgen ist es wieder voll". So funktionierte der lebenswichtige kleine Kreislauf im System. Auf diese Weise hielten wir uns auch am nächsten Tag über Wasser. Wir kamen schließlich mit Ach und Krach über die Runden. Am dritten Tag waren schon erste Rücktransporte möglich.

Auch da gab es wieder kleine Besonderheiten am Rande. Ein freundlicher älterer Herr verlangte, den „Chef" zu sprechen, und bat darum, nicht schon wieder verlegt zu werden. In seiner neuen Unterkunft würde er sich viel wohler fühlen als bisher. Und am dritten Tag meldeten sich auch noch Helfer, diesmal von einem betrieblichen Sanitätszug des „DRK der DDR". Die formierten wir sofort zur Transportkolonne und zum Hilfstrupp für das Pflegeheim, denn auch dort wurde jede Hand zu jeder Zeit gebraucht. Schließlich hing auch unser Wohl und Wehe von baldigen weiteren Rücktransporten ab. Einer der Helfer sinnierte lächelnd beim Mittagessen: „Das Pflegeheim funktioniert ganz anders".

Das ließ uns aufhorchen. Wir wollten mehr wissen und bekamen zu hören: Gegen sieben Uhr erschien bei der Heimleiterin ein Instrukteur des Kreisarztes. Der Herr Rat hatte sich anscheinend doch noch entschlossen, wenigstens dem Pflegeheim zu helfen.

„Der Genosse Medizinalrat erweist Ihnen hiermit die wichtigste Hilfsmaßnahme", erklärte der Instrukteur und ordnete an, dass sich punkt zehn Uhr alle Belegschaftsmitglieder im Versammlungsraum des Hauses einzufinden haben. Dort würde er bis zur Mittagspause vor der gesamten Belegschaft über die Bedeutung des proletarischen Internationalismus für den Kampf um den weltweiten Sieg des Kommunismus referieren.

Anschließend ist eine Diskussion zu führen mit dem Schwerpunkt: Unser Kampfziel, die kommunistische Altenpflege als höchste Entwicklungsstufe klassenbewusster Pflegearbeit im Einklang mit unserer politisch verantwortungsvollen Parteiarbeit für den Marxismus- Leninismus in den Pflegeeinrichtungen.

Die Heimleiterin wurde vor Entsetzen leichenblass. So viel kreisärztliche Führung und Leitung, ausgerechnet in den Stunden höchster Arbeitsintensität im Heim, überschritt ihre Toleranzgrenze. Sie wusste aus Erfahrung, dass man bei intensiver Arbeit Störungen schnell beheben muss, ehe der Arbeitsrhythmus durcheinander kommt. Besorgt und empört zugleich erklärte sie den Botschafter unseres Herrn zum unerwünschten Arbeitshindernis und fing an, ihn mit wuchtigen Worten schnell aus dem Heim zu entfernen. Da mischte sich der zufällig anwesende Hausmeister und Ehemann der Heimleiterin ein.

„Ruhe hier!!!" übertönte er das Gezeter.

Sofort wurde es still, und alle schauten auf ihn, der dann freundlich erklärte: „Unerwünschtes gibt es genug. Wir machen jetzt mal was Gutes daraus."

Der Hausmeister kannte den Instrukteur. Die beiden waren Schulfreunde. „Werner, du hast doch bestimmt ein Auftragsformular dabei, welches du deinem Genossen Medizinalrat unterschrieben und gestempelt zurückbringen sollst. Gib her, das machen wir gleich. Und nun sagen wir dir, welche Hilfsmaßnahme du hier ergreifst. Aber nicht

86

erst ab zehn Uhr, sondern ab sofort. In der Küche wird jemand für den Abwasch gebraucht. Komm, ich zeige dir, wo es lang geht."

Am Nachmittag lief mir die Heimleiterin bei einem Besuch im Krankenhaus über den Weg. Ein glücklicher Zufall. Ich war an Auskünften über den Instrukteur interessiert, der auch dem Krankenhaus gefährlich werden konnte, und sie hatte schon das nächste Problem.

„Ich brauche einen Rat."

„Einen Ärztlichen?"

„Aber auch taktischen. Der Instrukteur hat bemerkt, dass das Honeckerbild in meinem Dienstzimmer blutbespritzt hinter dem Fenstervorhang steht und da sehr genau hingeschaut. Hoffentlich ist der nicht nachtragend. Mit so was kann man Könige stürzen. Wenn der mich verpfeift, gibt es viel Ärger. Wie kann man das am besten vermeiden?"

„Sofort ein verwendbares Bild an die Wand."

„Ja, aber wie schon gesagt, die aktuellen Spitzen der Gesellschaft sind zur Zeit nicht verfügbar."

„Keine Bange, wir kriegen das trotzdem hin. Kreativität ist die Tugend der unteren Leitungsebene. Natürlich müssen wir schnell sein, falls der Vogel pfeift."

„Oder schon gepfiffen hat."

„Notfalls kann man sich einen Honny ausborgen. Unser Leiter der Sektion Fußball wäre da kooperativ. Das läuft bloß nicht ohne Mitwisser. Absolut geheim wäre da mein vielleicht bester Tipp."

„Und das ist?"

„Stalin. Kein Witz, wirklich eine echte Chance, wenigstens zur Überbrückung. Auf dem Wäscheboden unserer Neugeborenenstation ist ein Stalinbild versteckt, das früher dort hing, wo jetzt Honny hängt. Mein Vorgänger hat es mehrmals bei Entrümpelungen gerettet und gemeint „wer weiß, wozu das noch mal gut sein kann". Aktuell ist Stalin zwar ein bisschen aus der Mode gekommen, aber immer noch der einstige weise Führer aller Völker der Sowjetunion und der Sieger des Großen Vaterländischen Krieges, was nach wie vor der Anlass zum Nationalfeiertag unserer sowjetischen Freunde und Genossen ist, mit denen uns der Bruderbund verbindet. Und Stalins Arbeitsstil ist ja auch schon wieder up to date, zumindest bei unserer Obrigkeit. Da müsste doch das Antlitz des Generalissimus an der Wand wenigstens als Lückenfüller wieder erlaubt sein."

Die Heimleiterin war überzeugt.

Eine Stunde später fuhr Stalins Antlitz vom Entbindungsheim zum Pflegeheim und wurde dort zum Retter in der Not. Es funktionierte.

Die Heimleiterin kam mit dem Schrecken davon. Ihr wurde kein Härchen gekrümmt.

So fand auch der gesamte Feuerzauber mit seinen turbulenten Folgen dank vieler hilfreicher Hände ein glückliches Ende.

Doch eine unsichtbare zerstörerische Glut schwelte heimlich weiter. Sieben Wochen später, in der Vorweihnachtszeit, war „Tag des Gesundheitswesens". Da leistete sich unser Krankenhaus immer einen Festabend im großen Versammlungssaal der Stadt. Ich hatte eine Rede zu halten vor allen Mitarbeitern, ihren Angehörigen und unseren staatlichen Gästen und Aufpassern, die gern kamen, nicht zuletzt, weil es Musik und Tanz und Kulinarisches kostenlos für alle gab.

Meine Rede hielt ich so kurz wie erlaubt, damit viel Zeit für das leibliche Wohl und die gute Laune blieb. Am Vormittag jedoch veranstaltete die Abteilung Gesundheitswesen beim Rat des Kreises eine „Feier", zu der namentlich benannte Personen aus allen Ecken und Enden des Kreises beordert wurden. Ich hatte zusammen mit vier Mitarbeiterinnen bzw. Mitarbeitern zu erscheinen. Wir passten gerade so in einen DDR- üblichen Pkw. Der Saal am Veranstaltungsort war voll bis auf den letzten Platz. Es mussten zusätzliche Stühle reingestellt werden wie zu Weihnachten in der Kirche. Der Unterschied: Zur Christmette ging man freiwillig. Die Feier begann gleich in medias res, ohne Musik, ohne Getränke oder gar Speisen, mit dem üblichen Referat zur aktuell- politischen Lage, über die ökonomische Hauptaufgabe und die Beschlüsse und Direktiven von Partei und Regierung zur planmäßig- proportionalen Entwicklung der Volkswirtschaft. Und das Referat endete mit dem Aufruf für Frieden und Sozialismus.

Punkt zwei der Veranstaltung enthielt „Auszeichnungen und Ehrungen".

Der Entertainer von Punkt zwei wiederholte die aktuell- politischen Darlegungen, Beschlüsse, Direktiven und Losungen, die man auch schon aus den Medien kannte, ein weiteres Mal und offerierte dann auf der Bühne dem schweigenden Publikum, wie sich die Angestellten der Abteilung Gesundheitswesen gegenseitig mit Orden, Medaillen und reichlich beigefügten Geldprämien auszeichneten.

Wer im Gesundheitswesen mit Patienten arbeitete, wurde nicht ausgezeichnet. Lediglich eine unverzichtbare Zahnärztin im Rentenalter erhielt den Titel „Sanitätsrat" und eine Hebamme im ländlichen Bereich erhielt eine Ehrenurkunde als Aktivistin. An das werktätige Volk vergaben die Funktionäre allenfalls Plaketten für zehn- und fünfundzwanzigjährige Zugehörigkeit zum Gesundheitswesen. Daran war man gewöhnt. Das entsprach den

Gepflogenheiten des Arbeiter- und Bauernstaates, wo Auszeichnungen von Arbeitern und Bauern zu den seltensten Ausnahmen gehörten.

Höhepunkt des Spektakels auf der Bühne wurde, wie zu erwarten, der dicke Verdienstorden, den sich der dicke Kreisarzt umhängen ließ.

„Unermüdliche Arbeit für den Sieg des Sozialismus", stand in der Begründung, „und ganz besonders für sein beispielhaftes persönliches Engagement in seinem Verantwortungsbereich, wie unlängst bei der Bewältigung der Brandkatastrophe im Städtischen Pflegeheim. Durch seine hervorragende Leitung und Koordinierung der Rettungsmaßnahmen ermöglichte er, dass alle betroffenen Pflegebedürftigen schnell und sicher geborgen werden konnten und bedarfsgerecht untergebracht und versorgt wurden. Dafür gilt dem Genossen Medizinalrat der ganz besondere Dank unserer sozialistischen Partei- und Staatsführung."

Dem Redestil nach hatte der Geehrte sich diesen Text offensichtlich selbst zusammen gezaubert. Jemand anderem hätte er das wohl kaum überlassen können.

Programmpunkt drei lautete „Gemütliches Beisammensein".

Dazu konnte man sich in der Kantine nebenan im Vorraum des Saales ein Getränk und eine Bockwurst kaufen. Es standen auch einige Tische und einige Stühle da, doch die geladenen Zuschauer aus dem Saal gingen eilig daran vorbei und möglichst schnell zu den Ausgängen. Die Werktätigen waren wieder mal veralbert worden, allzu deutlich abgestempelt als die Komparsen beim Gaudi der Genossen.

„Bloß weg hier", raunte mir unser Pflegedienstleiter zu.

Wer fahren musste, konnte eh kein Bier trinken und würde in dieser Umgebung garantiert verpfiffen, denn in der DDR war null Promille

90

am Steuer vorgeschrieben.

An der Tür nach draußen wurden wir jedoch aufgehalten. Dort stand in einer Gruppe von Rauchern der „Wissenschaftliche Mitarbeiter" des Kreisarztes. Wissenschaftliche Mitarbeiter, die sich auch gern mal als Wissenschaftler bezeichnen ließen, waren die Redenschreiber und Spezialisten für „Agit Prop" der mittleren und höheren Staatsbediensteten.

Josef Stammelin, ohne Beruf und als Unkrautvernichter im Schlosspark der SED Kreisleitung tätig, hatte nach Möglichkeiten gesucht, mit weniger Arbeit mehr Geld zu verdienen, und war im Handumdrehen Wissenschaftler geworden. So kreativ wie die Ghostwriter von heute brauchte man da nicht zu sein. Viel mehr als das übliche Puzzle mit den üblichen Slogans war dazu nicht nötig und auch nicht erlaubt. Er baute sich mit breitem Grinsen vor mir auf.

„Kollege Wilutzky, Sie haben doch so gute Beziehungen zu den landwirtschaftlichen Großbetrieben. Ich brauche eine neue Autobatterie. 12 Volt, 60 Amperestunden. Die können Sie mir doch beschaffen, oder?"

Das hatte seine Gründe. In der Planwirtschaft gab es immer Engpässe und Mangelware. Auch Autobatterien gab es in keinem Geschäft und auf keinem Schwarzmarkt. Deshalb taten gutwillige Hinterhofmechaniker und „Akku- Kliniken" ihr Möglichstes, um alte Batterien zu „regenerieren". Wir merkten das immer wieder daran, dass einige der Gutwilligen mit Bleivergiftungen in die Sprechstunden kamen. Doch auch ihre Produkte gingen nur „unter der Hand" weg. Man brauchte da eben „Beziehungen". Die hießen im Volksmund Vitamin B und funktionierten auf Gegenseitigkeit. Politganoven, die nichts zu bieten hatten als Leute bevormunden und schikanieren, ließ

91

man da außen vor. Und bei diesem grinsenden Snob war besondere Vorsicht geboten. Es konnte auch eine Falle sein, die der Sunnyboy mir stellen wollte. Mein gerade geehrter Mini- Imperator von Teufels Gnaden suchte ja Argumente gegen mich. Da musste die Antwort schon überzeugend sein.

„Wir machen auf dem Lande unsere Arbeit und keine Geschäfte."

Ich ließ ihn einfach stehen und legte im Weggehen nach:

„Versuchen sie es doch mal bei Ihrem Chef. Der ist ein hervorragender Genosse mit beispielhaftem persönlichem Engagement".

Solchen Typen konnte man nicht trauen. Für drei Silbergroschen oder eine kleine Gehaltsaufbesserung würden die alles und jeden verraten.

Wir freuten uns, endlich draußen zu sein und den windigen Wissenschaftler jenseits der Tür zu wissen, da kam der nächste Stopp. Eine Verkäuferin aus der Kantine war unserem Pflegedienstleiter hinterher geeilt.

„Herr Köhler, können Sie sich noch an mich erinnern? Ich lag vor drei Jahren bei Ihnen in Zimmer 21, und sie waren so fürsorglich und gut zu mir, als es mir so schlecht ging. Und sie haben Sitzwachen für mich eingeteilt und selbst an meinem Bett gewacht."

Manfred Köhler strapazierte verzweifelt sein Gedächtnis. Fürsorglich und gut war er eigentlich so oft er konnte, und zusätzliche Sitzwachen hatte er reichlich gemacht als der Personalnotstand am größten war. Er wurde ein wenig verlegen, was überhaupt nicht zu ihm passte.

„Und Sie haben meinen Mann außerhalb der Besuchszeit zu mir herein-gelassen, weil er so spät Feierabend hatte", fuhr sie fort.

„Ich bin Ihnen so dankbar."

Mit Tränen in den Augen umarmte sie ihn spontan und heftig. Pflegedienstleiter Manfred Köhler war kein Freund von solchen

Szenen, aber er ließ diesem Freudenausbruch vollen Lauf. Das passte einfach zu diesem absonderlich putzigen Vormittag. Sein Gesicht hellte sich auf. An den Ehemann außerhalb der Besuchszeit konnte er sich erinnern. Das war der fehlende Stein zum Mosaik. Doch sie ließ ihm keine Zeit zum Reden.

„Und grüßen Sie Dr. Hamann. Er ist ein Ass und hat sich um meine Intensivbehandlung ganz persönlich gekümmert als mein Leben auf der Kippe stand."

Dann fasste sie blitzartig einen Entschluss, nahm den verdutzten Pflegedienstleiter an die Hand und zog ihn wieder hinein in den Freudentempel der feiernden Kämpfer für sich selbst.

Wir brauchten nicht lange zu warten, bis er wieder herauskam. Er hielt eine große Schachtel „Weinbrandbohnen mit Kruste", eine Rarität in der DDR, hoch in der Hand und war trotzdem maßlos enttäuscht.

„Die süße Pracht hat sie aus einem Versteck geholt und mir geschenkt. Und Ihr werdet es nicht glauben, alle Stühle an den Tischen der Kantine sind jetzt besetzt. Da sitzt die Abteilung Gesundheitswesen bis auf den letzten Platz. Und die Herrschaften lassen sich festlich bewirten, denn sie sind da ganz unter sich wie vorhin auf der Bühne, und prahlen mit ihrem Kampf um den Sieg des Sozialismus und fühlen sich dabei superschlau."

„Die haben ja auch immer Zeit für so was. Auf die warten keine Patienten", empörte sich unsere Laborleiterin.

„Und erst recht keine Notfälle", ergänzte Freddy Hopf von den Kraftfahrern. Auch Manfred Köhler haderte mit seinen Gefühlen. Er musste aufgemuntert werden. Mich drängte es, ihn zu rütteln. Dazu sprach ich ihn burschikos an. „Manfred, Du kannst doch Deine Pflegekräfte immer so treffend beurteilen.

93

Wie würdest Du denn mal unseren heute wieder geehrten Dienstherren fachlich einschätzen?"

„Dick, dumm, faul und gefräßig", platzte es mit Hochdruck aus ihm heraus. Er erschrak über sich selbst und schaute sich vorsichtig um. Als er sah, dass wir alle lachten, weil wir wieder unter uns waren und uns niemand hörte, lachte er auch.

Bei solchen Gelegenheiten pflegte man Witze zu machen, z.B. „Was ist der Unterschied zwischen Marx und Murks?" Antwort: Marx ist die Theorie und Murks die Praxis.

Eigentlich lachten wir über den ganzen Quatsch, den wir, Gott sei Dank, gerade überstanden hatten. Das wurde der Moment für meinen Kommentar. „Herzlichen Glückwunsch Manfred, Du hast heute die schönste Auszeichnung des Tages erhalten. Von der Patientin aus Zimmer 21. Die Dankbarkeit unserer Patienten ist das Kriterium unserer Arbeit, das was uns anspornt und uns weiterbringt. Sie ist auch der Maßstab unserer Erfolge, so oder so."

Meine Leute schwiegen höflich feierlich. Manfred Köhler klopfte mir wortlos auf die Schulter und fing an, seine Weinbrandbohnen zu verteilen.

Die Rückfahrt wurde heiter und unterhaltsam. Ein freudiger Vorgeschmack für den Schmaus am Abend. Beim Aussteigen vor den Krankenhausgaragen war Manfreds Schachtel leer und die Stimmung bestens.

„Wie war`s?" fragte der neugierige Kraftfahrerbrigadier.

Freddy antwortete mit abwinkenden Handbewegungen.

„Das war eine ziemlich schwache Kür. Umso was wegzustecken, braucht man schon ein sonniges Gemüt."

Sein Brigadier wusste recht gut, was Freddy meinte, und fügte an

„wenn solche Bleistift- und Papiergenossen, die kein Blut sehen können und keine Ahnung haben, die Arbeit im Gesundheitswesen bewerten, dann wird das immer so ablaufen. Und wenn Polithochstapler wichtiger sind als Fachleute, dann erst recht." Er regte sich wieder mal zwecklos darüber auf, dass die Politniks die Arbeitenden nur von der Arbeit abhielten.

„Dafür sind die bei Auszeichnungen und Prämierungen immer die ersten. Und meistens auch die einzigen."

Am Tag danach erschien erwartungsgemäß in allen regionalen Tageszeitungen ein wortgleicher Artikel unter der Überschrift

„Machtvolles Bekenntnis der Werktätigen zum sozialistischen Gesundheits-wesen unter der Führung der Partei der Arbeiterklasse."

Dazu eine imposante großformatige Abbildung des kreisrunden Kreisarzt-gesichtes mit ikonenhaftem Blick und dem prächtigen neuen Verdienstorden neben einem illustren Klempnerladen an der stolzen Brust. Und alles vor mondäner Herrenzimmerkulisse, wodurch die ganze Pracht noch prächtiger wirkte. Aus dem Bildtext ging mehr oder weniger deutlich hervor, dass der teure Genosse in seinem fürstlichen Prunk nun auch Funktionär seiner proletarischen Partei der Arbeiter und Bauern geworden sei. Alle Achtung! Aber auch auf andere Weise machte das Ikonengesicht von sich Reden.

Zum Beispiel bei einer Feier des städtischen Baubetriebes. An eine Seniorenbegegnungsstätte waren Räume für eine staatliche Arztpraxis angebaut worden, und die Abteilung Gesundheitswesen beim Rat des Kreises hatte das befürwortet. Zur feierlichen Einweihung des Anbaues mit den „Bauschaffenden" erschien dann, ohne Einladung aber pünktlich, der Kreisarzt. Für solche Anlässe verwendeten er und seinesgleichen die Arbeitszeit besonders gerne. Da winkten

95

Annehmlichkeiten, und man konnte große Sprüche machen und sich beweihräuchern lassen. Er setzte sich auch sofort mitten ins Präsidium, wohl wissend, dass man ihn dulden musste, schon im Hinblick auf die künftige Arztpraxis.

Der Parteisekretär des Baubetriebes, welcher quasi als Moderator der Einweihungsfeier fungierte, vergaß auch nicht, ihn lobend zu erwähnen. Und dafür dachte er sich spontan eine kleine Besonderheit aus: In seiner Familie war seit einigen Tagen eine junge Sowjetbürgerin zu Gast, die über einen Lehrlingsaustausch des Komsomol, der Jugendorganisation der Sowjetunion, in die DDR gekommen war.

Die sechzehnjährige Natascha Andrejewna Kusmin aus der Belorussischen Sozialistischen Sowjetrepublik. Sie sollte dem Anbeter der Sowjetmacht Blumen überreichen.

Auch in der Baubranche kannte man die Eitelkeit des geltungsbedürftigen Schaumschlägers und wusste, dass Blumen von Natascha ihm ganz besonders gefallen würden. Als der Moderator darauf zu sprechen kam, stand die feurige Komsomolzin schon am oberen Ende einer Treppe, die zur Empore des Saales führte. Natascha war eigentlich erst fünfzehn. Bis zum sechzehnten Geburtstag fehlten ihr noch sechs Wochen. Doch weil sie äußerst hübsch und attraktiv und temperamentvoll war, hatte man wohlwollend darüber hinweggesehen, um sie am Austausch teilnehmen zu lassen. Nach der außergewöhnlich liebenswürdigen Aufforderung des Parteisekretärs tänzelte sie, den Blumenstrauß schwenkend, graziös die Treppe hinab, und alles drehte sich nach ihr um, einschließlich des Kreisarztes, den niemand anschaute.

Sie hatte vorher einige deutsche Worte sprechen geübt, die sie aber so kurzfristig nicht ganz perfekt beherrschte.

„Liebes kreisrundes Rat, ein großer Dankeschön für Deine Bauarbeit, was unglaublich wir uns gefreut."

Die Aufmerksamkeit im Saal schlug in Heiterkeit um. Der Geschmeichelte konnte nach ewigen Zeiten wieder mal in einen Saal voller fröhlicher Gesichter blicken. Darüber wurde er selbst so übermäßig fröhlich, dass er die hübsche Natascha gewaltig an sich zog, sichtbar mehr als väterlich freundlich. Dabei schwabbelte er ihr einen saftigen Schmatz ins Gesicht, der im ganzen Saal zu hören war.

Donner und Doria! So viel Liebe zur Sowjetunion, in Natascha personifiziert, hatte man von dem eifrigen Schnaufer nicht erwartet.

Am wenigsten Natascha. Ein heftiger Adrenalinstoß schoss durch ihr Gemüt. Mit wildem Schlängeln entwand sie sich seiner plumpen Umklammerung, stieß ihn vehement auf Abstand, klatschte ihm eine schallende Watschen an die Backe und schrie entsetzt auf russisch:

„Das ist nicht erlaubt! Das geht zu weit".

Darauf folgte eine totenstille Schrecksekunde im Saal. Doch ehe da etwas aus dem Ruder laufen konnte, fing der Parteisekretär an zu lachen. Mitten hinein in die Stille. Laut, lange und merklich angestrengt. Eine großartige Rettungstat. Nach und nach lachten dann auch die Bauarbeiter, mit Beifall und Bravorufen für Natascha.

Sie aber war nicht zum Lachen aufgelegt. Sie wollte nur fort und rannte tränenüberströmt die Treppe wieder hinauf. Auf halber Höhe blieb sie stehen, weil ihr der Atem stockte. Da brandete der Beifall noch einmal auf. Doch Natascha verschwand wieselflink. Keiner wusste, wohin. Der Abgewatschte blieb dick und behäbig sitzen und grinste vor sich hin. Die spöttische Verachtung der Bauarbeiter glitt an

97

ihm ab wie auf Schmierseife. Ihm konnte niemand etwas anhaben. Er war gegen jede Kritik immun, wenn überhaupt jemand wagte, ihn zu kritisieren.

Auf die Klatsche für die Staatsraison und den Hinweis des Hobbydenunzianten reagierte die Staatsmacht prompt und pünktlich. Zum Abendessen der Familie des Parteisekretärs war plötzlich eine imposante Genossin aus Karl Marx-Stadt eingeladen. Karl Marx-Stadt war die sozialistische Bezeichnung für Chemnitz. Dort befand sich die Hauptverwaltung der „Sowjetisch-Deutschen Aktiengesellschaft Wismut", eine vornehme Umschreibung russischer Uranerzbergwerke auf deutschem Boden. Uran war zu dieser Zeit sehr begehrt und teuer. Dafür konnte sich die Wismut einiges leisten, z.B. eigene Verkaufsstellen mit exquisitem Warenangebot, eigene Krankenhäuser und eigene Kureinrichtungen „nur für Wismutangehörige". Das betraf die deutschen Bergleute unter Tage und die vorwiegend russischen Funktionäre in den Verwaltungen.

Dort waren auf den höheren Ebenen der Aktiengesellschaft die sowjetischen Gesellschafter ganz unter sich. Da wurde nur russisch gesprochen und russisch verwaltet. Deutsche hatten da nichts zu suchen und nichts zu sagen. Und die Russen ließen sich nicht in ihre Karten gucken.

Die Wismut galt als Staat im Staate unter russischer Herrschaft mit vielen Heimlichkeiten und Unheimlichkeiten.

Die imposante freundliche Frau aus Karl Marx-Stadt mit ihren feinen gepflegten Händen, üppig beringten Fingern und ihrem diskreten osteuropäischen Akzent kam wohl eher aus dem Verwaltungsbereich der Wismut. Sie wartete mit noblen Geschenken auf. Für jeden etwas. Natascha bekam französisches Parfüm und eine Schweizer Damen-

Armbanduhr. Man unterhielt sich über dies und das und überzeugte Natascha ganz nebenbei davon, dass der kleine Ausrutscher nachmittags bei den Bauarbeitern völlig bedeutungslos ist, und dass man ihn am besten schnell vergisst. Natascha war das eh ganz egal, denn sie wurde plötzlich sehr schnell müde, als wenn unbemerkt einige k.o.- Tröpfchen in ihren Tee gefallen wären. Man fand auch rasch eine Erklärung für die Müdigkeit. Der Tag war für sie stressig, und sie war psychisch nicht belastbar. In Nataschas sowjetischer Heimat ging man mit psychischen Besonderheiten ganz speziell um.

Laut Kreml-Logik und Staatsdoktrin strebten alle normalen Menschen nach Sozialismus und Kommunismus, der einzig richtigen Ordnung und Lebensweise. Wer das anders sah, war psychisch abwegig oder krank und musste auf Anordnung der Obrigkeit auch schnell mal stationär behandelt werden. Folglich waren geschlossene psychiatrische Anstalten voll von Regimekritikern, eine gebräuchliche Ergänzung zu Gefängnissen und Gulags. Ein ähnliches Therapiekonzept, kurzzeitig aber sofort anwendbar, hatte die freundliche Frau aus Karl Marx-Stadt auch für Natascha parat.

Nach dem Abendessen rollte bereits ein Krankenwagen des Gesundheits-wesens Wismut herbei. Und von dem Augenblick an, als Natascha in dem Krankenwagen verschwand, befand sie sich voll und ganz in sowjetischer „Betreuung" und war aus der deutschen Öffentlichkeit verschwunden.

Die Bauarbeiter hätten sie gern noch einmal begrüßt. Und nicht nur weil sie so erheiternd hübsch war. Der dicke Denunziant, der so effektiv für Nataschas Verschwinden gesorgt hatte, übertönte seine

Blamage vor den Bauarbeitern locker mit großartigen Sprüchen, gegen die jede Widerrede verboten war.

Er wilderte ungehemmt weiter nach Titeln und Trophäen, schmückte sich trickreich mit Meriten aller Art, wurde „Held der Arbeit", Obermedizinalrat, „Verdienter Arzt des Volkes" und visierte schon zielsicher den lukrativen Karl Marx-Orden an. Das wäre die Krönung des falschen Prinzen geworden. Dann hätte der Held der Arbeit voraussichtlich noch weniger gearbeitet und noch mehr paradiesisch geschwelgt.

Doch dieser Schuss in seinem Leben ging zum ersten Mal daneben. Dieser Leckerbissen war in seinem Selbstbedienungsladen plötzlich nicht mehr zu haben. Denn eher als gedacht zerplatzte sein Politparadies wie ein schöner bunter Luftballon an einer dornigen Realität. Und nicht die beschuldigten und beschimpften Kapitalisten der westlichen Welt hatten das fertiggebracht, sondern die Unfähigkeit der eigenen Potentaten, die politisch röhrende Hirsche und praktisch lahme Enten geblieben waren. Zur Weltspitze gehörten sie nur noch bei Grenzschutz und Mauerbau, denn sie hatten vor niemand mehr Angst als vor dem eigenen Volk.

Noch vier Wochen vor dem endgültigen Aus ordnete der erfolgsgewohnte Herr Rat mit seinem Stammplatz im Paradies eine politisch- ideologische Fortbildung an. Daran hatten alle leitenden Mitarbeiter des Gesundheitswesens teilzunehmen. Er agierte selbst als Redner, um den „gesetzmäßigen, wissenschaftlich begründeten, weltweiten Sieg des Kommunismus" anschaulich zu beweisen.

Doch im Arbeiter- und Bauernstaat brodelte es schon überall. Man hatte lange genug ertragen müssen, dass der Demokratischen Republik die Demokratie abhandengekommen war, und eine Diktatur der

Funktionäre über das Volk herrschte, die nun an ihr unvermeidliches Ende kam.

In den Einrichtungen des Gesundheitswesens war man schon lange vorher zu dem „parteifeindlichen Pragmatismus" übergegangen, um die Einrichtungen einigermaßen funktionsfähig zu halten. Auch die politischen Ideologen gingen im Krankheitsfall lieber zu einem pragmatischen als zu einem ideologischen Therapeuten.

In größeren Städten ging man zu Demonstrationen, aus denen immer öfter der Ruf ertönte

„Wir sind das Volk."

Da war etwas ins Rollen gekommen. Man durfte gespannt sein, was unser oberster Dienstherr nun zu anstehenden Veränderungen sagen würde.

Der Saal war voll besetzt. Es herrschte aufmerksame Stille.

Die Staatsgewalt in Person, schwergewichtig, dick gepanzert und immer im Recht, schritt mit ausdruckslosem Gesicht ans Rednerpult.

Die angekündigte anschauliche Beweisführung begann mit den üblichen politischen Floskeln, die man gewohnheitsmäßig kaum beachtete, weil man das Eigentliche, das Neue erwartete.

Aber oh Schreck oh Graus, schon die unvermeidlichen Formulierungen zu jedem Redebeginn zogen sich in quälende Länge, und dann folgten die immer gleichen allbekannten Ferse der Lobpreisung von Partei- und Staatsführung, der planmäßig proportionalen sozialistischen Entwicklung von Wirtschaft und Gesellschaft und der Erfüllung des Volkswirtschaftsplanes.

Nichts Neues, nichts anderes als man schon hundertmal gehört hatte und auswendig daher sagen konnte. Schweigende, ebenfalls ausdruckslose Gesichter.

101

Und plötzlich zunehmende Empörung. Dafür wurde wieder mal wertvolle Arbeitszeit verschwendet! Doch immerhin, der für Parteitage und ähnliche Veranstaltungen vorgeschriebene Beifall unterblieb.

Stattdessen stand jemand in den hinteren Reihen schweigend auf und verließ den Saal. Ihm folgten kurz danach zwei weitere Kollegen. Der Einfachheit halber ging dann schon eine ganze Stuhlreihe geschlossen raus. Allmählich leerten sich auch die vorderen Reihen.

Nach kurzer Zeit standen nur noch wenige Leute an den offenen Ausgängen. Sie unterhielten sich zwanglos mit anderen Rathausbesuchern.

Den Redner beachtete kaum jemand. Der sprach immer hastiger, nicht mehr in der Befehlstonlage der Obrigkeit, sondern eher wie ein Gejagter, dem es an den Kragen geht. Er nahm den leeren Saal nicht wahr und wandte den Blick nicht ab von seinem handgeschriebenen Redetext, den er Seite für Seite umblätterte.

Zwei Raumpflegerinnen amüsierten sich darüber ungehemmt laut. Sie ratterten mit einem Müllkübel lachend an ihm vorbei und klopften ihm burschikos auf die Schulter.

„Geh nach Hause, Dickerchen, du hast jetzt Feierabend. Auf dich hört eh keiner mehr, und der Saal wird gleich zugesperrt."

Auch das nahm der Leiter der Fortbildungsveranstaltung nicht wahr. Er hatte seine anschauliche Beweisführung für den weltweiten Sieg des Kommunismus noch nicht beendet und eiferte hektisch weiter, bis das Licht ausging und er nicht mehr ablesen konnte.

Die Putzfrauen hatten fast Mitleid mit ihm. „Na Bummelletzter, bist du immer so langsam? Lass mal deine Schmierzettel da nicht liegen. Die gehören in den Müll. Bei uns herrscht Ordnung."

Lehrreich oder gar überzeugend war die Fortbildungsveranstaltung also nicht. Vielleicht war der Veranstalter selbst von der Attraktivität seiner Thematik schon nicht mehr so ganz überzeugt. Viele der hohen Priester seiner Gesellschaft empfanden nämlich plötzlich ähnliche Gefühle.

Einige davon traten bereits wenige Wochen später als perfekte Wendehälse auf und bezeichneten sich als bedauernswerte Opfer der deutschen undemokratischen Republik.

Manche hatten damit sogar Erfolg.

Aber unser zu schwer gewordener Doktor Unrat kam mit der freiheitlich demokratischen Grundordnung nicht zurecht. Die war ihm zu unbequem und zu mühsam.

Er hatte das Arbeiten verlernt und sich in ganzer Breite an die Dolce Vita der Günstlinge der Diktatur gewöhnt.

Mittlerweile ist er zum Pflegefall geworden und bekommt nun als Bedürftiger bedingungslos alles was er als Verantwortlicher den Bedürftigen verweigerte. Seine zahlreichen Orden und Medaillen, die ihm und seines Gleichen auch dazu gedient hatten, ihre fatale Unfähigkeit zu verbergen, kann man heute auf Flohmärkten kaufen, oft sogar preisgünstig aus einer Ramschkiste mit altem Plunder.

Anschaulich bewiesen hat uns der stupide Knüppelkommunist letzten Endes die Salomonische Weisheit

„Hochmut kommt vor dem Fall" (Sprüche 16, 18).

Doch das ist schon seit drei Jahrtausenden nichts Neues.

103

Königin der Nacht

Wenn eine junge Frau sich nicht ausweisen kann und behauptet, in streng geheimer Mission unterwegs zu sein, wird sie wohl bestenfalls mitleidig belächelt.

Die Polizeibeamten, die sie aufgegriffen hatten, hielten sie auf Anhieb für therapiebedürftig. Sie war nachts vor einer Autobahntankstelle hin und her gelaufen und hatte einige Autofahrer angesprochen, offenbar auf der Suche nach einer Mitfahrgelegenheit. Auffällig wurde sie, als sie mit einigen Autofahrern umging wie mit ihren engsten Verwandten. Derartig viele Umarmungen und Liebesbeweise fanden die Beamten viel zu schön.

„Heidemarie Herrlinger aus Wien, vierundzwanzig Jahre alt", stellte sie sich vor. Dabei war ihre charmante Wiener Mundart allerdings ihr einziger Identitätsbeweis. Das erforderte Polizeiarbeit. Und weil die unbekannte Nachtaktive auffällig hübsch war und gegen die polizeilichen Maßnahmen überhaupt nichts einzuwenden hatte, erledigte man das im angenehmen Gaststättenambiente nebenan bei einer Tasse Kaffee.

Dort fiel der stattlichen Schönheit ein kleiner zerknüllter Zettel aus der Manteltasche, den ein Polizist in Kavaliersmanier sofort aufhob. Auf dem Zettel standen Name, Adresse und telefonische Erreichbarkeit der Schwester von Heidemarie Herrlinger. Also rief er dort an uns erfuhr, dass die `Heidi` neun Tage zuvor aus einer Wiener psychiatrischen Anstalt ausgebüxt war und seitdem gesucht wurde. Da schau her! Die hübsche Heidi entwickelte sich zum richtig interessanten Fall, nun auch für das Rettungswesen. Die Polizisten hatten damit ihre doppelte Freude, denn das Rettungswesen ist auch der Freund und Helfer der Polizei. Ein Anruf genügte, und wir fanden uns gleichfalls in der Gaststätte ein. Wir setzten uns mit an den Tisch. Das ist gut zum Reden und Schreiben.

„So schön und so verrückt", flüsterte mir Britta, unsere Rettungsassistentin zu. Britta irritierte offensichtlich, wie erlesen höflich und zuvorkommend sich die Polizisten zu unserer Patientin verhielten. Diese kleinen Einzelheiten des Geschehens berührten mich jedoch wenig. Mich beschäftigte zuerst das Hauptproblem in solchen Angelegenheiten: Die Leitstelle hatte uns als Grund für den Einsatz einen psychiatrischen Notfall gemeldet, und psychiatrische Notfälle, besonders zu ungelegenen Zeiten, in einer entsprechenden Klinik unterzubringen, war problematisch. Einerseits sträubten sich die Patienten dagegen und rannten, wenn sich die Gelegenheit ergab, auch schon mal auf offener Straße davon. Andererseits sträubten sich die Kliniken, sodass man viel und lange herumtelefonieren und betteln musste, ehe man eine aufnahmebereite Einrichtung fand.

Eine beliebte Abwehrtaktik war dabei das Bettelkarussell. Das kam in Schwung wenn Jemand am Telefon statt einer Zusage auf bessere Zuständigkeiten verwies. Diese hörten sich die dringende Bitte um stationäre Aufnahme mit ausführlicher Begründung noch einmal an und teilten dann gütig mit, dass in dem Fall noch eine höhere Zustimmung eingeholt werden müsse, und nach dem „einen Moment bitte" folgte auch schon mal eine längere Pause. Danach hörte man, wie irgendjemand den Hörer einfach auflegte, oder es folgten noch eine oder mehrere Weiterverbindungen, bis man wieder an die

Nummer Eins in der Runde kam, die ja schon bedauert hatte, dass sie „leider nicht weiterhelfen kann".

Dieses Manko hatte im Laufe von Jahren zu zahlreichen Kritiken und Beschwerden geführt, und es wurde an allerhöchster Stelle darauf reagiert. Dort entstand eine Liste, die eindeutig auswies, welche Klinik für welchen regionalen Bereich zuständig und für Notfälle aufnahmepflichtig war. Doch diese Liste erleichterte vor allem den nicht aufnahmepflichtigen Einrichtungen die Abweisung und wurde den flehend bittenden Kolleginnen und Kollegen Notärzten eiskalt vor die Nase gehalten.

Die Aufnahmepflichtigen entwickelten dagegen eine Taktik übergeordneter Entscheidungskompetenz mit tiefgreifender Analyse und exakter wissenschaftlicher Beweisführung in hochgestochener Gelehrtensprache wie etwa so: „Herr Kollege, wenn die Patientin momentan nicht akut suizidgefährdet ist und von ihr keine eindeutig begründete akute Gefahr für die Allgemeinheit ausgeht, ist sie nicht zwingend stationär behandlungsbedürftig.

Behandeln sie die Patientin weiterhin ambulant. Wenn sie damit nicht zurechtkommen, können sie gern in drei bis vier Tagen noch mal anrufen".

Auch ich bekam kurz vor Mitternacht das wissenschaftliche Resultat der zuständigen Klinik mitgeteilt, dass der psychiatrische Notfall, zu dem mich die Polizei gerufen hatte, ambulant zu behandeln sei. Damit hätte die Patientin in der zweiten Nachthälfte wieder Autofahrer umarmen können, und die Polizisten hätten, wenn sie ihr zum zweiten mal begegnet wären, womöglich an unserem Gesundheitswesen gezweifelt. Effektive schnelle medizinische Hilfe stellen sie sich anders vor. Somit gehört es zum Können und Müssen von

106

Notärztinnen und Notärzten, mit solchen Gegebenheiten kreativ umzugehen. Wir hatten dafür zwangsläufig ebenso wirksame Strategien und Taktiken, die hoch gelehrten Spezialisten der Bequemlichkeit zu bewegen, ihre Pflicht zu tun, wie alle Ärzte im Dienst. Dazu gehörte natürlich immer auch ein Quäntchen Glück, und in diesem Fall drehte sich das Glücksrad zugunsten der Patientin. Die Saalfelder Klinik, obwohl nicht für unseren Bereich zuständig, erklärte sich nach hartem Ringen aufnahmebereit. Und die Patientin hatte gegen eine Fahrt ins Krankenhaus nichts einzuwenden.

Ohne Umschweife richtete sie sich im Rettungstransportwagen den Arztsitz neben der Patientenliege bequem ein. Ich setzte mich auf den Assistentensitz gegenüber. Spannende Minuten folgten. Plötzlich wandte sie mir, ohne dass Britta es sehen konnte, ihre ganze Schönheit zu. „Ich bin die Heidi, und wie heißt du?"

Solche kleinen Überraschungen sind in der Psychiatrie und im Rettungswesen nicht selten.

Das erinnerte mich an meine Assistentenzeit in der Erfurter Nervenklinik. Damals hatte mir ein junger Oberarzt und späterer Professor für Psychiatrie, Psychosomatik und Psychotherapie in einer vergleichbaren Situation erklärt:

„Da musst du manchmal einfach mitspielen, um deinen Patienten näher zu kommen, um ihre Welt, in der sie agieren, und somit ihr Verhalten, besser zu verstehen, letztlich, um ihnen besser helfen zu können."

Er hatte das schon einige male getan und war dabei auch ziemlich weit gegangen.

„Nur aus Prügeleien halte ich mich raus", ergänzte er.

107

„Da musst du flink sein und die Kurve kriegen. Und du musst ethisch sauber bleiben. Immer."

Der Oberarzt hatte sich auch schon mal auf den Rücksitz meines Motorrades gesetzt und „fahr einfach los" gesagt.

„Wohin?"

„Ist egal."

Das bedeutete in etwa er wollte das abendliche Erfurt aus der Bikerperspektive sehen. Gute Idee. Nach dem dritten Stopp schlug ich vor, die Plätze zu wechseln. „Gedanken lesen kannst du bestens", kommentierte er.

„Motorradfahren kannst du vielleicht auch bald."

Dann fuhr er mich, ziemlich rasant und mit schneidiger Kurventechnik, Richtung Steiger zum Fußballtraining unter Flutlicht. Das beobachtete er sehr interessiert. Er sprach dabei nicht viel, doch was er sagte, waren manchmal Sätze zum Einprägen.

„Fußballtrainer sind entweder fähige Psychologen oder erfolglose Dummköpfe."

Auf der ebenso rasanten Rückfahrt war ich überzeugt, dass er neben dem abendlichen Erfurt auch mich getestet hatte und vielleicht auch sich selbst.

Ein Psychodoktor mit Flitz und Witz.

Also Mitspielen. Dabei achtete ich allerdings darauf, dass Britta nahe genug dabei war.

„Florian", taktierte ich.

Die Patientin provozierte sofort weiter, charmant aber direkt.

„Du kommst mir ziemlich reserviert vor. Bist du schwul oder nur verklemmt?"

Ohne eine Antwort abzuwarten fuhr sie fort: „Ich massiere dir mal die Schultern, damit du ein bisschen lockerer wirst".

Sie erhob sich von ihrem Sitz und stand in dem schwankend fahrenden Krankenwagen erstaunlich sicher.

„Dreh dich um."

Ihre Hände ergriffen mich in einer Weise, die alle guten Geister singen und springen ließ. In dieser Berührung lagen Welten, verblüffend und faszinierend zugleich.

Britta schaute amüsiert herüber. Sie hatte schon eindrucksvollere Szenen dieser Art gesehen. Aber sie konnte die magische Kraft dieser Hände nicht spüren. Die ominöse Patientin hinter mir war nicht eigentlich krank. Sie hatte bloß etwas Außergewöhnliches. Gewaltig und unbeschreiblich.

Aus dem Staunen kam ich indessen schnell wieder heraus, als sich die Schwester der Patientin an unserem Diensthandy meldete. Die Polizisten hatten ihr unsere Mobilfunkverbindung mitgeteilt. Dieselbe Wiener Mundart, aber kurz und knapp, resolut und bestimmt.

Gleich zu Beginn des Gespräches ließ sie mich in aller Deutlichkeit wissen, dass sie Polizeibeamtin und Vormund der Patientin sei. Nach ihrem Tonfall und ihrer Wortwahl war das durchaus glaubhaft. Aber wenig später fiel sie schon ein bisschen aus dem Rahmen.

„Fahren sie jetzt auf schnellstem Weg und ohne langen Zwischenstopp meine Schwester nach Wien in die Anstalt und melden sie mir danach Vollzug."

Solche guten Ratschläge bekommt man im Rettungswesen ebenfalls ab und zu. Das ist im realen Arbeitsablauf inbegriffen. Wenn man da lange Diskussionen im Einsatz vermeiden will, ist klare Kante das Beste.

„Eine Fahrt nach Wien ist hier im Rettungseinsatz nicht möglich. Und wir werden hier ausschließlich durch Einsatzauftrag der Leitstelle tätig und nicht auf Verlangen anderer Auftraggeber. Ich kann Ihrem Wunsch leider nicht nachkommen."

Daraufhin drohte sie mit strafrechtlichen Konsequenzen und verlangte, meinen Vorgesetzten zu sprechen.

„Das können Sie gern tun, aber nicht mit meiner Vermittlung. Dafür ist der Dienstweg vorgeschrieben."

Mit einem wütenden „Sie werden noch von mir hören" legte sie auf.

Doch als Polizistin konnte sie wohl gut einschätzen, dass der Dienstweg kurz nach Mitternacht über die Ländergrenze hinweg etwas holprig werden würde. Somit fand sie zurück zur Vernunft und rief nach etwa zehn Minuten wieder an.

Sie fragte nach der Klinik, die wir ansteuerten, und deren Telefon-Nummer. Aber sie fragte nicht nach dem Befinden ihrer Schwester und wollte sie nicht sprechen. Und ihre Schwester wollte das auch nicht. Merkwürdig.

Britta, die schon viel Ähnliches erlebt hatte, hakte das locker ab. Doch mir gab es zu Denken. Bei der Patientenübergabe berichtete ich alles, was die Polizisten erfahren hatten, aber nicht alles, was ich selbst erfahren und erfühlt hatte. Das war einfach zu viel.

Auf der Rückfahrt erzählte mir Britta, die nun doch ein wenig beeindruckt schien. „Den Durchschlag von meinem Transportbericht habe ich im Stationszimmer abgegeben. Da stand die Tür zum Untersuchungsraum halb offen. Dahinter hörte und sah ich unsere Patientin, die sich vor dem Aufnahmearzt etwas mehr ausgezogen hatte als unbedingt nötig. Oben ohne sah sie natürlich super aus. Wie die Venus von Milo. Und der Doktor hat dreingeschaut wie

Kindergartenkinder bei der Weihnachtsbescherung. Und dreimal darfst du raten, was sie zu ihm sagte."

„Ich bin die Heidi, und wie heißt du?"

„Bingo! Woher weißt du das?"

„Ich kann Gedanken lesen."

„Angeber! Ich glaube eher, sie hat auch dir so etwas zugeflüstert."

„Ja, hat sie, aber das war für mich keine Weihnachtsbescherung."

„Sondern?"

„Ein Vertrauensbeweis."

„Nun bleib mal auf dem Teppich. Zugegeben, das war schon ein Herzchen, schön wie eine exotische Kaktusblüte, scharf wie eine Rasierklinge und rasant wie eine Wildkatze."

„Schönheit mit Stacheln", bestätigte ich, und die hat uns ganz schön aufgestachelt."

„Ja, dich ganz bestimmt", kicherte Britta leise.

Normalerweise ist damit ein solcher Einsatz auch gedanklich abgeschlossen. Auf der Rückfahrt denkt man an andere Dinge oder man bekommt den nächsten Einsatz und hat damit zu tun. Hier aber blieb für mich etwas unerledigt. Auch im Unterbewusstsein - tagelang. Ich hatte getan, was zu tun war, eine hilfsbedürftige psychiatrische Patientin von der Autobahn weg in eine Fachklinik gebracht. Logisch und korrekt. Aber war das für diese außergewöhnliche Patientin wirklich hilfreich? Mich beschlich der Gedanke, dass hinter solchem Verhalten eine seelische Not verborgen sein konnte, die zu eben diesem Verhalten zwingt. Und die Aufnahme in einer staatlichen Klinik war vielleicht schon der erste Schritt zurück unter die organisatorische Gewalt ihrer resoluten Schwester, die ihr offenbar nicht gut gesonnen war.

Das Ende dieses Weges würde gewiss die Wiener Anstalt sein, aus der sie geflohen war, aus welchen Gründen auch immer. Habe ich der Patientin Heidemarie Herrlinger wirklich geholfen oder eher geschadet? Nagende Zweifel Tag und Nacht.

Notärztinnen und -ärzte kennt man meistens von dem Aspekt der produktiven Ruhe und Besonnenheit her und des souveränen Beherrschens diverser Notfallszenen. Aber mit dieser Tätigkeit sind auch solche Zweifel verbunden. Sie erklären manche unerwartete schweigende Zurückhaltung, die man vor Patienten möglichst verbergen muss. Das ist ein anderer Aspekt des Berufes. Mir gingen tollkühne Ideen durch den Kopf, wie man der jungen Österreicherin zur Gesundheit in Freiheit verhelfen könnte.

Doch im Rettungsdienst gibt es mitunter spektakuläre Überraschungen.

Vier Tage später, als wir von einem Einsatz im Nachtdienst zurück kamen, diesmal Jonas statt Britta dabei, stand die hübsche Heidi, vor Kälte zitternd, am Garagentor der Rettungswache. Ich nahm sie ohne viel Aufsehen einfach mit ins Notarztzimmer. Das war in dem Moment das einzig Machbare. Während ich heißen Tee mit Zitrone in Angriff nahm und die Heizung aufdrehte, fing sie wie eine schuldbewusste Sünderin an, zu erzählen.

In Saalfeld hatte man ihr die Nachricht überbracht, dass ihre Schwester am nächsten Tag kommen und sie persönlich abholen werde. In Unkenntnis der Dinge hatte man geglaubt, der Patientin damit eine Freude zu bereiten. Die Heidi hatte auch so getan als ob, und sich bei der nächsten Gelegenheit heimlich, still und leise davongeschlichen. Per Anhalter war sie bis zu unserer Rettungswache

112

gekommen. Viel Zeit zum Reden blieb uns nicht, denn ich musste gleich wieder ausrücken.

Bei meiner Rückkehr lag sie in meinem Bett und schlief tief und fest wie ein Murmeltier. Ein Bild für die Götter!

Ich räkelte mich bequem in den Sessel daneben, ganz entspannt und guter Dinge. Im Nachtdienst schläft man ohnehin nicht eigentlich. Man ruht in den Einsatzpausen, wenn man kann, um bei Kondition zu bleiben. Wie es dann weitergehen sollte, wusste ich noch nicht. Für den nächsten Tag war ich voll ausgebucht. Doch Ruhe soll man nicht verschenken. Kommt Zeit, kommt Rat. Nach dem Dienst fuhr ich mit Heidi in ein angenehmes, außerhalb des Ortes gelegenes Hotel und buchte dort ein Zimmer auf meinen Namen.

Sie hatte ja keinen Ausweis. Dabei musste ich ihr strikt verbieten, jemals ihren richtigen Namen zu nennen, und auch nicht zu telefonieren, auch nicht mit dem Handy. Man weiß nie, wann und wo Gästelisten mit Fahndungslisten verglichen werden. Die Zeit wurde knapp für mich. Ohne das Zimmer anzuschauen gab ich meiner Wienerin auf der Flucht die Schlüssel und einen kleinen Obolus zur Aufbesserung ihrer Garderobe und ihres Wohlbefindens. Sie selbst sah genauso zerknittert aus wie die Sachen, die sie angezogen hatte.

Der Deutschlandtrip war ihr nicht gut bekommen. Der Flüchtlingsjammer stand ihr noch ins Gesicht geschrieben. Sie sollte sich ausruhen, pflegen und was hübsches zum Anziehen kaufen, sich aber so unauffällig wie möglich verhalten. Denn wenn sie der Polizei ein zweites Mal begegnen würde, könnte es echt eng werden. Plötzlich verlangte Heidi, dass ich bei ihr im Hotel bleibe.

„Du kannst dich ja krank melden" und andere Argumente destäglichen Gebrauches.

113

Doch ein Doktor, der seine Sache ernst nimmt und dafür auch mal seltene Wege geht, hält auch sein Wort.

Für diesen Tag hatte ich die Absicherung von zwei Wertungsprüfungen unserer jährlichen Rallye zugesagt. Wenn da kein Arzt am Start steht, darf nicht gefahren werden. Auch das gehört zum Beruf: Solche Versprechen werden eingehalten. Ohne Wenn und Aber. Gegen Abend, gleich nach dem aufregenden Lärm der Motoren, war ich wieder bei ihr. Sie hatte geschlafen, gebadet, sich gepflegt und sah in ihrer neuen Garderobe hinreißend aus.

„Na, du Motorsportfanatiker, wie war dein Tag? Gab es viel zu tun? Hast du Appetit mitgebracht?"

„Ja, auf dich."

„Schmeichler! Immer schön der Reihe nach. Erst geh 'n wir mal was essen. Ich habe einen Wolfshunger."

Sie tat mir schon wieder leid. Ich musste sie schon wieder stoppen. Ins Restaurant konnten wir nicht gehen. Sie war zu hübsch in ihrem neuen Outfit, zu auffällig. Und das war zu riskant. Also ließen wir uns ein komfortables „Menü für zwei" im Zimmer servieren. Mit einer Flasche Champagner zur Feier des Tages. Nachdem der Zimmerkellner, der seine schmachtenden Blicke kaum verbergen konnte, sich mit superhöflichen Verbeugungen verabschiedet hatte, platzte ich voller Eifer und Pflichtbesessenheit los: „Jetzt müssen wir auf dich anstoßen, dein Weiterkommen, deine Zukunft".

Ihr schien das wenig zu imponieren. „Auf uns", schwächte sie ab und fing an, in aller Ruhe zu erzählen, was ihr schon lange auf der Seele lag.

„Meine geheime Mission , die allen so unglaubwürdig erscheint, beruht auf bösen Wahrheiten und sehr realen Tatsachen. Es ist mein

Leben. Ich bin hier und jetzt nicht deine schutzbedürftige Patientin, und wir stehen in keinem Arzt Patientenverhältnis. Ich sage dir jetzt mal auf Augenhöhe etwas, das man nicht alle Tage hört. Als meine Mutter starb war ich elf und meine Schwester Stefanie achtzehn. Stefanie war damals schon recht tatkräftig und resolut und kümmerte sich sehr um meinen Vater und mich. Sie führte den Haushalt und regelte alle Belange. Mein Vater war Polizeibeamter, Stefanie schlug ebenfalls die Beamtenlaufbahn ein, ich war gut in der Schule, und so lebte unsere Dreieinigkeit etliche Jahre lang auskömmlich, glücklich und zufrieden. Der Vater wollte keine Stiefmutter für uns, Stefanie wollte keinen festen Freund, und einige Jahre später passten die beiden Polizisten auf mich auf wie zwei Stadtsoldaten, damit ich von dem regelmäßigen Disco-Rummel, der in unserer Altersklasse üblich wurde, immer zeitig und brav nach Hause kam. Dabei hatten sie gar keinen Grund zur Besorgnis, denn dieses Getöse und verrückt spielen fand ich eher belastend als berauschend.

Da rückten mir immer mehr großklappige Kerle auf die Pelle, die sich für unwiderstehlich hielten und allen zeigen wollten, wie schnell ich auf die abfahre. Und etliche Mädel waren mir sogar noch böse dafür. Ganz unverhohlen. In der Schule ging das auch langsam los. Manche Jungen, auch aus anderen Schulklassen, fingen an, mich in einer Art und Weise zu beschnuppern, die ich überhaupt nicht spaßig fand. Darauf reagierten ganz normale Mädels, die da sehr genau hinschauten, plötzlich wie irrige Zicken.

Der als Sportskanone bejubelte und von den verrückten Weibern angehimmelte Schönheitskönig war auch der größte Angeber. Er prahlte damit, dass er regelmäßig Gras rauchte. Und ausgerechnet mir bot er immer wieder vergeblich seine selbstgefertigten Wunderkippen an. Bis ich mir eines Tages aus Neugier eine anzünden ließ.

Mit Drogen hatte ich nie etwas am Hut, auch in der Disco nicht und damals in der Schule nicht. Von diesem Joint wurde mir nur etwas schwindelig. Aber als ich nach Hause kam, zog da ein katastrophaler Wirbelsturm auf. Eine anonyme Frauenstimme hatte meinen beiden Ordnungshütern telefonisch mitgeteilt, dass ich neuerdings drogenabhängig sei. Die beiden Herrlingers hämmerten wechselnd auf mich ein, von der anonymen Denunziantin, der sie offenbar alles glaubten, wie vom Teufel inspiriert. Ein Hammerwerk zur Betonzertrümmerung war harmlos dagegen. Ich ließ es geschehen. Ohne Verteidigung. Ohne ein einziges Wort. Als der Hurrikan durchgezogen und alles zertrümmert war, schwieg ich noch immer. Bei Windstärke Null fingen sie an, zu fragen. Doch ich erklärte ihnen kühl und emotionslos, wie bei einer Amtshandlung, „fragt doch eure Spitzelhexe. Ihr macht doch schon genau das, was die will".

Ich hätte laut weinen können. Aber ich blieb verstockt und stumm. In mir war etwas zerbrochen, was sich nicht wieder kitten ließ. Meine Kindheit war vorbei. Ich musste auf eigenen Füßen stehen und konnte nicht mehr jedem trauen.

In den nächsten Tagen sollte es bei Herrlingers wieder friedlich zugehen, doch ich blieb für das Drogenthema unansprechbar.

Also fragten die gründlichen Beamten in der Schule herum und bekamen bald heraus, dass die Denunziantin aus Eifersucht gelogen hatte.

Trotzdem bekam ich Discoverbot, weniger als Bestrafung, sondern wohl mehr aus Furcht vor Drogen. Als Ausgleich für den Verlust von Musik und Tanz plante meine Obrigkeit zu meinem sechzehnten

Geburtstag erstmals etwas Besonderes. Da ging das Herrlinger-Trio geschlossen zu einem festlichen Ballabend.

Endlich mal wieder ein bisschen Bewegung!

Aber ganz anders und für mich ganz neu. Wir saßen für uns an einem kleinen Tisch weit ab vom Tanzorchester und konnten uns unterhalten. Zumindest in den Tanzpausen. Steffi tanzte gleich mehrmals mit unserem Vater. Das sah echt gut aus. Ich hatte meine Freude beim Zuschauen und stellte mir die beiden in Polizeiuniform vor. Das passte. Die beiden harmonierten auf einer anderen Ebene, aber sie harmonierten.

Wieder am Tisch meinte Steffi, sie wollte mir erst mal ein wenig Anschauungsunterricht geben. Doch dabei zog mich unser Vater einfach weg vom Tisch. Ohne ein Wort zu sagen. Er tanzte sehr gefühlvoll und bemühte sich spürbar um eleganten Schwung. Es war herrlich. Wunderbar. Doch plötzlich fing er an zu reden.

„Du kannst doch schon alles. Wann und wo hast du das gelernt?"

Wumm! Wieder der Tonfall von Kindererziehung und Obrigkeit. Das nervt.

Ich parierte entschlossen.

„Bei Stefanies Anschauungsunterricht heute Abend." Und bei Steffi am Tisch legte ich noch eine Schippe drauf.

„Man nimmt doch zu einer Ballnacht kein Kind mit."

Die Realitäten bestätigten das Gesagte. Im Publikum wurde man auf uns aufmerksam. Besonders die jungen Herren scharwenzelten immer öfter an unserem Tisch vorbei und drum herum. Steffi war hellauf begeistert und flirtete mit feurigen Blicken. Doch ihre Freude währte nur kurze Zeit. Die sonst so wohlsituierten Kavaliere beachteten sie kaum. Einfach unhöflich!

117

Stattdessen bemühten sie sich übereifrig um mich und paradierten mit mir auf dem Parkett wie bei einem Tanzturnier. Da hätte nun Steffi Anschauungsunterricht haben können, doch ich verlor darüber kein Sterbenswörtchen.

Sie tanzte viel mit dem Herrn Papa, und dieser tanzte ausschließlich mit ihr.

Dabei hatten sie Spaß und Freude im Überfluss. Mir bescherte der Abend eher gemischte Gefühle. In den Tanzbeinen wirbelte unbändige Begeisterung, aber Herz und Seele freuten sich verhalten. Denn damals spürte ich zum ersten Mal eine heimliche Ahnung von künftigen Katastrophen. Der Höhepunkt des Abends verdrängte diesen kalten Hauch schnell wieder. In einer Tanzpause lief der Pianist der Band diametral durch den Saal und baute sich vor dem kleinen Tisch mit dem jovialen Herrn und seinen beiden Töchtern auf, wie bei einem Bühnenauftritt. Dann schmetterte er mit brillanter Heldentenor-Stimme die Arie des Radames „Holde Aida" in den Saal. Man hörte ihm erstaunt zu und spendete ihm stürmischen Beifall.

Du wirst es kaum glauben, aber bei der ersten festlichen Tanzveranstaltung in meinem Leben kam schon allerhand zusammen. Vater lud ihn ein, an unserem Tisch Platz zu nehmen, und er setzte sich mit höflicher Gebärde prompt neben mich. Dabei bestellte er leicht übertrieben laut Champagner im Eiskübel mit vier Gläsern und sagte sich selbst an: „David Rosenkranz, Musikstudent".

Etwas weniger laut erläuterte er dann seine Spezialfächer Klavier und Gesang.

Sein Studium finanziere er mit Gelegenheitsjobs, wie z.B. Tanzmusik, und auch als Mitglied des Chores der Staatsoper. Vater hörte ihm höflich zu, Steffi himmelte ihn an, und mir ging er auf die Nerven. Das bemerkte er schnell.

Er wurde leise und zurückhaltend, und ließ endlich unseren Vater zu Wort kommen. Vater berichtete, dass er als Student mal ein Jahresabo für die Staatsoper hatte. Danach lieferten die beiden Herren uns beiden Mädels in gekünsteltem Dialog eine üppige Darstellung der Wiener Opernwelt aus ihrer Sicht.

Zu unserem Glück spielte die Tanzband bald wieder auf und verhinderte ein zu langes Geschwätz dieser Art. Der Student verteilte noch einige Komplimente gleichgerecht an uns alle drei und prostete auf unser „Trio Harmonie".

Dann forderte er mich unverblümt aber mit rotem Kopf zum Tanz auf.

Man sah ihm deutlich an, wie glücklich er war, die „Holde Aida" nun auch im Arm zu haben. Er tanzte himmlisch und gefiel mir immer besser. Bevor er sich wieder ans Klavier setzte, musste ich ihm versprechen, zwei Tage später zum linken Seiteneingang des Opernhauses zu kommen.

An diesem Tag fand die Generalprobe zur Aufführung von Puccinis „Tosca" statt. Ich kam viel früher an als verabredet, aber mein König David stand schon da und lief mir freudestrahlend entgegen. Als Mitglied des Opernchores hatte er einen Betriebsausweis und freien Zutritt zum Haus. Am Eingang schob er mich einfach vor sich her. Der Kontrolleur hätte mich zurückweisen können, aber der sah nicht einmal auf Davids Ausweis, sondern nur auf meine Bodymaße.

Ich hatte mich wahrscheinlich zu schick angezogen. David stolzierte ein Weilchen mit mir herum, ehe er auf die Bühne musste. Ich wich den Blicken der Opernwelt aus, aber betrachtete sie zugleich mit gut versteckter Neugier.

119

Die Generalprobe gefiel mir. Sie unterschied sich kaum von einer perfekten Aufführung. Ich verhielt mich möglichst unauffällig in einer hinteren Sitzreihe, wurde aber trotzdem beäugt. Man schaute eben nicht nur auf die helle Bühne, sondern auch mal in die dämmrige Gegenrichtung.

Oper ist halt hören, sehen und gesehen werden. Später, nach der Arbeit, führte mich David in die hausinterne Bar, wo man unter sich war, und die großen Stars der Bühne die graziösen Schönen der Komparserie schnell mal auf den Schoß nahmen. Wir suchten uns wieder ein Plätzchen abseits der ausgeflippten Mittelpunktfiguren. Und wieder schielten die mit hochkalibrigen Seitenblicken zu uns herüber. Als David noch mal was zu trinken holte, kam prompt so ein Möchtegern-Salonlöwe mit Brillantine im Haar und Schminke im Gesicht auf mich zu, als hätte er nur auf diesen Moment gewartet.

„Komm, mein Schätzchen, du sollst dich nicht langweilen."

Er packte mich mit beiden Händen, zog mich an sich und versuchte, mich zu küssen. Ich wehrte mich heftig, aber er war kräftig, ließ nicht ab von mir, und lachte laut und prahlerisch. Dabei wurde er unachtsam und ich knallte ihm zwei Klatschen in die Visage wie eine Links/rechts-Kombination beim Boxen.

Stumme Schrecksekunde bei dem Lackaffen und amüsiertes Gelächter bei den Zuschauern.

„Siehste", rief eine fesche Blonde, „man kann immer noch was dazulernen, auch bei der Generalprobe".

In der abendlichen Dunkelheit wollte mich David nach Hause begleiten, doch das hätte meinen Gesetzeshütern, falls sie David gesehen hätten, sicherlich missfallen. Ich zögerte, er küsste mich umso leidenschaftlicher und überredete mich zu einem Kurztrip in seine Wohnung. Die war für einen Studenten ziemlich üppig, groß und mondän eingerichtet und mit Kostbarkeiten ausgestattet. Ich kam aus dem Staunen nicht heraus.

Ihm gefiel das. Er trug mich schauspielhaft auf Händen durch alle Zimmer, warf mich auf das riesige Doppelbett und fiel über mich her wie ein rasender Königstiger. Ich ließ ihn rasen aber war enttäuscht. Das spürte schließlich auch er. Beim zweiten und dritten Mal wurde er gefühlvoller und zärtlicher, fast so wie bei unserem ersten Tanz. Er drängte mich, bis zum Morgen bei ihm zu bleiben. Das hätte jedoch meine Heimpolizei mit Strafen belegt. Deshalb zog ich mich wieder an, ängstlich und energisch zugleich. Er brachte mich bis vor unsere Haustür.

Als ich unter meine Bettdecke schlüpfte, spürte ich erst richtig, wie sehr ich ihn liebte. Eine Woche später lud mich David zu einem richtigen Opernabend ein, wo er nicht auf die Bühne musste und in prächtigem schwarzem Anzug neben mir saß. Meine Bewunderung toppte er wie ein perfekter Gentleman.

„Man muss als kleinkalibriger Student auch mal den dicken Boss spielen können. Das kann sehr hilfreich sein im Leben. Wollen wir uns in der Pause mal wie österreichischer Hochadel durch die Gänge bewegen? Auch du könntest mit deinem Outfit locker eine Dame von Welt sein."

Das wurde mir aber plötzlich zu viel. Zum ersten Mal spürte ich etwas Befremdliches in Davids imponierendem Auftreten. Schade.

„Ich bin lieber ich selbst", entgegnete ich ihm barsch, „mit allem was ich kann und will."

121

Für den nächsten Samstag hatte David schon wieder Opernkarten. Doch zwei Tage davor war er unerreichbar. An der Uni, in der Wohnung, bei der Chorprobe nirgendwo zu finden. Aus der Mailbox immer die gleiche Antwort mit dem Nachsatz „versuchen sie es später noch einmal".

Traurig aber wahr, doch alles aus gutem Grund. Mein Vater hatte mit seinem angeborenen Spürsinn gleich bemerkt, dass man mit Chorsingen und Tanzmusik als Gelegenheitsjob kein Studium finanzieren und schon gar nicht dabei noch großzügig leben kann. Das weckte seine Neugier. Er recherchierte mal polizeilich und fand heraus, dass David Rosenkranz mit der berühmten Altistin Margarete von Lichtenfels sozusagen gut befreundet ist.

Wie du weißt, werden die Stars der hohen Künste und eben auch der Opernwelt nicht nur von der Muse geküsst, sondern auch ganz real inspiriert. Die hohe Sphäre der künstlerischen Gefühle braucht halt auch einen gesunden Hormonhaushalt mit allem, was dazugehört.

Die vierundvierzigjährige sehr vitale Kammersängerin ist mit dem einstigen Stardirigenten Roderich von Lichtenfels verheiratet, der im Alter krank und gebrechlich wurde, und seiner Angetrauten nicht mehr bieten kann, was ihre früheren Tage und vor allem Nächte mit Freuden erfüllte.

Ihre Nächte waren nur noch mit Sehnsüchten erfüllt. So fing sie erst unbewusst und dann immer konkreter und dringlicher an, zu suchen, was ihr fehlte.

Und bei David wurde sie fündig. Ein Volltreffer!

David Rosenkranz ist ein gut gewachsener strammer Bursche, der in ihre Welt passt, und ihr nach ihren langen Entbehrungen wieder glückliche Stunden beschert. Dafür kann er, was das schnöde Geld betrifft, immer sorglos und großzügig sein. Sie staffierte ihn luxuriös aus, ließ ihm teure Maßanzüge schneidern und nahm ihn inkognito mit auf ihre Reisen.

Die üppige Wohnung, in der ich meine Unschuld verlor, ist die Zweitwohnung der Lichtenfels, das amouröse Paradies für sie und ihren Musikus.

„Da ist Musik drin", hatte schon jemand aus dem Tanzsaal prophezeit, noch bevor David zu singen begonnen hatte. Doch wie das Leben so spielt, erzählte der Frau von Lichtenfels eine gute und wohl auch neidische Bekannte, ganz nebenbei und „aus Versehen mit Absicht", ein bisschen von Davids kleinem Seitensprung.

Und die sonst so freigebige Gönnerin erklärte in heftigem Zorn, dass sie Davids Männlichkeit mit niemandem teilen werde. Sie stellte ihn vor eine strikte Entscheidung.

„Entweder diese kindliche Piepmaus", soll sie gesagt haben, „oder ich".

Da kippte David um und fiel seiner Herrin buchstäblich wieder in den Schoß. Meine erste große Liebe nahm ein rasches schmerzvolles Ende und hat mir trotzdem etwas gegeben. Es war wie ein Blick in den Spiegel.

In einen Hohlspiegel sogar, der manches vergrößert und verdeutlicht. Ein Spiegelbild lügt nicht. Nur bei falscher Beleuchtung kann ein Spiegelbild täuschen. Mir half es, meine Schwächen zu erkennen, aber auch meine starken Seiten, meine Besonderheiten und außergewöhnlichen Gewinnchancen im Leben, bei den Spielregeln unserer Zeit.

Zu Hause konnte ich davon nicht viel erzählen. Und auch nirgendwo sonst.

123

Stefanie verhielt sich zu mir nach dem schnellen Aus mit David eher rechthaberisch und belehrend, als hätte sie alles vorausgesehen. „Das musste ja so kommen," war ihr einziger Kommentar, den ich mindestens drei mal täglich zu hören bekam. Mein Vater machte Versuche, mich zu trösten, aber viel zu pauschal und weit ab von dem, was mich bewegte. Immerhin, er war auf meiner Seite. Er hielt zu mir und war mir wohlgesonnen. Mein einziger Halt damals".

In diesem Moment verstummte Heidi. Erst nachdenklich, dann zwanghaft. Ihre Augen füllten sich mit Tränen. Nach langer Pause sprach sie langsam und leise: „Ich weiß nicht, wie ich es dir sagen soll. Es kam so unscheinbar daher und war so grausam und brutal. Mein Vater bekam Kopfweh und Nackenschmerzen und wollte nichts mehr essen. Er sprach immer weniger und starrte vor sich hin. Dazu wurde er taumelig und konnte nicht mehr gehen. Etwas später bekam er hohes Fieber. Der Bereitschaftsarzt wies ihn sofort ins Krankenhaus ein. Als man ihn abholte, war er schon bewusstlos. Die Ärzte meinten, es sei eine Hirnhaut- und Gehirnentzündung, wahrscheinlich als Folge von einem Zeckenbiss.

Heute liegt er im Wachkoma in einem Pflegeheim. Ich habe ihn regelmäßig besucht. Er war immer noch mein einziger Halt, der mir Mut und Kraft gab. Wenn ich mit ihm allein war, habe ich ihm alles erzählt, was mir auf der Seele lag.

Er sprach nicht, aber ich hielt seine Hand und spürte, dass er mich verstand.

Und ich fühlte und befolgte seinen Rat. Stefanie hat eine solche Beziehung nicht zu ihm. Ihr Kraftquell ist die Hierarchie der Uniformträger. Doch mehr Sternchen obendrauf machen nicht alle Schultern auch mehr belastbar.

124

Steffi kommt mit sich selbst nur schlecht zurecht.

Mit siebzehn begegnete ich zum ersten mal Axel Schönborn. Da entschieden wenige Sekunden über viele Jahre. Ich war mit dem Fahrrad unterwegs und sah mit zufälligem Seitenblick einen Mann am gegenüberliegenden Straßenrand in Bauchlage an der Bordsteinkante. Hätte er nicht so seltsam dagelegen, wäre ich weitergefahren. Ich schob mein Fahrrad über die Straße und ging auf ihn zu. Dabei sah ich, dass eine auffallend korpulente Dame ihn wenig damenhaft beschimpfte.

„Dreckiges Gesindel! Unverschämtes Pack! Ist das der neueste Trick, ehrbaren Leuten die Handys zu stehlen?"

Axel erklärte mir später, wie es dazu kam. Er lief auf dem Bürgersteig stadteinwärts, als ein Kunde ihn anrief. Der Kunde hatte auf einer Probefahrt mit einem Neuwagen einen Unfall. Axel war abgelenkt, stolperte und ließ bei einer Reflexbewegung sein Handy fallen. Das Handy verschwand in einem rohrförmigen Gully. Es lag in etwa ein Meter Tiefe in einem Auffangkorb.

Aber Axel kam, so sehr er sich bemühte, mit der Hand nicht dran. Dabei machte er sich ziemlich schmutzig an den Händen, an seiner Kleidung, und als er sich die Haare aus dem Gesicht wischte, auch an der Stirn. So sah ihn die schwergewichtige Schimpfkanone, die sich mit ihrem Handy beschäftigte.

Er fragte sie: „Könnten sie mir bitte mal ihr Handy borgen? Ich muss dringend telefonieren".

Sie donnerte noch einiges mehr aus ihrem Wortschatz auf ihn herab, als er so am Boden lag.

„Ekelhafte Kanalratte, übelste Sorte."

Ich war entsetzt. „Aufhören" rief ich, lauter als die Cholerikerin.

125

Sie mache tatsächlich eine Pause; aber nur eine kurze.

„Mischen sie sich hier nicht ein. Das geht sie nichts an!"

Darauf ich: „Dieser Handwerker ist mein Bruder und geht eher sie nichts an. Er braucht Hilfe und kein sinnloses Gebrüll".

Dabei reichte ich Axel demonstrativ die Hand und zog ihn aufwärts. Er begriff schnell und kooperierte perfekt. Als er neben mir stand, sah ich erst seine stattliche Figur. Ich umarmte ihn blitzschnell, drückte ihm einen Kuss auf die verschmutzte Stirn und reichte ihm mein Handy. Er nahm es mir hastig aus der Hand.

Außer „Danke" hatte er kein einziges Wort gesagt, doch dann telefonierte er wie ein Wasserfall.

Seine schwergewichtige Kritikerin war wohl von unserer Geschwisterliebe beeindruckt. Sie watschelte, vor sich hin brabbelnd, langsam fort. Zu mir sprach Axel äußerst kurz und knapp.

„Herzlichen Dank noch mal und Verzeihung! Ich brauche das Handy noch fünf Minuten und auch das Fahrrad. Zwei Kilometer diese Straße stadteinwärts links ist das Autohaus Schönborn. Dort stelle ich Fahrrad und Handy abholbereit unter."

Kein weiteres Wort von ihm und kein Wort von mir. Er stieg auf und fuhr in Windeseile davon. Ein furioser Auftakt, aber wenig romantisch. In den Augen der dicken Cholerikerin wäre ich jetzt doppelt beklaut. Handy und Fahrrad weg.

Und Unterstellen ist keine Garantie für Wiedersehen. Doch in tiefster Seele war ich schon fast im „Siebenten Himmel".

Die Kanalratte, mein angeblicher Bruder, hatte nicht nur Figur, sondern auch Format. Das spürte ich mit allen Sinnen. Die zwei Kilometer wurden ziemlich lang. Ich schlenderte halb versonnen vor mich hin und kontrollierte nur ab und zu die Hausfassaden nach der

Aufschrift Autohaus Schönborn. Die durfte ich nicht verpassen, und sei sie noch so unscheinbar. Vielleicht über einem Einmannbetrieb mit Klingel an der Ladentür? Doch ich sah die Aufschrift schon lange, bevor ich sie lesen konnte. Ein riesiger Lichtschein in der Ferne vor einer gewaltigen Hausfassade. Große Schaufenster zu einem Saal mit diversen Autos aller Art.

Als ich etwas zögerlich durch die große Glastür eintrat, kam sofort ein adretter Herr mit typischen Verkäufermanieren auf mich zu.

„Sie sind bestimmt die Dame, die Herrn Schönborn das Fahrrad geliehen hat."

Ich nickte stumm.

„Fahrrad und Handy sind dort bei der Sitzecke."

Auf dem Tisch davor stand ein riesiger Blumenstrauß, dazu eine Karte mit der Aufschrift „Für meine Retterin aus der Not".

„Herr Schönborn hat mir aufgetragen", fuhr der Verkäufer fort, „dass ich sie dorthin fahre, wohin sie eigentlich wollten, bevor sie ihn in dieser etwas ungewöhnlichen Situation trafen. Wenn sie mögen, nehmen sie einen Kaffee oder ein anderes Getränk und auch einen Imbiss zu sich. Dann fahren wir, wohin sie möchten. Das Auto steht bereit".

Dabei wies er auf einen gigantischen Straßenkreuzer, in dessen Kofferraum locker zwei Fahrräder passten.

„Herr Schönborn meldet sich bei Ihnen so bald wie möglich."

Steffi war von dem Auto und dem Blumenstrauß sichtlich irritiert.

Natürlich fragte sie warum und wieso.

„Ich habe mich für die öffentliche Ordnung eingesetzt."

„Was hast du dafür getan?"

„Diskriminierung von Kanalratten unterbunden."

127

Daraufhin fragte sie nichts mehr. Am nächsten Tag erzählte ich ihr alles.

Axel hatte am Abend noch angerufen und vorgeschlagen, dass wir uns am nächsten Tag treffen. Auch daraus machte ich kein Geheimnis, doch ich konnte sie beruhigen.

„Der ist kein Minnesänger mit steuerfreiem Salair." Das gefiel ihr. „Glückwunsch! Du bist ja schon auf dem Weg der Besserung."

Der junge Herr Schönborn holte mich von der Haustür ab. Mit einem blitzblanken roten Ferrari. Er kam mir einige Schritte entgegen und half mir beim Einsteigen wie ein perfekter Kavalier.

„Wohin fahren wir?" fragte er.

„Auf die nächste grüne Wiese", jubelte ich schon fast.

Ich war fasziniert von seiner Nähe, seiner Stimme, seiner Art, sich zu bewegen. Wir mussten miteinander gehen, erzählen, reflektieren, reagieren- und nicht im Gewühl einer belebten Straße, sondern im wohligen Duft von Blättern und Blüten. Axel fiel nicht über mich her wie vordem der rasende Pianist im fortissimo vivace. Er hatte Stil und Würde.

„Feine Autos", sagte er später mal als mein Chef, „sind nur Äußerlichkeiten. Das, worauf es ankommt, ist oft im Inneren verborgen".

Und eben das verband uns vom ersten Augenblick an. Ich war total in ihn verknallt. Am liebsten wäre ich selbst ungehemmt wild über ihn hergefallen. Ich hatte ihn ja schon geküsst. Auf die Stirn. Als Kanalratte. Doch allein zu zweit auf der grünen Wiese war ich gehemmt und zugeschnürt bis zum Hals.

128

Er spürte es natürlich- und überraschte mich: Der businesslike gestylte Kavalier zog sich die Jacke aus, legte sich ins Gras und ließ jedem Tatendrang freien Lauf. Meinem und seinem. Es wurde unbeschreiblich schön. Wir blieben noch eine Weile liegen, eng umschlungen, schauten in den Himmel und kamen erst allmählich zum Erzählen.

Das Autohaus Schönborn mit Hauptsitz in München hatte fünf Filialen in Deutschland, eine in Genf und diese in Wien. Axel war vor kurzem Filialleiter geworden. Die Geschäfte liefen gut. Er hatte sich ehrgeizig hineingekniet und persönlich gelebt wie ein Mönch.

Von mir habe ich nur wenig erzählt. Mein Multitalent David habe ich nur skizzenhaft erwähnt. Mehr wollte Axel auch nicht wissen. Er brachte mich wieder bis vor die Haustür. Zum Abschied sagte er mit bebender Leidenschaft:

„Du kannst genauso bezaubernd küssen wie du aussiehst".

Tags darauf kam er viel später als verabredet mit einem BMW und total aufgeregt. „Steig ein, ich erzähle dir alles unterwegs".

Er fuhr schon ziemlich schnell. Auf der Autobahn meinte er:

„Wir müssen mit diesem Gerät einen Geschwindigkeits-Test machen. Seine Besitzerin verlangt mindestens zweihundertfünfzig."

Das Tempo war berauschend. Ich feuerte ihn noch an.

„Schneller, schneller."

Danach erklärte er mir in aller Ruhe: „Du bist schon ein bisschen verrückt. Und gerade das ist es, was ich an dir so liebe."

Ich war aufgewühlt und antwortete kess „ganz meinerseits", obwohl ich das gar nicht so meinte.

Es kam auch gar nicht so gut an. Er überging das einfach, und fing endlich an, zu berichten. Auf der grünen Wiese hatte er mich mit dem

Handy fotografiert und das auch in einer Pose auf der Kühlerhaube des Ferrari. Das Foto hatte er an eine Mail nach Hause angefügt, und sein Vater hatte sofort zurück geschrieben:

„Wie bist du an das fantastische Fotomodell gekommen?"

So ticken halt die meisten Männer. Er hat ihn eine halbe Stunde warten lassen und dann erwidert „Das ist meine Heidi, und die ist tausend mal mehr als ein Fotomodell."

Da gab es nichts zu toppen. Solche kleinen Höhenflüge muss man ausschweben lassen. Dann landen sie auch sicher. Wir sahen uns erst nach drei Tagen wieder. „Dieses Geschäft kann einen schon arg rütteln", schimpfte Axel.

Er hatte nach München gemusst. Doch er verlor nie die Ruhe. An diesem Tag nahm er mich zum ersten mal mit in sein Appartement im obersten Stockwerk des Autohauses, das ihm immer zur Verfügung steht. Wir hatten dort wunderschöne Tage und auch Nächte.

Axels Vater, der Firmenchef, war nicht einmal böse, als er es erfuhr. Ich fand ihn sympathisch und er mich noch viel mehr. Zu meinem achtzehnten Geburtstag schenkte er mir quasi eine Ausbildung zur Kauffrau und zugleich eine gut bezahlte Anstellung in der Werbeabteilung der Firma.

„Du brauchst dich nur so an die Autos zu lehnen wie das die Fotografen vorschlagen. Bei deinem Talent funktioniert so ein Shooting ganz unkompliziert", beschwichtigte er meine Bedenken.

„Und alles, was du dazu anziehst, einschließlich Hair-styling, Make-up usw. geht auf Kosten der Firma".

Das lief von Anfang an großartig. Die Fototermine wurden sogar häufiger, die Fotografen immer mehr, und wir hatten bald Mengen von Werbebildern, auch in München und Genf, mehr als genug.

Doch die Fotografen machten weiter, auch ohne Autos, hauptsächlich mich vor der Kamera, vom Scheitel bis zur Sohle. Acht Wochen später klebte ich schon mit Werbeslogans an Litfasssäulen und Werbeflächen in der Stadt. Das zog Kunden in die Filiale, die das Fotomodell persönlich sehen wollten. Ich verstand noch nicht viel von Werbung und Geschäft.

„Aber der Umsatz steigt", frohlockte der Chef.

Einer der Fotografen schlug mir vor, die Schauspielschule zu besuchen und mich bei Film und Fernsehen zu bewerben. Ich hätte das Zeug für eine steile Karriere, meinte er, und er würde mir dabei behilflich sein. Das hätte er aber nicht sagen sollen, denn Angebote dieser Art konnte ich schon stapeln, und dieses behilflich sein wollen war mir einfach zu viel. Ich erteilte ihm eine klare Absage.

Das hielt ihn jedoch nicht davon ab, es noch mal beim Firmenchef zu versuchen, womöglich mit dem Angebot einer „Ablösesumme".

Vater Schönborn nahm das nicht auf die leichte Schulter und geriet ins Grübeln. Ich merkte es ihm an und wusste ziemlich genau, warum. Denn ich hatte den schrägen Vogel zur Chefetage hinauf flattern sehen. Am nächsten Tag musste der Chef nach Genf. Bis dahin musste die Sache bereinigt sein. Als erstes ging ich zu Axel. Danach gingen wir beide zum Chef. Axel bat ihn, den Fotografen mit seinen kühnen Gedanken und Vorschlägen nicht weiter zu beauftragen.

Er fragte nur „warum?" und ich argwöhnte genauso knapp, dass der Schlaumeier mit seinen Ideen wohl eher an sich selbst als an uns denkt.

Vater Schönborn schaute mich wortlos an. Auch dafür hatte ich eine Antwort. „Dem möchte ich nicht in die Hände geraten."

Da fiel alle Anspannung von ihm ab. Mit Tränen in den Augen umarmte er uns beide leidenschaftlich, und ich war wieder in einem glücklichen Trio, wie damals als mein Vater mit seinen Töchtern tanzen ging.

Trotz aller Schwankungen von Freud und Leid vermachte mir Axels Vater einige Wochen später einen Besitzanteil an der Firma, gegen alle Gewohnheiten per Vertrag, notariell beglaubigt und hinterlegt. Dazu in gleicher Weise einen vom Arbeitgeber unkündbaren Arbeitsvertrag.

Freudiges Tun aus bedenklichem Anlass. Axels Mutter war nämlich von unserem Glück, speziell von mir, wenig begeistert. Zuerst kritisierte sie nur einige verrückte Werbefotos, auf denen viel nackte Haut und wenig Bekleidung zu sehen war.

Dann wurde sie mehr und mehr eifersüchtig. Sie zeigte es nicht offen, aber nutzte ab und zu Gelegenheiten für kleine Seitenhiebe. Ihr gütiger Gemahl hatte viel Feingefühl für die atmosphärischen Störungen und war immer um Ausgleich bemüht. Aber er machte auch keinen Hehl aus seiner Sympathie für mich und meine Zweisamkeit mit Axel. Und das beruhte auf Gegenseitigkeit.

Mir gefiel besonders, dass er mich achtete und keine plumpen oder feinen Annäherungsversuche machte, wie so manche Männer in der Firma.

Unter vier Augen sagte er mir ganz offen, dass er mich gern in seiner Nähe hat, und gar nicht so oft nach Wien kommen kann, wie er möchte. Mit der Zeit entwickelte er Pläne, Axel und mich in München zu beschäftigen.

Er kaufte uns auch dort schon mal eine wunderschöne Wohnung, die jederzeit für uns bereitstand. In Wien war ich mit Axel schon so gut wie verlobt.

Stefanie hatte in der Zeit, als ich zu Hause rar wurde, ihren Mann kennengelernt und uns beide zu ihrer Hochzeit eingeladen. An der großen Tafel saßen wir dem Brautpaar direkt gegenüber. Stefanie war eine stattliche Braut.

Sie war schön weil sie glücklich war. Ihr Mann, ein gut aussehender hoch chargierter Polizeibeamter, war uns gegenüber unerwartet offen und machte mir schon reichlich viele Komplimente.

Auch Steffi kam mit Axel auf Anhieb gut zurecht. In den Flitterwochen besuchten uns die beiden mal in der Firma, wobei der Herr Rat das viele Gold an seiner Uniform etwas mehr als üblich glänzen ließ. Alles war weit im grünen Bereich. Doch in der Folgezeit kam mein stolzer Schwager immer öfter mal allein in die Firma mit tausend Bewerbchen, sodass die Spatzen schon bald etwas von den Dächern zwitscherten, das Steffi nicht gefiel.

Unsere Geschwisterliebe kühlte schnell wieder ab. Am liebsten hätte sie mich in weite Ferne verbannt.

Zur gleichen Zeit erhielt die Firma einen herben finanziellen Rückschlag. Auf eine anonyme Anzeige hin entdeckten Wirtschaftsprüfer zusätzliche Gewinne bei uns, die wir nicht versteuert hatten. Die Unterlagen dazu landeten bei der Staatsanwaltschaft, die Tiefenprüfungen veranlasste und eine Steuerschuld der letzten Jahre von insgesamt mehreren Millionen Euro ermittelte.

Unser Anwalt meinte, wir müssten mit Haftstrafen rechnen. Für Schönborn Senior und Schönborn Junior.

Pech auch für Steffi, denn ich hätte dann in Wien bleiben müssen um die beiden Männer ab und zu im Knast besuchen können.

133

Und mein hoch dekorierter Schwager, der heimliche Lustmolch, hätte ab und zu mich besuchen können. Nicht gerade verlockend. Herr Hofrat waren z.b. mehr als doppelt so alt wie ich. Doch Glück im Unglück: Der Staatsanwaltschaft fehlten für eine Begründung der Haftstrafen zwei entscheidende Beweisstücke. So blieb es bei einer hohen Geldstrafe für den Chef, und ich konnte mit meinem Axel nach München ziehen. Dort erlebte ich die glücklichste Zeit meines Lebens. Das gefiel auch meiner Schwester Stefanie, die mich, wie Schneewittchen hinter sieben Bergen, weit weg gut aufgehoben wusste.

Aber das Glück fand ein jähes Ende als Axels Vater mit seinem Auto verunglückte und kurz danach starb. Ich habe tagelang um ihn geweint. Er war so gut, so klug und umsichtig und hilfreich. Erst als er nicht mehr da war, wurde mir bewusst, dass auch ich ihn gern in meiner Nähe hatte. Er war sogar an unserem und auch Steffis Glück mit heimlicher Hand beteiligt.

Steffi hatte mit ihren bereits weit reichenden Kompetenzen auch Zugang zu Ermittlungsergebnissen und Beweisstücken, und Axel fand beim Ordnen von Vaters Nachlass die verschlüsselte Abbuchung eines sechsstelligen Betrages „aus Dankbarkeit für die hilfreichen Bemühungen".

Mein wechselvolles Leben verdüsterte sich wieder. Entsprechend Geschäftsgrundsatz wurde Frau Schönborn automatisch Firmenchefin. Sie dividierte Axel und mich konsequent auseinander. Axel nagelte sie in München fest und mich in Wien. Ich wurde zwar Filialleiterin, aber sie ließ mich bespitzeln und hielt mir jeden kleinen Fehler vor die Nase, um mich zu beherrschen.

Bei der überschaubaren Anzahl von Mitarbeiterinnen und Mitarbeitern fand ich schnell heraus, welche Kollegin sie auf mich angesetzt hatte. Ich ging das Problem mit Ruhe an, seitdem ich nicht mehr im Dunkeln tappte.

Zunächst brauchte ich Gewissheit. Dazu schob ich der freundlichen Dame eine Ente unter und hatte schon am nächsten Tag die telefonische Reaktion aus München.

Dann lud ich die falsche Schlange einfach mal zu einer Flasche Wein bei lauschiger Musik ein und drehte sie prompt um. Seitdem meldete sie nach München was ich ihr auftrug und berichtete, wenn sie selbst in München war, was ich wissen wollte. Selbstverständlich musste ich damit rechnen, dass meine Deutschlandexpertin auch mal für zwei Seiten spionierte, doch ich beauftragte und belohnte sie weiterhin. Hauptsächlich aber zur verdeckten Psychotherapie meiner Chefin in ihrer krankhaften Eifersucht.

Die bedauernswerte Frau Schönborn brauchte Meldungen, die sie beruhigten.

Bei mir aber wurde es erwartungsgemäß wieder unruhig. Mein Schwager ließ nicht lang auf sich warten. Dass Axel nicht mehr da war, hatte er schnell mitbekommen. Diesmal ging er aufs Ganze. Dummerweise hatte ich früher mal verlauten lassen: „Mir ist jeder sympathisch, dem ich teure Autos verkaufen kann".

Also beabsichtigte er einen Autokauf, aber nur von mir als Verkäuferin.

Eine große Limousine musste es sein, mit viel Platz, dass man darin in Ermangelung einer Unterkunft auf Reisen, auch mal übernachten konnte.

Geld spielte keine Rolle.

135

„Nachtigall, ick hör dir trapsen", sagt dazu die Berliner Mundart.

Bald fingen die Spatzen auch wieder an zu pfeifen, und Stefanie wurde bitter böse. „Wenn du nicht sofort deine Finger von meinem Mann lässt, werde ich dich zerquetschen wie eine Laus."

Davor hatte ich nicht gerade Angst, aber ich merkte, wie sie leiden musste und erklärte ihr eindringlich, dass ich überhaupt keine persönliche Neigung oder gar Beziehung zu ihrem Mann habe, und dass ich einzig und allein meinen Axel liebe und sonst niemand. Das brachte uns zwar keinen Frieden, aber wenigstens einige Zeit Ruhe. Gespannte Ruhe.

Nach einem halben Jahr rollte die mit den vielen Extras bestellte Limousine an. Der Käufer wollte natürlich alle Extras prüfen und sich damit vertraut machen.

Doch das Verlangen nach vertraut machen galt wiederum hauptsächlich der Verkäuferin.

Als wir nebeneinander lagen, um das Übernachten auszuprobieren, schaute Stefanie durch die Windschutzscheibe. Sie erklärte mir den totalen Krieg und ließ sich kurzerhand scheiden. Der respektable Mann ließ sich bei ihr und mir nie wieder sehen. Das respektable Auto steht in ihrer Garage.

Steffi war kinderlos geblieben. Dafür stieg sie auf der Karriereleiter immer weiter steil nach oben. Sie wurde einflussreich und mächtig. Ihre gescheiterte Ehe steckte sie bald weg. Und mit dem Wiedererwachen gewisser frischer Lebensgeister schaute sie sich auch wieder in der Männerwelt um.

Dieses mal blieb ihr Blick an einem weniger stattlichen und eher übergewichtigen aber sehr interessanten Mannsbild hängen.

Quicklebendig, vielseitig engagierter Geschäftsmann, auch in der Baubranche, aber gewitzter als z. B. der Mörtel-Moser, und nebenbei sagenhaft reich. Ihm konnte Steffi mit ihrer Macht im Staate imponieren. Es wurde keine Zweckehe. Nein, die beiden hatten echt Spaß miteinander. Steffis zweite Hochzeit war geradezu pompös, natürlich ohne Axel und mich. Für mich war der dicke Geldsack auch völlig uninteressant. Er kam viel später mal in die Filiale. Einfach so. Er gefiel mir nicht aber ich gefiel ihm. Also kam auch er immer öfter mit zahlreichen Anliegen und kaufte sogar zwei Spezialfahrzeuge für seinen Baubetrieb. Schließlich kam es wieder wie es kommen musste. Es dauerte nur etwas länger, bis auch er mit Liebesgeflüster heimlich zu mir geschlichen kam.

Steffi brauchte gar nicht zu wissen wann und wie. Sie spürte es einfach, lauerte uns auf und war dennoch überrascht, als sie uns in flagranti ertappte. Sie rastete nicht aus, tat nichts und ließ sich von ihrem redegewandten Quicky nach Hause fahren. Sie ließ sich nichts anmerken, war aber hochgradig angespannt. Sie holte zu einem endgültigen vernichtenden Schlag aus. Ich musste definitiv von der Bildfläche verschwinden. Dauerhaft und möglichst bald.

Und wo ein Wille war, war auch ein Weg. Mehr emotional getrieben als gut überlegt bezeichnete sie mich in meinem Verhalten als paranoid mit Selbst- und Fremdgefährdung. Sie erbrachte dafür „Beweise" und fand Mittel und Wege, mich de facto zu beseitigen. Mit einer geschickt inszenierten für mich katastrophalen Situation brachte sie mich dazu, voller Empörung laut und lange zu schreien.

Eine Notärztin versetzte mich daraufhin mit einer Beruhigungsspritze in Halbschlaf und begleitete mich auf der Fahrt in die Anstalt. Dort, wo die Türen keine Klinken haben, sollte ich medikamentös ruhiggestellt und „entschärft" werden. Zugleich bemühte sich Steffi eilig, für mich, die „Schutzbedürftige" eine Vormundschaft zu erlangen.

Zu eilig, wie sich später herausstellte, denn es stand noch gar nicht fest, dass ich einen Vormund brauchte.

In der Anstalt hatte ich Zeit zum Nachdenken. Dort spürte ich erstmals am eigenen Leib, was die staatsgewaltige Steffi alles kann. Meine Situation, als entmündigte unterbringungspflichtige Geisteskranke abgestempelt, war denkbar schlecht. Als zwei Wochen zuvor noch souveräne erfolgreiche Filialleiterin drohte ich nun in einen gefährlich tiefen Abgrund zu stürzen. Das erkennbare Ziel meiner Therapie war, mich durch langzeitiges Dahindämmern willenlos und „zahm" zu machen. Wenn das Ziel erreicht wäre, würde ich als ein Schatten meiner selbst herumschleichen. Und wenn ich wegen körperlicher Schwäche z.B. an einer Virusgrippe zugrunde ginge - auch gut.

Der erste Schritt in die Katastrophe ist dabei der Verlust des eigenen Denk- und Urteilsvermögens als Voraussetzung für ungebremsten freien Fall. Aber noch war ich bei klarem Verstand und widerstandsfähig. Auch ich habe meine geheimen Waffen mit größerer Reichweite. Ich kann, was Stefanie nicht kann.

Und wenn die Männer mir hinterher laufen und nicht ihr, ist das schon mal ihr Problem. Ich musste den Kampf aufnehmen. Freiheit oder Tod!

Dabei hätte eine entmündigte Geisteskranke gegen eine hohe Staatsbeamtin natürlich keine gute Anfangsposition. Deshalb musste ich ganz unauffällig beginnen, step by step, mit kleinen Geländegewinnen aber weitsichtiger Strategie und Taktik. Wer zuletzt lacht, lacht am besten.

Zuerst nahm ich die Beruhigungspillen der Anstalt, die von den Patienten als „Idiotenkullern" und von den Ärzten als „Chemische Keule" bezeichnet wurden, nicht mehr ein. Ich sammelte sie heimlich im Kunststoffgriff meiner Haarbürste. Wer viel vor hat, kann auch viel gebrauchen.

Bei den Visiten zeigte ich mich so schläfrig wie erwünscht. Man fragte mich anfangs, ob ich noch Schreikrämpfe hätte, und meinte, das sei ein typisches Symptom meiner Krankheit. Doch ich tat so, als sei mir das alles egal.

Nach zwei Wochen hatte ich unauffällig die ganze Station inspiziert.

Die einzige Fluchtmöglichkeit, die ich fand, war ein Oberlicht in der Personaltoilette. Das war nicht vergittert, und die Tür der Toilette war nicht immer verschlossen. Nachts stand sie sogar manchmal handbreit offen.

Die passende Leiter für das Oberlicht stand in der Besenkammer. Doch für einen Schnellstart war diese Variante nicht geeignet. Ich wusste noch nicht wie es außen vor dem Oberlicht weiterging. Und wenn man da nicht schnell und geräuschlos wegkommt, ist alles umsonst. Manchmal kann man ja auch fähige und kooperative Besucher in die Fluchtplanung einbeziehen. Aber ich bekam keinen Besuch.

Zur Visite hieß es, das sei verboten. „Wegen Ansteckungsgefahr". Man hielt mich also für dumm. Gut für meine Planung.

In einer Irrenanstalt gibt es mehr Überraschungen als im normalen Leben.

139

Man muss gar nicht lange drin gewesen sein und könnte schon Bände schreiben.

Ich hatte zwei Wochen lang die Station sehr genau angeschaut und dabei nicht bemerkt, dass auch eine Patientin von der Station mich sehr genau angeschaut hatte. Zugegeben, sie war eine unauffällige bescheidene kleine graue Maus, die stets in sich gekehrt, zurückgezogen und schläfrig herumsaß. Doch hinter dieser Fassade ging es lebhaft zu. Nach einer weiteren Woche saß sie zum Mittagessen im Gemeinschaftsraum „zufällig" neben mir. Sie schob mir unter dem Tisch unauffällig einen Zettel zu. Das bedeutete: Hier läuft was!

Ganz ruhig bleiben und gut aufpassen! Ich steckte den Zettel ebenso unauffällig ein und las ihn nach dem Essen auf meinem Zimmer.

„Wir treffen uns morgen in der Hauskapelle zur Abendandacht", stand darauf. Auf dem Gang zum Gottesdienst wurde man bewacht, aber in der Kapelle konnte man sich am besten etwas zuflüstern und auch zustecken.

Diesmal ein langer Brief.

„Nimm nicht diese Idiotenkullern ein. Lass sie im WC verschwinden. Gib Dich äußerlich schläfrig, aber halte Deine Sinne wach und Deinen klaren Verstand und Deinen Willen. Wir müssen hier sehr bald raus, ehe uns die Mächtigen, die uns nicht mögen, völlig zerstören. Ich habe Dich sehr genau beobachtet. Dir scheint es ähnlich zu ergehen wie mir. Ich bin die kritische Journalistin Olga Carius und war beim Recherchieren einem Nazikriegsverbrecher auf die Spur gekommen. Der lebt auf großem Fuß und hat einflussreiche Freunde, die stolz darauf sind, dass der einstige „Führer" des Großdeutschen Reiches ein Österreicher war. In einer Abhandlung vom Mord von Sarajewo habe ich mal den Satz erwähnt, dass der erste Weltkrieg begann, weil ein Österreicher ermordet wurde, und der zweite Weltkrieg begann, weil ein Österreicher nicht ermordet wurde. Das haben die alten Kameraden, die mich eh schon auf dem Kieker hatten, mir sehr übel genommen. Die reden sich unter ihresgleichen heute noch mit Dienstgrad an, bis zum Obergruppenführer, und sorgen auf ihre Weise für Ruhe und Ordnung. Sie bauten mir eine böse Falle, in der man mich für verrückt erklären und in diese Anstalt zwangseinweisen konnte. Dabei muss ich noch froh sein, dass ich hier bin, denn manches helle Lebenslicht, das den großen Meistern der Verlogenheit und Korruption zu nahe kommt, wird auch heute noch schnell mal ausgeblasen. Meine Flucht habe ich von Anfang an durchkalkuliert. Du brauchst mir jetzt gar nicht so genau zu erzählen, wie und warum Du hier hineingeraten bist. Ich denke, dass wir das Gleiche im Sinn haben. Und das geht zu zweit besser.

Komm morgen vor die Patiententoilette. Um zehn Uhr.

Herzlichst Olga".

Den Brief habe ich mir noch viele male durchgelesen. Ich besitze ihn jetzt noch und kann ihn fast wortgenau aufsagen. Vor den Waschbecken warteten wir bis wir ganz sicher sein konnten, dass uns niemand hörte.

Olga redete schnell und eindringlich. „Ich konnte ein bisschen vorsorgen und einen Schlüssel für die Stationstür organisieren. Ich war in der Nacht auch schon draußen und habe aus den Wäschesäcken etwas zum Anziehen geklaut. Denn mit dieser Streifenmode hier kommt man draußen wahrscheinlich nicht weit. Es liegt auch schon fast alles doppelt bereit. Nur eine Jacke für dich oder mich brauchen wir noch. Trotzdem müssen wir ab jetzt in jedem Moment startklar sein, falls sich eine gute Gelegenheit bietet. Die Zeit arbeitet gegen uns. Bedenke das, und schlaf schön weiter."

Mit einem freudigen Augenzwinkern ging sie als erste wieder raus. Ich konnte ihr nicht mal „du auch" sagen.

Seitdem dösten wir äußerlich noch stupider herum und passten innerlich noch genauer auf jede kleine atmosphärische Regung auf. An den nächsten beiden Tagen rein gar nichts. Am dritten Tag stieg der Luftdruck ein wenig.

Die Hygieneinspektion war unangemeldet ins Haus gekommen. Man hörte und sah noch nichts davon, aber spürte es deutlich an der Unruhe unseres Stationspersonals. Da musste schnell noch die Sauberkeit an einigen Ecken und Enden verbessert werden, so gut es eben ging. Gegen Mittag hatten wir schließlich das Vergnügen. Herein kam ein junger aber blasser kahlköpfiger Angeber mit platten Staralüren, umgeben von einem halben Dutzend weiß bekittelter Verwaltungsangestellter, und stolzierte, wie ein Gockel im Hühnerstall, auf dem Korridor herum. An Olga ging er vorbei, ohne sie eines Blickes zu würdigen.

Als sei sie hygienisch unbedeutend. Vor mir blieb der Hygieneinspektor stehen. Belästigend nahe. Dabei musterte er mich mit aufdringlichen Blicken vorn und hinten, oben und unten. Anscheinend suchten sich solche kleinen Potentaten die Opfer ihrer Begierde genüsslich langsam aus.

Er grinste wohlgefällig und sagte kein Wort. Am liebsten hätte ich dem geilen Bock eine geklatscht. Aber ich blieb taktisch schläfrig, zumal mir Olga mit heiterem Blick ein Hab Acht- Signal zuzwinkerte. Als die weiße Wolke sich weiterbewegte und uns den Rücken zukehrte, flüsterte sie mir ins Ohr:

„Das ist der Tag unserer Abreise. Bleib in der Nähe der Tür. Ich komme gleich". Nach weniger als einer Minute war der Korridor leer. Die weiße Wolke war im Gemeinschaftsraum verschwunden, wo Kaffee angeboten wurde. Für unsere Zimmer war die Inspektion gelaufen. Man schaute nicht mehr nach uns. Und Olga tauchte genau im richtigen Moment auf. Sie wirkte etwas füllig mit unserer Reisegarderobe unter ihrem Hemd.

Auf dem Weg zur Tür nahm sie sich spontan einen an der Wand stehenden Abfallkübel und zwei Besen und drückte mir einen davon in die Hand. Dann glitten wir lautlos durch die Tür.

Draußen kam ein Herr mit Hut und Aktentasche auf uns zu. Olga lächelte ihn an und trat mir beruhigend auf den Fuß. Er grüßte uns freundlich.

Eine ganz andere Welt.

Wir mussten uns schnell umziehen und konnten nicht warten, bis der Mann mit Hut außer Sichtweite war. Er hätte uns sehen können, aber drehte sich nicht mehr um. Warum auch.

Die Anstaltskleidung warfen wir in den Kübel und schlenderten im Putzfrauengang zum Fahrstuhl, den Kübel zwischen uns und je einen Besen in der anderen Hand.

Im Fahrstuhl standen gleich zwei Männer, jung und eifrig.

„Kommt ihr nachher mit zur Demo? Wir treffen uns an der Technik und holen die Plakate ab."

Olga trat mir wieder unauffällig auf den Fuß.

„Natürlich kommen wir. Gegen diese Ungerechtigkeit muss man was tun. Wir treffen uns am Haupteingang. Bis dann."

Der Haupteingang war sowieso unser Ziel, aber Olgas Schlüssel passte nicht dazu. Wummm! Bloß nichts anmerken lassen.

143

Immer freundlich ist die beste Tarnung. Wir kehrten also neben der Tür mit unseren Besen herum und warteten, dass die bald geöffnet wurde.

Von innen oder außen. Ganz egal.

Die Tür ging von außen auf. Hereinspaziert kam eine Laborassistentin, ganz in weiß, mit viel Make-up und zahlreichen Ringen, Ketten und Armreifen.

Sie ging und blickte stur geradeaus und zeigte damit allen ihre etwas höhere Gehaltsstufe. Nach ihr kam ein Betriebshandwerker, freundlich und kommunikativ. Endlich!

Ich warf ihm einen feurigen Blick zu, woraufhin er eine Sekunde lang stehen blieb. Für uns beide eine wunderschöne Sekunde. Dabei hielt ich die Tür auf. Olga schob sich sportlich-elegant an mir vorbei. Ihren Besen und den Kübel hatte sie wohlbedacht im Haus gelassen.

Draußen rief sie: „Kommst du bitte?"

Dieser Augenblick war für mich der Höhepunkt des Tages. Der Ruf der Freiheit! Beinahe hätte ich Olga jubelnd umarmt. Aber sie wich einen Schritt zurück, schaute sich kurz um, tarnte sich mit einer griesgrämigen Aufpassermiene und ordnete an:

„Lass deinen Besen unauffällig verschwinden und geh drei Meter hinter mir spazieren, so als haben wir nichts miteinander zu tun".

Nach weniger als einer Minute bog sie kurz entschlossen in eine schmale Nebenstraße ein, weg von den vielen Augen der Öffentlichkeit. Auf spätere Fragen, z.B. wer hat diese Putzfrauen vor der Irrenanstalt gesehen, sollte es allenfalls irreführende Antworten geben und einen deftigen Denkzettel für die selbstherrlichen Alleskönner, die sich mit unserer Einsperrung am Ziel ihrer Wünsche glaubten.

144

Dass wir nicht krank und irre sind, wissen die genau, und dass ich keinen Vormund brauche, weiß auch mein Vormund. Aber dass wir schlauer sind als ihnen lieb ist, müssen sie noch lernen.

In der Abgeschiedenheit der schmalen Gasse konnte ich meinen Besen ganz ruhig an einen ramponierten Lattenzaun lehnen. Im nächsten Moment aber bekam ich einen mittelgradigen Schreck, wie so oft in Olgas Gesellschaft.

Olga winkte ein plötzlich auftauchendes Taxi heran.

„Der kommt wie gerufen", lachte sie laut heraus.

Mir wurde mulmig. „Olga, bedenke, dass wir kein Geld und keine Papiere haben."

„Das weiß doch der Taxifahrer nicht. Wenn schon, denn schon. Steig ein und sag nichts."

Den Taxifahrer lächelte sie schon mal sehr freundlich an. So bekamen wir schnell Abstand von dem schaurigen Haus mit den zahlreichen Fenstergittern, hinter denen wir verkümmern sollten. Zu verlässlich ruhigen aber armseligen willenlosen Geschöpfen. Nur ein Wunder konnte das noch verhindern. Eben Olga. Sie hatte das seltene Talent, sich intuitiv richtig zu entscheiden. Sie erkannte ihre Chancen mit untrüglichem Instinkt und packte gute Gelegenheiten sofort beim Schopfe. Bei Olga fühle ich mich wohl. Sie hat immer die meisten Trümpfe in der Hand. Dem Taxifahrer nannte sie die Adresse einer befreundeten Kollegin, der sie vertrauen konnte. Die Kollegin wohnte bei ihrem alleinstehenden Vater.

Wir fuhren eine gute Stunde. Also hatten wir auch einen beruhigenden Vorsprung vor dem langen Arm des Gesetzes, der uns wohl so schnell nicht finden würde, um uns wieder einzusperren.

Am Ziel unserer Fahrt sagte Olga nur „jetzt bist du dran".

Unterwegs hatte sie mir zugeflüstert, dass sie hofft, das Geld für die Taxifahrt von ihrer Freundin zu bekommen. Das würde vielleicht ein wenig Zeit erfordern, und so lange musste ich ein gutes Einvernehmen mit dem Taxichauffeur am Laufen halten. „Das kannst du am besten". Basta. Doch bei alledem müsste die Freundin auch zu Hause sein. Ich bangte und bebte schon bevor Olga an der Haustür Klingelte. Olga war natürlich die Ruhe selbst, auch als sich nach dem Klingeln nichts regte. Sicherlich hatte sie schon einen detaillierte Plan B. Sie konnte manchmal geradezu zaubern. Doch nachdem sie noch mehrmals geklingelt, geklopft, gerufen und der Chauffeur gehupt hatte, öffnete sich ganz oben langsam ein Fenster.

Daraus rief ein graubärtiger Mann herunter: „Cordula ist nicht zu Hause". Daraufhin Olga: „Sind sie Cordulas Vater?"

„Ja, bin ich. Aber ich kann jetzt nicht herunterkommen."

„Dann komme ich hoch. Öffnen sie bitte?"

Das Türschloss summte auf, Olga eilte nach oben, und mein Taxifahrer sah mich bedrohlich misstrauisch an. Aber im Autohaus hatte ich eine pauschale Freundlichkeit für alle zahlenden Kunden erlernt. Damit konnte ich locker und effektiv umgehen, auch in diesem Fall. Obwohl mir der Kerl überhaupt nicht gefiel. Kein schöner Mann. Mondgesicht, schlechte Zähne und eine Speckfalte im Nacken. Es war nicht gerade spaßig.

Na ja, jedenfalls hielt ich den Specknacken bei Laune bis Olga wiederkam, mit strahlendem Gesicht und Scheinen in der Hand. Sie bezahlte freudig und gab ihm dazu ein, wie ich meine, spärliches Trinkgeld. Für seine Geduld mit mir hätte es mehr sein können.

Ich sah sie nur an, und sie antwortete, als er wegfuhr, „nicht zu wenig und nicht zu viel ist das Beste für uns. Er soll uns schnell vergessen, damit er nicht auf dumme Gedanken kommt, falls mal eine Fahndung nach uns die Runde macht".

Olga war in Hochstimmung. Sie zog mich geradezu die Treppe hinauf, als würden wir oben zu einem festlichen Empfang erwartet. Auf halber Höhe blieb sie plötzlich stehen, sah mich an wie eine Heilige und sprach in einer Tonlage, die ich bis dahin noch nicht kannte: „Die Freiheit steht dir gut. Eine Taxifahrerin, nur halb so schön wie du, hätte ich schon reichlicher bedacht. Das ist halt auch Gefühlssache".

Dann zog sie mich fest an sich, drückte mir einen Kuss auf die Stirn und eilte weiter treppauf. Der alte Herr im Obergeschoss, der Olga auf Anhieb über Hundert Euro geliehen hatte, war alles andere als festlich gestimmt.

Er wirkte irritiert als Olga mit mir kam, und ich sah mal wieder, dass es auch Männer gibt, denen ich nicht gefalle. Der Ärmste sah sich plötzlich zwei Fremden gegenüber, die es auf sein Geld abgesehen haben, wie bei dem beliebten Enkeltrick. Er ging sofort in Abwehrposition.

„Cordula wird mit ihrem Mann und ihrem Schäferhund gleich hier sein", verkündete er aufgeregt und schaute auffällig und hilfesuchend zugleich auf die Uhr. Olga war erschrocken als sie diesen gütigen Menschen so leiden sah.

Sie nahm ihren ganzen Charme zusammen.

„Bitte, wir möchten sie nicht beunruhigen. Wenn es ihnen recht ist, warten wir auch draußen vor der Tür auf Olga. Sie wird nicht gleich kommen, und sie hat auch keinen Mann und keinen Hund. Das weiß ich am besten. Wir haben ein sehr vertrautes Verhältnis, mit Herz und Seele."

Er zweifelte immer noch.

147

„So? Dann wissen sie wohl auch, wie alt Cordula ist?"

Olga zögerte nur kurz. „Sie wird übermorgen fünfunddreißig. Und morgen wird sie dazu den traditionellen Apfelkuchen backen, den Sie so gern essen."

Davon war er total entwaffnet und ich ein wenig erstaunt. Er murmelte eine Entschuldigung und bot uns Kaffee an.

Wieder so eine Situation, in der Olga prompt die Regie übernimmt. Sie schickte mich in die Küche zum Kaffee kochen. Mit dem Herrn Papa wollte sie allein sein.

„Wir müssen reden", erklärte sie.

In der Küche war alles griffbereit. Die Frau im Haushalt war deutlich spürbar. Einen Kaffee bereiten nach Sekretärinnenart gehörte zu meinem Alltag in der Firma. Ein komplettes Gedeck für drei hätte ich im Handumdrehen auf den Tisch gezaubert. Doch ich ließ den beiden noch Zeit zum Reden. Ich ahnte schon, worum es ging. Sie hatten schnell zur guten Laune zurückgefunden und lobten meinen Kaffee und meine guten Manieren. In solchen Momenten sagt man am besten gar nichts und lässt die Lobenden loben. Dabei wandelte sich der Senior bald zum gemütlichen Plauderer.

Nach einiger Zeit bot er uns ein Schlückchen aus seiner Hausbar an. Es wurde immer gemütlicher. Als er die Gläser zum zweiten mal füllte und wir dabei waren, auf Du und Du zu trinken, kam Cordula herein.

So viel Sturm und Liebe und Leidenschaft, wie sich dann entfaltete, ließen den Papa und mich nur staunen.

Erst nachdem die hohen Wogen etwas sanfter wurden, füllte der immer noch staunende Gastgeber ein drittes Glas, und wir tranken alle zusammen.

Cordula ist vom selben Kaliber wie Olga.

Genauso umtriebig, immer wohlbedacht und meistens auf der Siegerseite.

In den eigenen vier Wänden führte sie natürlich selbst Regie.

„Ihr habt doch heute noch nichts Ordentliches gegessen." Dabei brachte sie schon Leckerbissen aus Kühlschrank und Speisekammer heran. Ich half ihr beim Tischdecken. Das schien ihr zu gefallen. Und nicht nur das.

Auch darin ähnelte sie Olga. Es fehlte nur noch der Kuss auf die Stirn.

Am späten Nachmittag drängte uns Cordula, sicherheitshalber in das Gartenhaus ihres Bruders Bernie umzuziehen, weitab im Grünen.

Dort ging Cordula erst richtig aus sich raus. Bernie, ein gut aussehender, modisch gekleideter Bauingenieur, kam erst später dazu und feierte mit uns.

In Bernies Gartenhaus konnten wir nach langer Zeit und ohne Idiotenkullern wieder mal richtig schön ausschlafen. Wir erlebten dort noch etliche tolle Tage, feierten Cordulas Geburtstag und konnten die nächsten Schritte ins künftige Leben in aller Ruhe vorbereiten. Dabei kam mir auch Olga näher.

Sie ist nicht nur schnell und konsequent im Denken und Tun, sondern auch leicht entflammbar für Lust und Liebe, nur eben auf ihre ganz eigene Art. Das spürte ich zum ersten mal schaurig schön am Tag zwei unserer Freiheit, als sie morgens zu mir unter die Dusche kam. Bei dem rieselnden Wasser, Haut an Haut, hat sie mich da mit einer Leidenschaft geküsst und überall liebkost, die weit unter die Haut und hinein in die Seele ging.

Und auch Cordula zeigte mir im passenden Moment viel Zuneigung.

„Nimm mir's nicht übel", sagte sie leise, „aber ich bin ganz verrückt nach Dir". Am dritten Tag teilte sie mir, leicht gehemmt und sehr

149

verlegen mit „wir haben auch eine große Sauna im Keller. Die müssen wir eigentlich mal ausprobieren. Hast du Lust?"

„Ja, wann?"

„Am besten gleich. Ich habe schon vorgeheizt."

Sie nahm mich an die Hand und zog mich in den Keller wie eine Bärin ihr Junges in die Höhle.

„Zieh dich aus und such' dir ein gutes Plätzchen. Ich mach's noch ein bisschen wärmer und komme gleich nach".

Sie kam und goss einen zauberhaften Blütenduft auf, und kurz nach ihr kam Olga herein. Olga war verblüfft, aber äußerlich ruhig und gefasst, wie immer.

Cordula konnte ihre Unruhe nicht so gut verbergen. Sie wandte uns den Rücken zu, beschäftigte sich weiter mit Aufgießen und hüllte sich in Schweigen.

Mir wurde plötzlich heiß wie hundert Grad. Mir standen die Schweißperlen auf der Stirn. Das durfte ja in der Sauna sein, bloß die Spannung in der Luft passte da nicht hinein. Mich beeindruckte die Szene aber auch nicht allzu sehr. So etwas hatte ich schon öfter geradegebogen. Und außerdem brauchte ich das gar nicht, denn ganz überraschend kam dann noch Bernie zu uns drei Grazien. Da knisterte die Luft erst richtig. Bernie sah im Adamskostüm viel schöner aus als in seinen modischen Maßanzügen. Wie eine Göttergestalt. Ein echter Hingucker. Und was mir an Bernie am meisten gefiel, war seine vornehme Zurückhaltung.

Das angenehme Flair, das ihn umgibt. Das brachte auch meine beiden Amazonen wieder zur Ruhe. Schließlich saßen wir alle vier in seliger Eintracht zusammen. Ich schielte öfter heimlich zu Bernie und meine beiden Hübschen schauten in die Gegenrichtung.

150

Ihre Blicke glitten lieber über weibliche Konturen.

Nach der Sauna wusste ich alles über Olga und Cordula, ohne dass mir jemals jemand ein Wörtchen davon erzählt hatte. Es war wie der letzte Stein zu einem bunten Mosaik. Ich glaube sogar, dass ich mehr weiß als die beiden selbst von sich wissen. Weil es ihnen auf die Stirn geschrieben stand.

Was das Fühlen angeht, bin ich wie ein Wetterfrosch.

Das ist mein siebenter Sinn. Seitdem kam Olga jede Nacht zu mir ins Bett zum Kuscheln. Und sie bat mich immer dringender, bei ihr zu bleiben.

„Mir steht eine gut getarnte Wohnung in Bratislava, dem früheren Preßburg, zur Verfügung. Die ist groß genug für zwei. Dort habe ich einen Reisepass und ein Konto mit genügend Geld für schlechte Zeiten. Ich hatte vor zwei Jahren schon mal journalistisch gefährlich agiert und musste vorsorgen. Das kommt uns jetzt wunderschön zugute. Bratislava ist nicht weit aber ein bisschen abgeschirmt durch die Grenze. Sprachprobleme haben wir da drüben nicht. Ich spreche perfekt slowakisch."

Schön wäre es gewesen. Ich hätte meinen Erholungsurlaub vom Psychoknast unbekümmert fortsetzen können und Olga Freude und Frohsinn bereitet.

Doch bei allen meinen Gedanken an die Freiheit stand immer Axel an erster Stelle. Ich habe zu niemandem darüber gesprochen, aber Axel in alle meine Überlegungen immer einbezogen. Olga konnte mir ein kleines Paradies bieten.

Mit ihrer Hilfe und ihren Möglichkeiten hätte ich auch meine Eigenen Vorhaben ganz entspannt angehen können. Ohne Polizei und Nervenklinik und die vielen nächtlichen Strapazen.

151

Doch es lag spürbar in der Luft, dass ich mich in Olgas intimer Nähe von Axel entfernen würde. Und dagegen sträubte sich mein tiefstes Inneres.

Axel ist mein Maß der Dinge und mein Denken und Planen. Mit Axel bin ich auch unter der Dusche fröhlicher. Und im Bett und überall. Mit ihm ist das ganz anders.

Bei der wohltuenden Gemütlichkeit in Bernies Gartenhaus dachten wir schon kaum noch daran, dass wir eigentlich auf der Flucht waren.

Nur Cordula brachte das mal wieder ins Gespräch, als sie uns zwei Handys aus der Stadt mitbrachte, die sie auf Bernie und sich selbst angemeldet hatte, und in denen schon ihre und unsere Nummern gespeichert waren. Sie ist halt wie Olga. So und so.

„Damit wir immer schön zusammenbleiben, auch über Ländergrenzen hinweg", kommentierte sie.

Denn mittlerweile stand fest, dass Olga in die Slowakei fahren würde und ich nach Deutschland, solange das Wiener Pflaster zu heiß für uns war. Beim Abschied standen Olga die Tränen in den Augen. So habe ich sie noch nie gesehen.

„Ich lasse dich gehen, weil ich dich liebe".

Und schon stand ich genauso da. Wir hielten einander so fest wie zwei ewig Unzertrennliche. Ich gelobte dabei heimlich mir selbst, dass ich sehr bald zu ihr zurückkehren würde, egal was passiert.

Cordula fuhr dann ihre nach wie vor intime Freundin nach Bratislava, und Bernie bekam den Auftrag, mich nach Deutschland zu chauffieren.

Das tat er sehr gern, und ich ließ es sehr gern angehen. Zum ersten mal nach langer Zeit war ich wieder „allein zu zweit" mit einem Mann, der mir gefiel.

Balsam für die Seele! Obwohl ich immer nur an Axel dachte, und Bernie spürbar unruhig war, weil er ja ein Fluchtfahrzeug steuerte und ich keinen Ausweis hatte. Unterwegs musste Bernie tanken. An der Einfahrt zur Tankstelle standen zwei Streifenwagen der Polizei, die mir schon irgendwie nicht gefielen.

„Das hat nichts zu bedeuten", beruhigte Bernie mehr sich selbst. An der Kasse kamen dann zwei Beamte in Zivil auf uns zu, zeigten uns ihre Ausweise und fragten, ob wir etwas dagegen hätten, wenn wir gescannt würden.

Bernie schaute mich an, als wenn er eine Wette verloren hätte. Ich setzte eine freundliche Miene auf. Es blieb mir ja gar nichts anderes übrig.

Also hoben wir die Arme seitwärts und wurden berührungslos gescannt. Danach erklärte einer von den beiden, als ob sie sich entschuldigen müssten, „es werden zwei flüchtige gemeingefährliche Frauen gesucht. Sie sind bewaffnet aber geisteskrank und unberechenbar. Seien sie vorsichtig".

Hinter diesem Statement erahnte ich mit Schreck und Grauen Stefanies Aktivitäten. Das ist ihre Handschrift. Ich kenne ihren Verfolgungseifer.

Wenn sie jemanden ins Visier nimmt, kann sie sehr erfinderisch werden und gnadenlos. Gut, dass die Beamten nicht auch unsere Ausweise sehen wollten.

Das hat ihnen und uns einiges erspart, denn Bernie ist ein wehrhafter Beschützer. An der Grenze kontrollierte die Polizei stichprobenweise. Vor allem LKW.

Wir wurden auf die Überholspur geschickt zum Weiterfahren. Ich war froh, endlich in Deutschland zu sein. Hier musst du nicht immer einen

Ausweis dabei haben. Und die Polizei tanzt nicht nach Stefanis Pfeife. Und wenn du ein psychiatrischer Notfall bist, wirst du nicht gleich eingesperrt.

Auch Bernie fühlte sich in Deutschland wohler. Er wurde heiter und unterhaltsam und gab mir mit herzlicher Besorgnis noch einige Ratschläge, weil ich darauf beharrte, in Rosenheim am Hauptbahnhof auszusteigen.

Zum Abschied drückte er mir einen verwegenen Kuss auf den Mund und einen vollen Geldbeutel in die Hand.

„Ein Notpfennig, den du schnell mal brauchen kannst", entschuldigte er sich.

Im Zug nach München versuchte ich wieder und wieder, Axel zu erreichen und hoffte auf mehr Glück im deutschen Netz, denn mein erster Anruf, gleich nachdem Cordula uns die Handys geschenkt hatte, ging voll ins Leere.

Und die anderen auch. Immer wieder die gleiche Stimme

„...zur Zeit nicht erreichbar".

Von der Auskunft und aus den Münchener Telefonbüchern und Branchenverzeichnissen erfuhr ich alle Wege und Kanäle in die Firma. Daran hatte sich nichts geändert. Das war mir alles bekannt. Nur Axels direkte Durchwahl funktionierte nicht mehr. Über die Einwahl mit der Bitte um Weiterleitung landete ich jedes mal prompt bei seiner Mutter und Chefin.

Er wurde also immer noch abgeschirmt. Das wahnhafte Verlangen, seit sie Witwe ist, ihren Sohn ganz allein für sich zu haben, wirkte weiter.

Sie war eifersüchtig auf alles und jeden. Axel durfte keine Freundin nach Hause bringen. Und schon gar nicht mich. Meine schöne

Aussicht auf ein verschwiegenes Kämmerchen und Axel rückte in weite Ferne.

Das Schicksal schickte mich auf Umwege, als müsste ich in eine Strafrunde.

In ein Hotel wagte ich mich ohne Ausweis nicht. Außerdem fürchtete ich mich nach dem letzten Schreck schon wieder vor Verfolgern und möglichen Denunzianten in sonstigen Herbergen und Unterkünften.

Übernachtet habe ich in einem Frauenhaus. Mit einer Notlüge und ein bisschen Schauspielkunst. Dort musste ich mir auch ein Pseudonym zulegen.

Kassandra Jeron. Dieser Name steht auf einem Grabstein neben dem Grab meiner Mutter und hat mich von Kindheit an fasziniert. Manchmal habe ich eine Blume auf diesen Grabstein gelegt, wenn wir auf dem Friedhof waren. Kassandra Jeron steht nun auch im Rapportbuch des Frauenhauses, vielleicht mit dem Vermerk, dass sie am nächsten Tag kurz vor dem Frühstück verschwunden ist.

Ein Frauenhaus schützt zwar vor Männergewalt, aber nicht vor der Staatsgewalt. Da konnte ich nicht lange bleiben. Mein Umweg zu Axel wurde aber kurz.

Gott sei Dank! Ich verkleidete mich mit Mantel, Hut und Sonnenbrille, schlenderte durch die Verkaufsausstellung des Autohauses und sammelte Flyer und Prospekte in der Hoffnung auf irgendeinen Weg zu Axel.

Dabei tippte mir jemand von hinten auf die Schulter.

„Du bist doch unsere hübsche Heidi aus Wien. Wie bist du denn angezogen? Du siehst ja aus wie die Geheimpolizei. Hast du den Beruf gewechselt?"

Ich kannte diesen Typ nicht, nutzte aber seine Aufdringlichkeit und verlangte von ihm, Herrn Schönborn zu rufen. Axel war außer sich vor Freude.

Er wirkte blass und schmal, trat aber auf wie ein souveräner Chef, der alles beherrschte. Wir mussten beide unsere Freude verbergen, denn man beäugte uns neugierig von allen Seiten.

„Wir treffen uns in zehn Minuten am Kriegerdenkmal draußen rechts ab", fügte er seiner höflichen Begrüßung leise hinzu.

Ich blickte ihm sekundenlang nach. Seine Körperhaltung, sein majestätischer Gang, - er hatte sich nicht verändert.

„Ein schöner Tagesbeginn", sabberte mein aufdringlicher Helfer wieder neben mir.

„Ein schönes Auto", fertigte ich ihn ab.

Am Kriegerdenkmal erwartete mich Axel wieder in einem blank geputzten sportlichen Flitzer, wie in den ersten Wochen unserer gemeinsamen Zeit.

Typisch Axel. Was mir am Tag zuvor versagt blieb, holten wir während der folgenden Tage und Nächte doppelt und dreifach nach.

Dabei erzählte ich ihm meine Geschichte, von der er schon gehört hatte.

In der Firma wusste man, dass ich unerwartet arbeitsunfähig wurde und krank geschrieben bin. Auf meine Fragen nach seinem Befinden und Denken und Tun antwortete er nur kurz und abwehrend: „Zu Vaters Zeiten ging es bei uns zu Hause heiter und lebhaft zu. Jetzt ist es still geworden in der großen Villa. Ich bin mit der Mutter allein. Meine Schwestern sind ausgezogen. Das hat mir sehr wehgetan, aber die Mutter hat es so gewollt".

Er hätte ebenfalls ausziehen können. Das wäre für ihn besonders einfach und wohl auch das Beste gewesen. Seine Mutter hatte jedoch erklärt, dass sie sich dann umbringen würde.

Axel liebte leidenschaftlich. Mit Herz und allen Sinnen. Ich spürte immer wieder, wie sehr ihm das gefehlt hat. Ich spürte aber auch, mit welcher Gewalt ihn seine Mutter beherrscht.

Er verwöhnte mich in München mit Geld und guten Sachen und gab mir den Schlüssel zu einem Appartement, das dort gleichfalls zur Firma gehört.

„Hier kannst du bleiben, solange du willst."

So lange konnte ich jedoch nicht bleiben. Die Chefin ist dahintergekommen und hat mich in unbändiger Wut regelrecht rausgeschmissen.

Weil sie mir Wien nicht verwehren kann, sieht sie mich nun, mit dem gleichen Hass wie meine Schwester Steffi, am liebsten hinter Gittern.

Gut, dass die beiden Herrscherinnen sich nicht kennen. Sie sind einzeln schon belastend genug. Von Axels Umfeld muss ich mich nun fernhalten.

Da lauert Gefahrenpotential. Ein Anruf von Frau zu Frau würde die Damen schnell ans Ziel ihrer Wünsche bringen. Momentan muss ich mich wieder mal ganz auf mich selbst verlassen, auf das, was ich den mächtigen Kampfnaturen voraus habe. Das, was mir eine gute Fee in die Wiege gelegt hat.

Frau Schönborn steht in ihrem zu Hause unter keinem guten Stern, und Steffi erst recht nicht. Ich war längst eingesperrt, und ihre zweite Ehe ist trotzdem gescheitert. Hat sie mich eigentlich nur einsperren lassen, weil sie nicht partnerschaftsfähig ist, oder gibt es da noch einen anderen Grund?

Vielleicht, weil ich eines Tages ausplaudern könnte, wie gut sie sich einst einen Liebesdienst bezahlen ließ, der für die Firma Schönborn und für sie selbst so vorteilhaft war? Mit einer Entmündigung ist so ein Problem natürlich schnell gelöst. Aber Lügen haben kurze Beine. Und damit kann man straucheln.

Olga hat mir erst vorgestern per Videoanruf die Leviten gelesen. „Deutschland ist nicht das gelobte Land, das alle so verlockend finden. Du hast doch dort nur Pech und Pannen. Komm hierher oder ich hole dich ab. Die Zeit arbeitet jetzt für uns."

Axel aber hat mir sehr viel Geld gegeben und noch mehr zugesagt, falls ich noch mehr brauche und mir einen Anwalt in Thüringen empfohlen, den er kennt und sehr schätzt, und von dem er glaubt, dass er mir am besten weiterhelfen kann.

Er hat ihn auch schon telefonisch vorinformiert. Ich muss also zuerst hier agieren. Zu Olga fahren wenn ich wieder voll rehabilitiert bin und meine Filiale wieder in Schwung bringen wäre natürlich ideal. Dann würde ich vielleicht auch zu Steffi fahren und mit ihr über alles reden, natürlich in absolutem gegenseitigem Vertrauen. Dann könnten wir beide irgendwann mal sagen „Schwamm drüber". Damit wäre zwar nicht alles wieder wie früher, aber wir könnten locker sein und an andere Dinge denken. Zum Beispiel, wer von uns das erste Kind bekäme, und ob das Kind Herrlinger heißen würde oder wie auch anders.

Kurz und gut, es gibt noch viel zu tun. Packen wir's an."

„Und ich helfe dir dabei mit allen..."

„Pssst", unterbrach sie mich und legte mir ihren Zeigefinger auf den Mund.

„Wir sollten schon längst schlafen. Gehen wir erst duschen?"

Es wurde noch ein wunderschöner Abend mit der lebensprühenden Zauberin der Sinne. Von ihrer bloßen nackten Haut und ihrer Art, sich nackt und bloß zu bewegen, ging für ihre Verehrerinnen und Verehrer eine unbeschreibliche Faszination aus. Es war ihr angeboren.

Eine urige Gewalt, die schon etliche Seelenbeben verursacht hatte. Was manche Männer so betörte, dass sie alle Vernunft verloren, deutete sie mir nur rücksichtsvoll an. Kurz vor dem Weckruf war ich hellwach.

Ich stellte das Handy stumm und stand geräuschlos auf. Heidi atmete in tiefstem Schlaf. Doch mir war, als bemerkte sie alle meine Bewegungen.

Ich spürte ihren Blick hinter mir, als ich zur Tür ging, und spürte noch während der Fahrt zum Dienst die Nachbeben ihrer Leidenschaft.

Nach Dienstschluss fuhr ich sofort wieder ins Hotel. Mit guten Nachrichten.

Kein geringerer als der Jenaer Ordinarius für Neurologie und Psychiatrie, ehemaliger Kommilitone in meiner Seminargruppe, hatte mir versprochen, sich der Patientin Heidi Herrlinger anzunehmen. Er war bereit, zur Frage ihrer Gesundheit und der Einschränkung ihrer persönlichen Freiheiten eine hoch kompetente Beurteilung zu formulieren. Außerdem konnte er ihr den einfachsten Weg in ihrer Angelegenheit durch die Rechtsinstanzen aufzeigen.

Aber Heidi war nicht in ihrem Zimmer. Ich suchte im Restaurant, in der Bar, im Fitnessraum und sonstigen Räumen nach ihr - ohne Erfolg. Auch im Biergarten, auf dem Tennisplatz etc. von ihr keine Spur.

Aus dem Handy immer die gleiche Wortfolge: „...nicht erreichbar..."

Ziemlich nachdenklich ging ich noch einmal ins Zimmer und bemerkte erst dann, dass ihr Schrank leer war. Ihre Reisetasche und

159

alle ihre Utensilien waren weg. Nichts mehr da, was an sie erinnerte. Kein geschriebenes Wort. Nicht einmal ein Notizzettel unter dem Kopfkissen oder sonst wo versteckt.

Ich saß auf der Kofferablage des Zimmers wie ein verprügelter Hund. Was war da geschehen? Hat sie sich wieder allein auf den Weg gemacht, per Anhalter und ohne sichere Bleibe? Hoffentlich nicht. Hat Stefanie sie aufgespürt und mitgenommen? Unwahrscheinlich. Hat Olga sie abgeholt? Schon eher denkbar, aber auch unwahrscheinlich.

Eine resolute Dame in Uniform oder auch Zivil mit Österreichischem Auto hatte der junge Mann hinter dem Tresen nicht gesehen, und auch keine weniger auffällige Dame mit slowakischem Leihwagen.

Er glaubte jedoch gesehen zu haben, dass eine auffällig schöne junge Dame in der üppigen Luxuskarosse gleich neben dem Hoteleingang mitgefahren ist.

So genau habe er nicht hingeschaut, weil er beschäftigt war.

Und weil ein Notarzt in Dienstkleidung auch mal eine außergewöhnliche Frage stellen darf, legte ich leise nach: „Haben sie zur Zeit noch mehr auffällige Schönheiten unter ihren Gästen?"

Er beugte sich vor und raunte mir leise zu: „Das darf ich ihnen nicht sagen, aber diese war die einzige. Jemand von solchem Format bekommt man selten zu sehen". Es mag wohl logisch und wahrhaftig klingen, was Heidi alles erzählt hat.

Und einiges passt noch dazu, was sie vielleicht nicht erzählt hat.

Gleichwohl schwimmen da evtl. auch einige Münchhausen Entchen mit.

Drum bleibt es letztlich ganz egal, auf welcher Kanonenkugel sie davon geritten ist. Zeit auch für mich zum schnellen Aufbruch.

Ich bat ihn um die Rechnung, und der junge Mann schaute mich fast mitleidig an. „Aber Herr Doktor, sie haben doch schon alles bezahlt".

„Wow!"

Da heißt es, clever sein und cool bleiben.

„Ach so, ja natürlich, entschuldigen sie. Einen schönen Tag noch".

Damit flüchtete ich durch die Kristallglas-glitzernde Drehtür.

Die frische Luft wirkte ernüchternd. Nun war ich endgültig draußen und aus allem raus. Tschüss schöne Wienerin von der Tankstelle.

Der deutsche Rettungsdienst hatte ihr aus der Patsche geholfen, als es für sie brenzlig wurde, und die nächste Etappe ihrer Tour durch die Höhen und Tiefen des Lebens begann wohl wieder im Luxusauto und nach einer blitzschnellen Entscheidung. Da blieb keine Zeit für ein Adieu oder Dankeschön.

Doch sie tat, was sie tun konnte. Die Sache mit der bezahlten Rechnung trug eindeutig ihre Handschrift. Da schimmerte doch noch ein Abschiedsgruß.

Nicht auf Briefpapier im Zimmer, sondern verschlüsselt am Tresen.

Die noble Geste sollte wohl bedeuten „mir geht es gut".

Das Ende dieser Achterbahnfahrt der Gefühle wurde genauso kurios wie ihr Anfang.

Ich hatte mitgespielt und schon verloren, als es mehr wurde als ein Spiel. Doch ein Fünkchen Glück und Zuversicht, so und so, war dabei allemal.

Brittas Vergleich mit einer exotischen Kaktusblüte fiel mir wieder ein. Diese prächtigen Schönen verblühen schnell. Die schönste von allen, die ihre faszinierende Pracht nur in der Dunkelheit entfaltet, heißt Königin der Nacht.

Das hatte wohl so seinen Sinn.

Auf den Pfaden der Ethik

Dem Hippokratischen Eid ist man ein Leben lang verpflichtet. Auch das ärztliche Ethos endet nicht am letzten Arbeitstag. Wenn mal absolut keine Notarzt verfügbar und die Not groß war, mussten schon über 70 jährige noch mal ran. So auch ich an einem frischen Frühlingsmorgen, ganz plötzlich und ohne Widerrede. Da ging es nicht erst zum fröhlichen Hallo auf die Rettungswache, sondern gleich in den Einsatz.

Eine 63 jährige Frau lag in ihrem Garten auf nassem Rasen und stöhnte vor Schmerzen.

"Mein Hüftgelenk ist ausgerenkt."

Ein Blick auf die extreme Fehlstellung ihres rechten Beines genügte.

"Stimmt. Eine präzise Diagnose. Sind sie vom Fach?"

"Nein, ich habe ein künstliches Hüftgelenk. Das war vor einem Jahr schon mal ausgerenkt. Ganz genau so."

Das ist äußerst schmerzhaft bei jeder Lageveränderung oder auch nur Berührung. Die Patientin bettelte geradezu , nicht angehoben zu werden.

"Und geben sie mir bitte etwas gegen die Schmerzen."

Die Luxation eines Gelenkes, auch einer Gelenkendprothese, muss immer so schnell wie möglich beendet werden. Je länger ein Gelenk luxiert war desto leichter kann es wieder luxieren.

Der Weg ins Krankenhaus war weit. Ein Transport der Patientin mit diesem Befund wäre für sie mehrfach belastend geworden. Die Drei vom Rettungsdienst waren ein optimales Trio, erfahren, flink und teamfähig. Wir funktionierten zusammen wie vier Räder im Allradantrieb. Da kann man schnell entscheiden. Ich erklärte der Patientin und dem Team:

"Sie bekommen jetzt ein starkes Schmerzmittel. Dabei schlafen sie zwei bis drei Minuten lang. In dieser Zeit bringen wir ihr Gelenk wieder in Ordnung, ohne dass sie etwas davon spüren. Julia, du hältst den linken Arm und legst dort einen venösen Zugang an. Ich ziehe dir die Spritze auf. Jens und Frank, ihr positioniert euch zu beiden Seiten des Beckens und wartet einige Sekunden. Ich bin für das rechte Bein zuständig."

Dann ging alles wie von selbst. Julia hielt die Spritze bereit, schaute uns alle an, wir erwiderten ihren Blick, und sie begann mit der Narkose. Sechs Sekunden später war die Patientin in tiefem Schlaf und völlig entspannt. Jetzt mussten die beiden jungen Männer das Becken der Patientin kräftig in den Rasen drücken, und ich musste das rechte Bein mit abgewinkeltem Knie und ebenfalls viel Kraft nach unten innen und allmählich nach oben außen ziehen und einwärts drehen. Dabei gab es einen deutlich spürbaren und hörbaren Schnapper. Dazu bedurfte es keiner weiteren Worte. Wir schauten uns freudig erleichtert an. Das rechte Bein lag wieder normal und seitengleich neben dem linken. Das rechte Hüftgelenk war leicht und uneingeschränkt beweglich, und eher als vorausgesagt öffnete die Patientin die Augen und schaute sich verwundert um.

"Gehts jetzt los?" Wir ließen Julia antworten.

"Wir sind schon fertig. Sie haben gut mitgemacht. Können Sie mal Ihr rechtes Bein anheben?"

Sie hob das Bein kerzengerade hoch und lächelte freudig überrascht. Trotzdem mussten wir mit ihr ins Krankenhaus fahren.

163

Eine Röntgenaufnahme war notwendig, um eventuelle weitere Schäden auszuschließen und die Normalstellung des künstlichen Gelenkes zu dokumentieren.

Im Krankenhaus platzierten wir die Patientin gleich aufnahmegerecht auf dem Röntgentisch, um ihr das sonst übliche mehrfache Umlagern zu ersparen. Den diensthabenden Aufnahmearzt hatten wir vorher schon informiert. Die Patientin sollte mit den notwendigen Informationen übergeben werden. Er ließ uns aber ziemlich lange darauf warten. Um die Zeit zu überbrücken interpretierte ich allen Anwesenden, insbesondere der Patientin, die schön anzusehende informative Röntgenaufnahme und improvisierte einen Kurzvortrag über die Implantation der Totalendoprothese. Am Ende der Vorstellung war der ersehnte Doktor immer noch nicht da.

Der umtriebige Jens konnte sich kaum noch beherrschen. Er rannte spontan die Treppe hinauf bis zur Cafeteria und sah dort, wie erwartet, den Doktor in unterhaltsamer Runde beim zweiten Frühstück.

"Würden sie bitte mal in die Röntgenabteilung kommen? Da drängt die Zeit." "Nicht so hektisch, junger Mann, ich komme schon."

Jens kehrte zufrieden zu uns zurück. Im Wartezimmer der Röntgenabteilung vibrierte bereits viel Ungeduld, doch Jens war zufrieden. Er hatte den richtigen Riecher gehabt, und er hatte etwas getan.

"Er kommt."

Doch diesmal hatte Jens nicht den richtigen Riecher. Der Doktor kam nicht, und ich spielte wieder den Lückenfüller und Alleinunterhalter.

Da hinein platzte plötzlich ein kleines Männlein mit furiosem Schritt schnurstracks auf den Bildschirm zu. Er sah niemanden an, grüßte

164

nicht, blickte eine Sekunde auf das Röntgenbild und erklärte im Tonfall der Verkündung einer Weltsensation

"Das war niemals luxiert."

Jens lachte laut. Alle anderen, ich inbegriffen, sagten erst mal gar nichts.

Aber das kleine Männlein donnerte los.

"Was bilden sie sich ein! Sie haben hier nichts zu sagen und nichts zu lachen. Ich lasse mich von ihnen nicht kritisieren! Von niemandem!"

Jens blieb ganz locker.

"Jetzt seien sie mal nicht so hektisch, junger Mann, und bedenken sie mal, dass das ganze Rettungsteam nicht einsatzfähig war, solange sie am Kaffeetisch gesessen haben."

Darauf wusste das wutige Rumpelstilzchen keine Antwort und schluckte nur kurz. Den Moment nutzte die Patientin:

"Herr Arzt, machen sie mir nichts vor. Über mein Hüftgelenk weiß ich besser Bescheid. Das war ausgerenkt und schmerzhaft genug".

"Reden sie kein dummes Zeug! Sie haben sich vielleicht gestoßen, aber kein Gelenk ausgerenkt. Ich halte mich an objektive Beweise, wie diese Röntgenaufnahme, und kein Geschwätz."

Mir platzte allmählich der Kragen:

"Herr Kollege, sind sie wirklich so ignorant? Das ist ihre Patientin. Nehmen sie nicht zur Kenntnis was eine Patientin ihnen über ihren Unfall sagt? Über ihre Beschwerden, ihre Leiden. Ist ihnen das egal? Ärztliche Arbeit ist sorgfältiger. Das müssten sie wohl noch lernen."

„Werden sie hier nicht unverschämt. In diesem Hause haben sie überhaupt nichts zu wollen. Was hier geschieht bestimme ich, und auf ihre guten Ratschläge kann ich dabei gern verzichten. Die Patientin wird zur Beobachtung stationär aufgenommen weil sie ihr womöglich eine völlig sinnlose Narkose in freier Natur gegeben haben."

So schmächtig wie der kleine Wüterich war, so groß war sein Stolz. Und seiner Anordnung gab er eine Dramatik wie ein Heldendarsteller im Theater beim Kampf um alles oder nichts. Der Patientin imponierte das nicht im Geringsten. Sie fand das lächerlich.

„Die stationäre Beobachtung können sie vergessen. Ich gehe nicht ins Krankenhaus."

Das verschlug dem kleinen Donnergott die Sprache. Sie hatte ihn gestoppt. Auf Normalniveau.

„So? Dann auf eigene Verantwortung und gegen Revers."

Die Patientin füllte das krankenhausübliche Formular sekundenschnell aus und schmetterte es wie Trumpf Ass auf den Tisch.

„Bitteschön."

Er wies es ungelesen zurück.

„Hier fehlt eine Begründung. Warum lehnen sie die stationäre Behandlung ab?"

„Weil ich ihnen morgen nicht schon wieder begegnen möchte."

Ich sah mir ein leeres Formular an. Darauf wurde eine Begründung nicht verlangt, aber es war schon gestempelt.

„Dr. Hans Joachim Wohlfahrt. Assistenzarzt."

Die Rettungsassistenten kannten ihn bereits. Sie nannten ihn unter sich vergnüglich Hänschen klein. Und das kleine Hänschen brauste schon wieder auf.

„Um ihren Abtransport haben sie sich selbst zu kümmern. Mit der Notfallmedizin geht da nichts. Das überwache ich."

Er brauchte jedoch nichts zu überwachen. Wir bekamen den nächsten Einsatz. Danach saß die Patientin immer noch im Wartebereich. Ich nahm sie außerhalb des Krankenhausgeländes ohne Überwachungseifer mit in das Notarzteinsatzfahrzeug „zur Vervollständigung des Einsatzprotokolls", plausibel für Jedermann.

Mit Hänschen klein gab es zu viele Schwierigkeiten. Wer die Wahl zwischen Krankenhäusern hatte vermied das Haus mit Hänschen klein. Und das Haus selbst vermied auch bald sein Hänschen. Als Arbeitsbremse und Nervensäge bekam er nach der Probezeit keinen Arbeitsvertrag. Logisch.

Wir glaubten schon an ein Happy End für unser Arbeitsklima, doch die Zeiten änderten sich plötzlich, in der weiten Welt und in unserem Rettungsdienstbereich, mit Beginn des Ukrainekrieges.

Das militärisch hoch gerüstete Russland überfiel die militärisch hoffnungslos unterlegene Ukraine entgegen allen Friedensbeteuerungen und diplomatischen Garantien des Angreifers bis zum Tag des Angriffs. Das erkennbare Ziel zu Beginn des Krieges war die schnelle Eroberung und Unterwerfung des Nachbarlandes im Überraschungseffekt mit sofortigem Zugriff auf bewegliche Beute.

Um fiskalisch relevantes Raubgut kümmert sich der russische Diktator jeweils ganz persönlich. Zur Verschleierung seiner Verbrechen ordnete er bei Strafandrohung an, den Krieg nicht als Krieg, sondern als Maßnahme zu bezeichnen. Zu deren Optimierung entwickelte er ein maßgeschneidertes Feindbild, welches Wut und Hass auf das Nachbarvolk schüren soll, z.B. mit Schuldzuweisungen:

Hinter jedem Übel der Welt stecken die ukrainischen Naziverbrecher. Hinter den Gräueltaten der Drogenmaffia, hinter dem russischen Terror in Syrien und anderen muslimischen Staaten, hinter den islamistischen Mordanschlägen weltweit. Das hauptsächliche Ziel der ukrainischen Kriegstreiber sei jedoch, das friedliche Russland zu erobern und gewaltsam zu unterwerfen. Dagegen muss sich das weltgrößte und weltbeste Land verteidigen.

Staatsinstanzen und Regierung der Ukraine beschimpft der hinterlistige Russe höchst selbst als drogensüchtige korrupte Nazis, die ausgerottet werden müssen. Wie ein Relikt aus der Vergangenheit mit den makabren Sprüchen der großen Diktatoren verflossener Zeiten.

Gehorsame Wissenschaftler bewiesen dem Diktator von heute in Windeseile, dass die Ukraine rechtlich und wissenschaftlich gesehen zu Russland und unter dessen Befehlsgewalt gehört. Die so initiierten Kriegsverbrechen trieben schon innerhalb weniger Tage Millionen Flüchtlinge aus dem Land. Daheimgebliebene ließ der Diktator oft als Naziverbrecher foltern und ermorden oder er ließ ihre Wohnblöcke in den Städten zertrümmern und sie in Kellern und Erdlöchern von jeder Versorgung abschneiden und verelenden. So starben sie langsamer als ihre gefolterten und gemordeten Landsleute. Die ständig wachsende Zahl von Flüchtlingen und Hilfsbedürftigen im Land wurden eine Mammutaufgabe für helfende Hände weltweit.

Unser Kreisverband des DRK organisierte schon bald nach Kriegsbeginn einen Hilfsgütertransport, bestehend aus drei LKW, voll beladen mit allem was im Kriegsgebiet am dringendsten gebraucht wurde, und zwei Rettungsassistenten, zwei Rettungssanitäter, eine Ärztin und einen Arzt.

Die Ärztin, Anastasia Kowalski, kam als Dreijährige mit ihren ukrainischen Eltern nach Deutschland und wuchs zweisprachig auf. Sie studierte in Marburg Medizin und arbeitete in Einrichtungen unseres Kreises während ihrer Facharztausbildung. Wir nannten sie abgekürzt aber geachtet und geehrt Anne.

Der Arzt war, man lese und staune, Hänschenklein.

Er hatte auch von anderen Krankenhäusern jeweils nach der Probezeit Absagen bekommen, hatte sich eine Auszeit genommen und nun für den vermutlich abenteuerlichen Transport zur Verfügung gestellt. Alle die ihn kannten, waren überrascht und auch ein wenig skeptisch. Wir vermieden aber sofort seinen Spitznamen und nannten ihn Hajo.

Rettungsassistent Uwe Sänger, der mir später über den dramatischen Transport berichtete, beschrieb sein erstes Zusammentreffen mit Hajo so: „Wir hatten uns außer den Ärzten schon zweimal versammelt, alles Notwendige besprochen, die LKW beladen und uns allmählich zum Team formiert. Mit den Ärzten klappte es nicht auf Anhieb, deshalb lud ich sie vorab zu einem Dreiertreff in einem kleinen Restaurant ein. Sie waren vor mir da, und ich sah, wie Hajo seiner Kollegin schon wieder Anweisungen im Kommandoton gab. Ich bremste ihn behutsam.

„Warum so heftig?"

„Hier muss schließlich einer den Ton angeben. Das ist notwendig. Darauf kommt es an."

„Bei uns ist das gar nicht so wichtig. Den guten Ton für unsere Arbeit braucht uns niemand vorsingen. Wir sind keine Anfänger. Von uns wird erwartet, dass wir wissen, was zu tun ist wenn es brennt. Den Ton finden wir dabei selbst. Gute Arbeit hat auch guten Ton."

Anne nickte beifällig.

„Wir sind kein großer Verein, sondern ein eher kleines Team. Hier ist einer für den anderen da. Wenn wir einen Chef brauchen steht Herbert auf der Matte. Er ist Reserveoffizier und kennt sich im

Transportwesen aus. Wenn wir medizinisch Rat und Tat brauchen stehst du mit Anne ganz vorn, und wenn wir etwas anpacken, dann immer im Team unter gleichen."

Hajo sah mich ungläubig an und schwieg.

"Wir werden noch viel zu tun bekommen. Ich habe so etwas schon mal mitgemacht. Bei einem Hilfsgütertransport nach Rumänien, als dort der Diktator am Ende war und Armut und Elend hinterließ. Da hatte der Diktator scharf schießen lassen, wobei auch unsere Autos einige Treffer abbekamen. Komm, trinken wir auf ein erfolgreiches Teamwork."

Hajo hob stumm sein Glas. Er wirkte nachdenklich. Sein Blick eilte zu Anne, als suchte er Rat und Hilfe. Sie blinzelte ihm freundlich ermunternd zu. Ich hätte ihn umarmen können."

Als persönlichen Beitrag zum Transport, kritisierbar aber hilfreich in der Not, sammelte ich Mittel und Medikamente, die kurz vor ihrem Verfallsdatum lagerten, welche man termingerecht abschreiben konnte, und auch schon verfallene. Ebenso überließ man mir einige Lagerbestände, die gewälzt werden mussten, unbürokratisch auf Treu und Glauben. Für den Zweck der Sammlung öffneten sich überraschend viele Türen, und ich erfuhr freundliches Entgegenkommen, eben auch für den Hader mit der Verwerfungsvorschrift.

Die unausbleiblichen Moralapostel und Bürokraten, die sich darin gefielen, mir diverse Anordnungen, Bestimmungen und spezielle Anweisungen entgegen zu halten, formal Recht hatten, sich mit geschwollenen Reden hervortaten und schnelle Hilfe mit mörderischer Sturheit bremsten, beruhigte ich mit Logik.

Elastische Binden beispielsweise, die am ersten April verfallen, sind am zweiten April noch verwendbar und für Menschen in dieser extremen Not von hohem Wert.

Einst kamen mal DDR-Pharmakologen im Auftrag der Partei- und Staatsführung in die Krankenhäuser und erklärten uns, dass z.b. Antibiotika nach fünfjähriger Lagerung lediglich zwei bis drei Prozent ihrer Wirksamkeit verlieren. Danach verlängerten sie die Haltbarkeit von Medikamenten kraft ihres Amtes so selbstverständlich wie ihre Kaffeepausen. Und das ging in Ordnung weil die Partei immer Recht hatte.

Heute verbreitet der Raubkrieg eines Diktators Not und Elend in weit größerem Maße. Da wiegt eine ethische Motivation mehr als eine Verwerfungsvorschrift und Handeln mehr als Debattieren.

Meine gesammelten Schätze kamen in zwei Transportbehälter, die ich beim Beladen der LKW mit entsprechenden Anmerkungen von Arzt zu Arzt übergeben wollte.

Dabei traf ich Hajo Wohlfarth wieder. Er hatte sich auffällig verändert. In einem passenden Moment zog er mich beiseite.

„Ich bin nicht eigentlich kein Unmensch. Es gab wenigstens eine Patientin, die mich sehr gern hatte. Sie sagte mir, dass ich ihrem Sohn sehr ähnlich sei. Der Sohn sei tödlich verunglückt, und sie erkennt ihn in mir wieder. Sie wurde durch meine Behandlung gesund und schenkte mir aus überschwänglicher Dankbarkeit einen kleinen goldenen Talisman. Der kann uns auf der Fahrt vielleicht Erfolg bringen."

Für den Anfang traf das auch zu. Uwe berichtete darüber ausführlich.

„In Polen konnten wir noch gepflegt übernachten und unsere Autos einschließlich Reservekanister voll auftanken. Doch in Richtung

171

Ostgrenze wurde es lebhafter. Schon durch die immer zahlreicheren Flüchtlingsfahrzeuge. Die Dienststellen des Roten Kreuzes waren maximal gefordert. Zahlreiche freiwillige Helfer packten mit an. Einem älteren Herrn fiel unser Autotrio sofort auf. Er winkte uns auf eine Parkfläche vor seiner Schreibstube und bat uns alle hinein. Er sprach gut verständlich Deutsch. „Keine Bange, ich bin seit dreißig Jahren beim Roten Kreuz. Früher habe ich selbst Hilfstransporte in den Osten gefahren. Der Osten leidet bis heute unter dem letzten Krieg und hat nun schon den nächsten Krieg. Aber der ist gefährlicher als es aussieht, und der Diktator, welcher ihn entfacht hat, ist gefährlicher als die Diktatoren von früher, weil er vom Wahnsinn besessen ist. Ihr müsst vorsichtig sein. Im Dreier-Konvoi könnt ihr drüben nicht fahren, und mit Blaulicht schon gar nicht. Ihr müsst viel Abstand halten und der feindlichen Luftwaffe wenig Ziel bieten. Und meidet die großen Straßen und Autobahnen. Da patrouillieren immer die Drohnen und suchen Ziele zum Bekämpfen."

Er zog eine Verkehrskarte hervor und markierte darauf eine geeignete Strecke für uns.

"Das Navi braucht ihr trotzdem, aber in der Dunkelheit fahren ist sicherer. Seid doppelt wachsam, damit ihr erstens eure Ladung möglichst vollständig zu den Notleidenden bringt und zweitens unbeschadet wieder nach Hause kommt. Viel Glück und gute Fahrt."

Herbert suchte nach Worten, um sich bei ihm zu bedanken, doch er kam ihm zuvor.

„Rotes Kreuz ist nicht nur Helfen und Arbeiten. Es ist auch Kameradschaft und Zusammenhalt."

Wir machten uns sofort wieder auf den Weg. An der Grenze herrschte lebhaftes Treiben. Flüchtlinge noch und noch. Auf polnischer Seite

Willkommens-management und gehobene Stimmung, auf der Gegenseite wartende Autos und ängstliche Ungeduld. Einige Autos mit Einschusslöchern. Viele Flüchtlinge blieben lieber im Freien, um schnell in Deckung zu gehen, falls russische Luftwaffe kommt. Man war da nie sicher.

Wir brauchten nicht zu warten. Unsere Spur war frei. Nach dem Grenzbereich erwartete uns gähnende Leere. Niemand und nichts auf den Straßen. Die Tankstellen geschlossen. Aus Angst, in Brand geschossen zu werden, erfuhren wir später.

Weil die Bodentruppen des Feindes nicht so schnell vorankamen, verstärkte der den Luftkrieg über dem gesamten Land. Ein fader Vorgeschmack für die kommenden Tage. Aber wir waren voller Tatendrang und gut aufgestellt. Je zwei Personen für einen LKW, die sich beim Fahren abwechseln konnten. Hajo hatte eine LKW-Fahrerlaubnis aber wenig Fahrpraxis.

Er half jedoch wo er konnte und machte sich überall nützlich. Anne gesellte sich zu ihm. Laut Fahrauftrag sollten wir eine Hafenstadt im Süden des Landes ansteuern, uns dort beim Roten Kreuz melden und von da an die Orte des dringendsten Bedarfs führen lassen. Wir hielten uns an die von unserem freundlichen Ratgeber markierte Route und hatten das gewünschte Glück.

Es ging etwas langsamer voran, aber am Ende des Tages war die halbe Wegstrecke geschafft. Wir landeten „ohne besondere Vorkommnisse" in einer Kleinstadt und konnten dort unsere Autos unter den schützenden Dächern eines Busbahnhofes abstellen, weil viele Busse mit Flüchtlingen in Richtung Westen unterwegs waren. Aus gleichem Grund standen in der Flüchtlingsunterkunft bequeme Betten zur Verfügung, und alles war in bester Ordnung.

So hätten wir es auch gern am nächsten Tag gehabt. Doch kurz nach dem fröhlichen Aufbruch rauschte eine russische Suchoj in etwa dreitausend Fuß über uns hinweg und klinkte zwei Bomben aus. Die erste schlug in einer Brücke vor uns ein, die zweite auf der Straße hinter unserem letzten LKW. Die Brücke war unpassierbar, ein Stück Straße regelrecht weggesprengt.

Wir saßen in einer Falle, und der nächste oder gleiche Jagdbomber konnte bald kommen.

Herbert übernahm sofort das Kommando:

„Alle Geräte sprechbereit. Wir müssen hier schnell verschwinden. Ich sehe eine Stelle wo wir von der Straße runterkommen. Ihr folgt mir. Ich mache eine Spur zurück hinter dem Bombentrichter wieder auf die Straße und in die Stadt. Achtet auf Hindernisse und auf Bodensenken. Keiner darf steckenbleiben. Wenn einer nicht weiterkommt dürfen die anderen nicht halten. Wer steckenbleibt muss raus aus dem Auto und Schutz im Gelände suchen".

Er sprach und fuhr zugleich immer über die etwas höheren Bereiche des Feldes. Der Boden war feucht und weich, das Getreide auf grünem Halm und erst kniehoch.

Deshalb durfte man auch nicht zu langsam fahren. Herbert fuhr einen weiten Bogen, immer die Straße im Blick. Hajo war etwas zurückgefallen und wollte gradlinig zu Herbert aufschließen. Dabei geriet er in schlammigen Boden und kam nicht mehr weiter. Nicht vor und nicht zurück.

Herbert rief ihn ganz gelassen an.

„Hajo mach kein Schlammbad. Warte hier. Wir holen dich daraus wenn es dunkel wird."

174

Anne und Hajo kletterten auf das Dach ihres LKW und konnten sich wenigstens freuen, uns wieder auf der Straße zu sehen.

„Herbert, gut gemacht, gratuliere."

„Macht keine Witze, ihr beiden. Geht jetzt zu dem Steinhaufen rechts von euch."

„Zu Befehl! Steinhaufen! Mal sehen wer dann eher kommt, der Russe oder du."

Zunächst kam aber ein Autobus. Anne und Hajo konnten vom Steinhaufen aus sehen, wie der Bus jenseits der beschädigten Brücke langsam herankam und der Fahrer wohl feststellen musste, dass dort kein Weiterkommen war. Zurückfahren ging nur schwer. Die Straße war zu schmal und hatte zu beiden Seiten Wassergräben. Er unternahm einen verzweifelten Wendeversuch, blieb mit einem Hinterrad im Graben hängen und steckte so völlig fest.

Anne und Hajo rannten bis an die Brücke. Hajo rief hinüber, und Anne übersetzte so laut sie konnte:

„Alle raus und weg von dem Bus. Hier hagelt es Bomben. Sucht Schutz in den Gräben."

Das kam an. Man hatte die Bomben der Russen schon kennengelernt. Etwa 25 Fahrgäste stiegen aus. Sie liefen noch auf der Straße, als die nächste Suchoi kam. Der Angreifer flog einen informativen Halbkreis. Ein einsames Auto auf grünem Feld passte nicht mehr in seine Zielkartei. Aber ein Bus mit Fahrgästen. Laut Befehl waren das alles Naziverbrecher, von denen so viele wie möglich vernichtet werden mussten. Er ging unverzüglich in den Zielanflug und nahm den Bus ins Visier. Anne und Hajo versteckten sich hinter dem Betonfundament der Brücke.

Fünf Sekunden später donnerte die tonnenschwere Kriegsmaschine über das Häuflein hilfloser Leute hinweg. Zugleich eine ohrenbetäubende Explosion. Danach Grabesstille.

Anne hob zuerst den Kopf. Sie hatte die Sprechtaste ihres Funkgerätes gedrückt für alle zum Mithören und sprach hinterher: "Dieses war der zweite Streich des Tages."

Der Dritte kam zum Glück nicht gleich.

Unsere beiden Ärzte kletterten und hangelten sich über die Brückenfragmente auf die andere Seite. Über dem Bus verzog sich nur langsam eine Staubwolke. Vorn kam mühsam und verwirrt ein älteres Ehepaar heraus. Unsere beiden halfen den alten Leuten. Sie waren, Gott sei Dank, nicht verletzt. Sie konnten bloß nichts mehr hören. Beide nichts.

Weiter hinten im Bus befanden sich noch zwei Frauen im Rentenalter und ein kleines Mädchen, etwa vier Jahre alt.

Alle drei waren tot.

Die Frauen vornübergebeugt in ihren Sitzen, das Kind davor auf dem Fußboden. Lichtstarre Pupillen, keine Atmung, kein Puls.

Wenn Verletzte zu versorgen sind, darf man bei Toten nicht lange verweilen. Das Heck des Busses war aufgerissen. Anne und Hajo sprangen hinten hinaus. Der Busfahrer, nur 10 Meter weiter im Graben, hatte eine wenig blutende Weichteilverletzung am rechten Oberschenkel. Wahrscheinlich Stecksplitter. Hajo riet ihm, vorerst liegenzubleiben. Ein junger kräftiger Mann, drei Meter weiter, präsentierte Anne inzwischen seine Knieverletzung, aus der ein Metallstück herausragte, scharfrandig flach mit sägezahnähnlichen Seiten. Typisch für Splitterbomben.

Danach fiel den beiden erst auf, dass ähnliche Metallsplitter in weitem Umkreis herumlagen. Zwei jüngere Frauen hatten Verletzungen im Schulter- und Oberarmbereich, einem 14Jährigen war der linke Unterschenkel aufgerissen. Keine Verletzung war lebensgefährlich. Glück im Unglück. Die First Aid-Box im Bus reichte für die Wundversorgungen nicht aus. Das Auto auf dem grünen Feld hatte Decken und Verpflegung geladen aber nichts für frische Wunden.

Anne musste also noch einmal die Sprechtaste betätigen und im verkürzten Telegrammstil Meldung machen, immer darauf bedacht: Feind hört mit. Daraufhin fuhr Ronny per Fahrrad mit dem großen First Aid-Rucksack zur Brücke. Ronny war in der Luftschutzpraxis fit. Wir hofften trotzdem, dass die Luftwaffe des Aggressors einzelne Radfahrer nicht bombardierte.

Ein ukrainischer Kamerad hatte uns tags zuvor erklärt, dass russische Piloten ohne absolut klares Feindbild und ohne blinden Gehorsam nicht flugtauglich sind. Der Pilot mit der Splitterbombe, wenn er unseren Sprechfunk gehört und verstanden hatte, konnte stolz sein. Drei gefährliche Naziverbrecher hatte er vernichtet, und fünf gefährliche Naziverbrecher hatte er kampfunfähig gebombt. Das bestärkte ihn auch in seinem Stolz auf seinen Präsidenten, der mit seiner Maßnahme das größte Land der Welt immer weiter vergrößerte.

An diesem Tag verschaffte uns der Splitterbomber nicht noch mehr Arbeit. Vor allem das örtliche Rote Kreuz hatte nun zu tun.

Die Busfahrgäste mussten versorgt und auf Umwegen abtransportiert werden, die Verletzten und Toten mussten geborgen werden.

Grausamer Unmenschlichkeit musste sorgende Ethik entgegenstehen.

Mit Beginn der ersehnten Abenddämmerung brachte als erstes ein Jeep zwei Kameraden und eine Kameradin des Roten Kreuzes und zwei zivile freiwillige Helfer an die Unglücksstelle. Sie gingen routiniert an die Arbeit. Der Krieg hatte sie schon eingestimmt. Aber beim Anblick des toten Kindes verlor die Kameradin ihre Beherrschung. Sie war wie gelähmt. Langsam fing sie an zu weinen, erst leise, dann laut klagend. Und sie verfluchte das russische Ungeheuer, welches im 21. Jahrhundert wütet wie eine brutale Bestie aus grauer Vorzeit.

Anne kamen auch die Tränen. Hajo hielt sie fest im Arm. Stumm und mitfühlend. Bis Ronny ihn an der Schulter rüttelte.

"Komm Junge, das ist hier keine Trauerfeier. Das ist unsere Arbeit. Und wir haben wenig Zeit und noch eine lange Nacht vor uns."

Die beiden LKW mit den roten Kreuzen auf dem Dach und an den Türen kamen erst in der Dunkelheit. Herbert war sofort wieder in seinem Element. Er lief zweimal um Hajos Auto herum und entschied kurz und klar:

"Wir müssen das nach hinten rausziehen. Nach vorn ist der Boden zu tief". Wir knüpften die Seile zusammen, und unsere Besten setzten sich an die Lenkräder. Herbert ging in Hajos Auto. Anne musste draußen alles überwachen.

"Komm uns nicht zu nahe, falls ein Seil reißt und zur Seite schlägt."

„Ich bin euch näher als eure Haut."

„Ganz schön kess. Also Seile straff und langsam los."

Das Trio Harmonie rollte schon vor dem Kommando. Langsam und vorsichtig, dass kein Rad durchdrehte. Einer fühlte mit dem anderen und für den anderen. Alle zogen an einem Strang, bis jeder festen Boden unter den Rädern hatte.

Herbert sagte nur:

"Seile ab und mir nach".

178

Er folgte dann seiner Spur vom frühen Morgen bis zum Busbahnhof. Dort war ein Imbiss vorbereitet. Herbert wurde nachdenklich. "Das ist vorerst unser letztes feines Abendmahl mit Tellern und Tassen. Danach wird die Reise ungemütlich. Wenn es unsere letzte werden sollte, haben wir wenigstens noch mal gut gegessen. Ich habe eine geänderte Route auf der Karte und fahre voraus. Ihr haltet Sichtkontakt. In der Dunkelheit fahren wir nur gemeinsam und enger zusammen. Wenn einer nicht weiterkommt, halten alle. Harmlose Hindernisse umfahren wir aufmerksam, bei dubiösen Erscheinungen halten wir und schauen erst mal nach. Es soll hier schon Sprengfallen geben. Pipi-Pausen wie immer. Also auf geht`s."

Die Nacht wurde mühevoll aber ungefährlich. Ein Nachtdienst wie zu Hause. In der Morgendämmerung sahen wir schon unseren Zielort, etwa acht Kilometer entfernt. An vereinbarter Stelle erwartete uns ein Lotse. Die Stadt war vom Feind eingekreist und wurde von See her beschossen. Aber nur zögerlich, um nicht eigene Truppenteile zu gefährden. Denn die Belagerer hatten wenig Ordnung und waren unübersichtlich disloziert.

Sie hatten auch schlechte Verpflegung und wenig Kampfgeist, sodass es Flüchtlingen immer wieder gelang, aus dem Kessel herauszukommen.

Man konnte auch hineinkommen, wenn man die Schleichwege im Gelände kannte.

Deshalb der Lotse. Der stoppte uns aber erst mal.

Am Tag zu fahren sei Selbstmord, meinte er und führte uns in ein Waldstück als Sichtschutz. Dort sollten wir den Tag verschlafen, um für die kommende Nacht fit zu sein. Dafür war schon vorgesorgt. In jedem Auto waren zwei Schlafplätze eingerichtet. In der Fremde durften wir die Autos ohnehin nicht verlassen. Wo etwas zu holen ist, finden sich auch Diebe ein. Schon deshalb. Anne blieb in Hajos Auto. Von Anfang an.

In der Abenddämmerung schaute sich unser Lotse den Himmel an, lauschte in die Ferne und bestimmte die Startzeit. Wir durften nur mit Standlicht und mit niedriger Drehzahl der Motoren fahren. Doch ausgerechnet auf einem sicheren Stück Weg, zwischen dem Ufer eines kleinen Binnensees auf der einen und einer Moorlandschaft auf der anderen Seite stoppten uns zwei bewaffnete Uniformierte.

"Stoil Ruki werch!"

Eine Streife der Belagerer oder nur hungrige Plünderer?

Anne ging ihnen mit deeskalierender Haltung und Mine entgegen und erklärte ihnen, dass wir ein Hilfsgütertransport und unbewaffnet sind. Sie wollten unsere Ladung sehen. Beim Anblick der leckeren Fleischkonserven wurden sie leise und freundlich.

Hätten sie Alarm geschlagen, wäre die verheissungsvolle Beute in viele Teile oder sonst wohin gegangen. Da war schnelles Agieren in aller Stille lukrativer. Sie rafften Wurst und Schinken, so viel sie konnten, und bissen sofort hinein wie hungrige Wölfe.

Einer fragte nach Wodka. Anne bot ihren ganzen Charme auf, erklärte ihm, dass wir Alkoholitäten leider nicht dabei haben und reichte ihm noch eine Ungarische Salami als Entschädigung, die er schnell in einem Jackenärmel versteckte.

Dann schauten sich alle Beteiligten fragend an. Dabei war alles klar. Es bestand eine Interessengleichheit.

Die Beutemacher mussten ihren Fang geheim halten. Sonst hätten sie nicht viel davon gehabt. Und die Szene durfte nicht auffallen und nicht zu lange dauern. Ronny zog seinen Flachmann und

Muntermacher, noch voll mit amerikanischem Whisky, aus der Jacke, nahm einen Schluck daraus und bot ihn dem Wodkadurstigen an. Der nahm einen weitaus größeren Schluck und reichte die Kostbarkeit aus Edelstahl seinem Saufkumpan, der das gleiche tat und dann das gute Stück lachend beschlagnahmte.

Whisky aus der NATO schmeckte immer noch besser als gar kein Vodka. Danach winkten beide fröhlich-eifrig.

"Dalsche, bistrij, bistrij,"

sinngemäß übersetzt: Weiterfahren, dalli, dalli.

Das ließ sich Herbert nicht zweimal sagen. Wir fuhren schneller, lauter und erwartungsvoll in die Stadt. Beim Gedanken an eine Großstadt in der weiten Welt träumt man heutzutage gern mal von Sehenswürdigkeiten oder einer Shoppingmeile. Wir sahen das Gegenteil davon. Gespenstisch in den Nachthimmel ragende Häuserruinen, rauchgeschwärzt und übel riechend.

Die Straßen voller Schutt und Asche. Nur eine freigeräumte Fahrspur, in die unsere LKWs gerade hineinpassten. Bei Gegenverkehr musste so viel Schutt weggeräumt werden wie man Platz brauchte, um aneinander vorbei zu kommen.

Aber das war nicht das Problem. Es fuhren ohnehin kaum Autos, schon aus Furcht vor herabfallenden Trümmerteilen und einstürzenden Ruinen. Die Dienststelle des Roten Kreuzes war weg. Unser Lotse wies in die Richtung einiger Trümmerberge. Einer davon konnte die Dienststelle gewesen sein. Vor zwei Wochen hat sie unserem Kreisverband noch ein Antwortschreiben geschickt. Nun lagen da nur unkenntliche Haufen in der Dunkelheit. Einige glühende Aschenester waren die einzigen Lichtquellen, wenn der Wind mal etwas auffrischte, in dieser Einöde.

181

Der Lotse schlug vor, zum Krankenhaus zu fahren. Das sei ganz in der Nähe. Wir konnten gar nicht anders. Doch nach wenigen hundert Metern war die Fahrt zu Ende. Diese Gegend hatten die Russen besonders gründlich entnazifiziert.

Da war "alles nach Plan" gelaufen. Die meisten Häuser standen nicht mehr auf ihren Fundamenten, sondern lagen zerkleinert auf der Straße. Zum "Krankenhaus" kam man nur zu Fuß mit sportlichem Geschick. Unsere beiden Ärzte liefen unaufgefordert los.

Der Lotse hatte sie instruiert.

"Vorn an der Kreuzung rechts weg. Dann 150 Meter geradeaus. Auf der linken Straßenseite ist der Haupteingang".

Wir blieben beim Konvoi, sahen aber noch, wie ukrainisches Militär die Ärzte verhaftete.

"Immer mit der Ruhe", kommentierte der Lotse,

"die bleiben nicht lange weg".

Die Soldaten sahen das anders.

"Sie wollen Ärzte sein und schnüffeln während der Ausgangssperre hier herum?"

Von Annes scharfen Erwiderungen ließen sie sich nicht beeindrucken.

"Kommen sie mit."

Mit vorgehaltener Waffe, einer voraus, einer hinterher, führten sie Anne und Hajo zu einem Kellereingang einer Ruine. Hinter schweren Vorhängen ging es da 20 Treppenstufen abwärts, immerhin im Schein einer Taschenlampe. Unten klopften sie ein offenbar vereinbartes Zeichen an eine Eisentür. Die Tür wurde von innen geöffnet. Von einer Krankenschwester mit dem Ellenbogen. Die beiden Deutschen staunten wie kleine Kinder im Märchenland. Helles elektrisches Licht. Ein saalartiger Bunker mit Seitengängen und Nebenräumen. Alles mit

Matratzen und provisorischen Schlafgelegenheiten belegt. Nur wenige Betten für die Schwerverwundeten. Alles voller Patienten. Dicht bei dicht. Ein schmaler Mittelgang, vollgestellt mit Tischen und Geräten. Wenige Schwestern in hektischem Betrieb. Die uns die Tür geöffnet hatte, sah uns kaum an und sprach kein Wort. Sie hatte beide Hände voll mit Bettwäsche und ging hastig weiter. Sie bemerkte gar nicht, dass davon zwei Stecklaken heruntergefallen waren. Anne hob sie wieder auf und legte sie auf den erstbesten Tisch. Die beiden Milizionäre nahmen ihre Gewehre auf den Rücken. Mit schussbereiter Waffe geht man nicht durch einen Krankensaal. Sie schoben die Verhafteten bis vor eine Tür am anderen Ende des Saales.

In dem Raum dahinter saß ein alter kränklicher Mann.

"Sie wollten also den Eingang zu unserem Bunker ausspionieren. Dazu wird sie die Polizei befragen. Aber ob sie Ärzte sind stellen wir gleich hier und jetzt fest. Erklären sie mir doch bitte mal, was ein Fixateur externe ist."

Anne reagierte schnell und lieferte dem argwöhnischen Alten einen perfekten Kurzvortrag mit Medizinerlatein so viel wie möglich.

"Na schön," und zu Hajo gewandt:

"Und sie können mir etwas über den Rhesusfaktor erzählen?"

Hajo formulierte seinen Kurzvortrag noch üppiger, vom Rhesusaffen bis zur Rh-Inkompatibilität in der Geburtsmedizin.

Und als er die breite Zufriedenheit im Gesicht des Fragestellers bemerkte, fuhr er unvermittelt und selbstbewusst, wie immer im kritischen Dialog, weiter fort "Erlauben sie eine Gegenfrage: Wie ist die Wertigkeit der Rh-Untergruppen, und wie gehen sie in der Praxis damit um?"

"Herr Kollege, sie sind ja ganz schön forsch."

"Muss ich auch, denn ich möchte gern wissen, ob auch sie ein Arzt sind. Entschuldigen sie bitte, aber wir brauchen Kompetenz für die optimale Verteilung unserer Hilfsgüter."

Die Spannung in dem kleinen Raum löste sich in anerkennendes Lächeln auf. Der alte Herr bat alle für eine Tasse Kaffee an den Tisch.

"Kaffee gibt es im Bunker zur Genüge. Nur Platz zum Arbeiten haben wir zu wenig."

Ein Wink des Gastgebers genügte, und der Kaffee wurde serviert. Mit allem Zubehör. Vom Feinsten.

Dabei kamen endlich die Waffenträger zu Wort.

"Bei uns ist es das Gegenteil. Wir haben draußen weite Räume und zu wenig Waffen und Sichtgerät. Der Feind lässt ständig Spione in die Bevölkerung einsickern, die ihm Ziele für seine Bomben und Raketen markieren. Und diese Henkersknechte müssen wir aufspüren, oft mit bloßen Händen und mit bloßem Verstand. Ihr wart für uns ein Glücksfall."

"Ihr für uns auch", beeilte sich Anne.

Sie konnten nicht lange bleiben, bedankten sich für den Kaffee und gingen. "Glück und Erfolg" rief ihnen Anne noch zu.

Sie schaute ihnen hinterher, als ahnte sie etwas voraus.

"Wir können uns noch Zeit nehmen", beendete der Senior in der Runde die Gesprächspause, "wenn sie noch Zeit haben. Als erstes zeigt ihnen mein Oberpfleger unsere geheime Zufahrt durch den Stadtpark. Ihre Autos können vorerst sichtgeschützt hier bleiben.

Zweitens: Ich bin oder war der Chef des Krankenhauses, das vor zwei Wochen noch hier stand. Für dieses Haus an der Wasserkante habe ich ein Notfallmanagement immer funktionsfähig bereitgehalten. Der Bunker ist im wahrsten Sinne des Wortes bombensicher. Unsere

Notstromanlage fährt zur Zeit nur halbe Kapazität, kann jederzeit hochgefahren werden und hat Kraftstoff für ein Vierteljahr. Unsere Trinkwasser- und Verpflegungsvorräte reichen für acht Wochen.

Wir betreiben eine provisorische Küche, eine provisorische Wäscherei und halten auch eine Kleiderkammer vor mit Schuhen und wetterfester Bekleidung für Patienten und Personal. Doch diese Bestände sind schon weitgehend aufgebraucht weil wir viele Zugänge und wenig Platz haben und halbwegs gehfähige Patienten vorzeitig entlassen müssen. Wir entlassen sie warm angezogen mit Medikamenten und Verpflegung für zwei Tage. Manchmal kommen sie nach wenigen Tagen wieder her, um nur noch mal essen und schlafen zu dürfen, weil sie keine Bleibe gefunden haben. Wer ein Fahrrad oder sonstigen fahrbaren Untersatz hat, macht sich in der Dunkelheit auf den Weg nach Westen. Drei Frauen und zwei junge Männer sind vorläufig hier geblieben und helfen uns bei der Arbeit. Wegen der Kleiderknappheit mussten wir schon Schuhe und Bekleidung Verstorbener für die Kleiderkammer aufbereiten.

Tod und Not sind trotz Allem unsere ständigen Begleiter. Wir werden ohnehin nicht lange hier unten sein. So oder so. Der Aggressor ist unberechenbar. In seiner strategischen Planung sind wir schon nicht mehr vorhanden.

Vor drei Tagen besuchten uns vier Soldaten der "Befreiungsarmee" und verhafteten wahllos drei Ärztinnen, zwei Ärzte, einen Pfleger und fünf Schwestern. Wer sich widersetzte, wurde gefesselt, geknebelt und auf die Pritsche eines Militärtransporters geworfen. Niemand weiß, wo sie geblieben sind. Hoffentlich in keinem Massengrab.

Ein junger Arzt konnte fliehen und sich verstecken. Als die Luft rein war, ist er in unser Partnerkrankenhaus gegangen, das ebenfalls im

Keller weiter-existiert, und hilft dort bei Problemfällen und Operationen aus. Wir wissen es von einem heimlichen Boten, unsere einzige Möglichkeit zu kommunizieren. Übermorgen wird der Kollege wieder hier aushelfen. Es stehen dringliche OP`s an. Und ich bin zur Zeit allein. Mich haben sie nicht mitgenommen weil ich krank und zu schwach bin. "Dilatative Cardiomyopathie" steht als Diagnose in meiner Krankenakte. Ich habe ein großes Herz, aber leider nicht im positiven Sinne. Ich muss lange Arbeitspausen machen. Deshalb erzähle ich wohl so viel."

Aus kollegialer Höflichkeit müssten nun Anne und Hajo wenigstens mit einem Kurzbericht antworten. Doch Hajo mit seiner angeborenen Bestimmtheit tickte wieder mal ganz anders.

"Lassen sie sich noch Zeit und Ruhe. Das war jetzt eine anstrengende Arbeitspause. Wir schauen schon mal nach den Patienten."

Und ehe der Chef weiterreden konnte, standen beide draußen vor der Tür. "Unsere Autos müssen noch warten. First things must come first." Anne bremste ihn.

"Gib mal nicht so an und sei nett zu den Patienten."

"Okay, und auch zu dir?"

"Zu allen."

Die Schwestern und freiwilligen Helfer arbeiteten weiter am Limit. Es waren zu wenige für die vielen Patienten. Hajo stellte sich der versiertesten Schwester in den Weg.

"Hat man ihnen vorhin angekündigt, dass wir jetzt Kurzvisite machen?"

Sie reagierte produktiv.

186

"Auf sie freue ich mich schon den ganzen Tag. Beantworten sie mir schnell mal meinen Fragenkatalog?"

"Erst die Visite, dann das Quiz."

Aus der Kurzvisite wurde eine Langvisite. Nach der ersten Halbzeit war der Fragenkatalog schon abgearbeitet. Da war übermäßig viel zu helfen, zu organisieren, oft nur zu improvisieren.

Ein breitflächiger Terror gegen eine Bevölkerung spiegelt sich schnell im Gesundheitswesen wider. Das Erfordernis sofortiger Hilfe ohne Wenn und Aber wird da besonders augenscheinlich. Unter dem Eindruck nur dieser Visite wandelte sich Hans Joachim Wohlfarth vollends vom einstigen Querkopf und Kleingeist zum tüchtigen patientenorientierten Arzt, immer hilfsbereit und immer gern gesehen.

Lange bevor Anne, Hajo und die abkommandierte Oberschwester ihren heilsamen Gang beendeten stand der kranke Krankenhaus-Chef hinter ihnen. "Es zeichnet sich schon ab, was da noch zu besprechen war. Wir müssen wohl einige Tage länger bleiben," wandte sich Anne ihm zu.

"Anders geht es gar nicht."

Dann machte Anne mit dem Chef ein Arbeits- und OP-Programm für den nächsten Tag, und Hajo lotste mit ortskundiger Begleitung unseren Konvoi durch den Stadtpark.

Unsere Jungs hatten auch zwei Kannen Krankenhauskaffee erhalten und dafür geduldig gewartet. Die teure Fracht auf den LKWs hatte bisher nur den russischen Marodeuren genützt. Nun kam sie an die richtige Adresse. Mit dem Verteilerschlüssel befassten wir uns noch nicht.

Wir bezogen lieber unsere Schlafkojen.

187

Anne und Hajo aber bat der Chef noch auf ein Wort. Er begann mit zitternder Stimme und verhaltener Empörung.

"Die Diktatur herrscht wieder in Europa. Und der unausbleibliche Krieg, mit dem sich Diktatoren meistens profilieren. Einst mit Hammer und Sichel symbolisiert, jetzt mit Kremlprunk, Majestätsgehabe und Atomkriegs-drohungen. Ein vermeidbarer politischer Klimawandel, traurig aber wahr.

In einer Welt, die nach Globalisierung strebt, marschiert das Recht des Stärkeren wieder auf. Die süßen Träume von Diplomatie statt Waffengewalt weichen wieder mal bösem Erwachen. Wehrhaft sein ist höchste Tugend. Säbelrasseln statt Arbeit und Brot. Schwerter statt Pflugscharen. Und hundert Milliarden auf einen Streich, nur mal für eure deutsche Kriegskasse, sind ein kleiner Vorgeschmack auf teure Zeiten."

Er machte eine Denkpause, wollte von seinem Ärger nicht zu viel rauslassen und den jungen Leuten nicht zu viel zumuten. Aber seine Aufregung konnte er kaum verbergen.

"Verlässt die Kugel erst den Lauf, hält sie kein Diplomat mehr auf. Natürlich ist Diplomatie vernünftig, einzig richtig und dringend notwendig. Doch die Welt muss wieder mal aus Schaden klug werden. Dem russischen Präsidenten ist die Vernunft abhandengekommen. Er ignoriert seine Friedens-beteuerungen plötzlich, bricht seine Verträge, hält sich an keine Vereinbarungen mehr und schon gar nicht an diplomatische Gepflogenheiten. Seine Unterschriften sind Lügen. Er weiß genau, dass er nicht hält was er unterschreibt. Seine Demagogie ist schon ekelerregend. Überall predigt er Moral und lässt gleichzeitig seine Killerkolonnen in unserem Land foltern, morden und plündern.

„Russen raus" heißt es schon weltweit bei Sport und Spiel und festlichem Zusammensein. Man möchte internationale Veranstaltungen vor Gefahren schützen. Denn der aggressive russische Imperialismus ist auch als Sicherheitsrisiko in der Welt verrufen und verhasst. Noch haben die russischen "Befreier" unsere Stadt nur unvollständig in ihrer Gewalt. Doch dieses Stadtviertel ist schon leer und unbewohnbar. Wir haben hier unten im Keller genügend Vorräte und müssen nicht hungern. Wenn aber diese beutegierigen Barbaren hier ungehindert wüten können, haben wir nichts mehr. Und auch keine Überlebenschance."

Der alte Herr schwieg wieder. Aufregung und Anstrengung zwangen ihn dazu. Nur nachdenklich und quälend leise fügte er an:

„Als wir die sowjetrussischen Blutsauger abgeschüttelt hatten und ein freies Land waren schlich sich in unsere Verwaltungen plötzlich kriminelle und prorussische Korruption ein. Zufall oder ferngesteuert?"

Er hätte sicherlich noch viel zu sagen gehabt. Aber das hätte ihm nicht gut getan. Hajo kam ihm kurzerhand entgegen. In seiner häuslichen Einsamkeit hatte Hajo den Krieg per Internet mitverfolgt und kannte Einzelheiten und Zusammenhänge. Er wusste mehr als genug.

Nun drängte es ihn zum Reden.

„Ja, die Russen haben das größte Land der Welt, und dem habgierigen Kremlchef mit seiner faschistischen Herrscher-Clique genügt das nicht. Darum überfallen sie andere Völker, plündern sie aus, rauben ihnen Heimat und Identität. Der einst reichste Oligarch äußerte vor zehn Jahren schon

„Putin ist ein Ungeheuer".

Als solches geht er bereits jetzt in die Geschichte ein, machtgierig, geldgierig, rücksichtslos und brutal. Hunger als Waffe und Kriegsschiffe gegen Brot für die Welt sind seine Neuheiten.

Der Putinismus als Fluch und Schande des Jahrhunderts ist Stalins Erbe. Stalin war bloß nicht so geldgierig. Erst vor kurzer Zeit verkündete der Kremlsprecher wiederholt

„Wir kommen zurück nach Berlin."

Ein Scharfmacher der Söldnertruppen setzte noch eins drauf:

„Wir machen Russland mächtiger auf allen Kontinenten".

Dazu die Ermunterung des Aggressors:

"Das Ziel des Westens ist es, unser Land zu schwächen, zu spalten und letztlich zu zerstören."

Und kurz danach: „Die Länder des Westens drohen, unser Vaterland, unser Heimatland zu zerstückeln und zu versklaven".

So streckt das russische Monster seine Fühler auch nach Deutschland aus.

Der Kremlchef, der sich als Spitzel für den Kommunismus in Deutschland jahrelang behaglich wohl fühlte, tritt nun Deutschland unverhohlen als Kriegshetzer gegenüber. Einen deutschen General und hochrangige Offiziere bezeichnet er gleich mal als „Dreckige Bastarde".

Sein Vokabular, seine Etikette als Repräsentant von Volk und Land. Und der weltweite Haftbefehl gegen diesen Landesherren wegen seiner kriminellen Vergangenheit und Gegenwart macht seine berüchtigte Berühmtheit noch berüchtigter. Ein Autokrat von besonderem Format.

Seine Macht erhält er sich mit Wahlversprechungen aller Art, mit Drohungen aller Art und mit der Angst des Volkes. Bei seinen stets geheimdienstlich gesicherten und gesteuerten Wiederwahlen steht auch stets ein hochprozentiges Votum für ihn Monate vorher zuverlässig fest.

Der Wahltag ist dann die geheimdienstlich hübsch gemachte Farce, mit der das vom Diktator befohlene Wahlergebnis prompt erzielt wird. Ebenso die Wahlbeteiligung. Überraschungen wie bei freien Wahlen in freien Ländern gibt es da nicht.

Auf den russischen Geheimdienst ist Verlass. Der hält den ganzen Schwindel in stabiler Zwangslage und ist des Diktators liebstes Kind.

Für die russisch besetzten Landesteile der Ukraine gibt es dabei eine Besonderheit: Uniformierte Wahlhelfer, die zögerliche Wähler in ihren Wohnungen oder sonst wo aufspüren und mit schussbereiter Waffe dazu bewegen, ihr Kreuz an der richtigen Stelle zu machen.

Das ist jedoch das geringere Übel. Denn ein Kreuz an der falschen Stelle kann lebensgefährlich werden.

Dennoch demonstrieren mutige junge Leute gegen ihn, trotz Massenverhaftungen und Mordbefehlen. Sie sehen seinen prunkvollen Thron über kurz oder lang als Schleudersitz.

Wladimir Putin, der Arbeitersohn aus dem sowjetischen Leningrad, bekam als Superkommunist eine Ausbildung zum Geheimdienstoffizier. Dabei interessierten ihn schon die Tricks und Praktiken der Geheimagenten mehr als die öden Glaubensbekenntnisse der Parteiideologen. Er legte auch bald eine trickreiche Steilkarriere hin bis ganz nach oben. Als der russische Kommunismus krachen ging und mit der Partei nichts mehr zu machen war, mutierte der flotte Wladimir locker und leicht vom strammen Kommunisten zum frommen Christen und wurde Oligarch. Einer seiner gebräuchlichen Tricks.

191

In seiner ersten Amtszeit als Präsident erzielte er schon mal 40 Milliarden Dollar Reingewinn für sich. Dass Römer und Russen einst imposante Imperien hatten, beansprucht Wladimir nun auch für sich. Über ein Weltreich herrschen, so groß und mächtig wie einst, Grenzen verschieben ganz nach eigenen Wünschen, nicht zuletzt auch bezüglich seiner Geldquellen und luxuriösen Paläste im In- und Ausland. Er verspricht bedeutsam, alles für das Volk zu tun, und tut nur alles für seine Dollarmilliarden und seinen Krieg. Doch er begreift nicht, dass auch er das Rad der Geschichte nicht zurückdrehen kann. Dazu fehlen ihm Vernunft und Verstand. Typisch für ein solches Ungeheuer. Zum sorgfältigen Präsidenten taugt er wenig und als Feldherr noch weniger.

Der Blitzkrieg verlangsamt sich. Die Russifizierung der Ukraine bekommt Rückschläge. An den Fronten gibt es hohe Verluste. Mit dem Nachschub hapert es. Da öffnet der Pleitepräsident alle Gefängnisse und schickt die Verbrecher seines Landes, mit denen er so viel gemeinsam hat, als Helden in seinen Krieg.

Die Helden, die nicht direkt aus dem Strafvollzug an die Front kommen, lässt er zu den Bestien trimmen, welche mit effektiver Brutalität seinen Reichtum vergrößern.

So fühlt der Esel sich wieder wohl und geht prompt wieder auf's Eis tanzen. Pleiten, Pech und Pannen inbegriffen. Logisch.

Plötzlich überrascht ihn, dass er für seine „Maßnahme" zu wenig Munition hat. Aber er hat eine volle Trickkiste. Also hampelt er zurück zu den Kommunisten.

Kommunismus ist das Grundleiden unserer Epoche, und Krieg ist ein Grundelement des Kommunismus. Es gab und gibt keinen Kommunismus ohne Krieg. Im Frieden rüsten Kommunisten stets auf, das nächste Kriegsziel fest im Blick. Sie tarnen sich gern wortreich als Friedensengel und führen ihre Kriege mit Massenmorden, Plünderungen und Vernichtung aller geistigen und materiellen Werte, die ihnen nicht in den Kram passen. Bei denen ist nun haufenweise vorhanden was dem Beutegreifer Europas die Krallen wieder schärft und seiner Machtgier freien Lauf lässt. Das Kommunistische Manifest beginnt mit dem Satz: „Ein Gespenst geht um in Europa – das Gespenst des Kommunismus". Europa hat das Gespenst verscheucht, jetzt geht es in Asien um. Im Zeichen des Drachens. Der grimmige Feuer speiende Drache ist nun die Galionsfigur des Kommunismus.

Und das grimmige Raketen spuckende russische Ungeheuer geht zum Drachen auf Schmusekurs.

So posieren zwei Leitfiguren der Weltpolitik öffentlich. Aber dahinter verbirgt sich die nächste Panne. Die Chinesen misstrauen dem russischen Geheimagenten. So schön ist er nämlich nicht. Er hampelt zu unberechenbar hin und her. Außerdem haben Sowjetrussen in Siegerlaune auch schon mal auf Chinesen geschossen. Im Baikal-Amur-Gebiet. Und die Schüsse sind in Peking noch nicht verhallt.

Wenn die Partei zum Krieg trommelt schießen Kommunisten eben auch auf Kommunisten. Doch weil der USA-feindliche und Dollar-freundliche Gaukler was anbietet und freundliche Billigpreise macht, kriegt er für seinen Krieg was er will. Kommunistische Staaten sind die absoluten Monarchien ihrer jeweiligen Parteichefs. Die Erbmonarchie in Nordkorea mit Brudermord und weiteren Extras macht da keine Ausnahme. Der Wille des Parteichefs ist da oberstes Gesetz. Meinungsvielfalt oder gar andere Parteien sind verboten.

Grotesker als Kommunisten sind nur die russischen Helden von heute, die ihr Diktator so gerne als Schwerverbrecher in Dienst stellt. Mit diesen verübt er an der Front seine sadistischen Verbrechen. Auch im eigenen Land ist er mit Mordbefehlen schnell bei der Sache. Zum Beispiel als Antwort auf Andersdenken und Widersprechen.

Die Attentate werden nach KGB-Muster entweder heimlich und verschleiert erledigt mit schwer einschätzbarer Dunkelziffer oder vor breiter Öffentlichkeit mit massivem Drohpotential.

Tote widersprechen nicht. Das schafft Ruhe und Ordnung.

Dementsprechend geht die Angst im Lande um vor den Schergen und Denunzianten des Diktators. Mit Angst und Polizeigewalt lässt sich bequem regieren und in Luxus schwelgen. Die Angst des Volkes ist das Gaudium des Tyrannen.

In seinen Palästen umgibt er sich mit verschwenderischem Luxus. Die Zeche für den Krieg bezahlt das Volk, dessen Lebensstandard steil nach unten geht. Bis es mal gewaltig kracht. Das rumänische Volk z.B. hat seinen kommunistischen Diktator, der ebenfalls in sagenhaftem Luxus schwelgte und die Volksarmee auf das Volk schießen ließ, vor ein Tribunal gestellt und vor laufender Kamera hingerichtet.

Die Bilder gingen um die Welt und zeigten einmal mehr wie schnell Kommunismus verblühen kann. Und sonstige Diktaturen auch.

„Ende des Kommentars" unterbrach ihn endlich der Chef.

„Lasst uns als Jünger Äskulaps in diesen Zeiten ärztliches Ethos bewahren und Not und Elend mindern so gut es geht. Eure beherzte Hilfsaktion ist dafür von unschätzbarem Wert. Ich bin euch überaus dankbar."

Er merkte selbst, dass er zu pathetisch wurde. Anne half ihm.

„Sehr gerne. Jetzt aber schnell in die Betten. Morgen gibt es viel Arbeit." Anne hatte den Männern zugehört, ständig übersetzt, aber als dritte im Bunde auf ihren Monolog verzichtet. Sie ließ sich nicht anmerken, dass ihr eigentlich speiübel war. Die Eindrücke des Tages, vor allem bei der Abendvisite, hatten ihr entsetzlich verdeutlicht, dass über dem lebhaften Treiben an diesem außergewöhnlichen Ort ein bitter ernstes Schicksal schwebt, und bei allem rechtschaffenen Tun schon der nahe Tod vor der Tür steht. Hajo bemerkte ihr blasses Gesicht und ihren bebenden Atem. Er ahnte, was in ihr vorging. Auch er machte sich über die Zukunft der Schutzlosen im Bunker keine Illusionen. Sie lebten weiter, weil dafür gut vorgesorgt war, aber jeder Tag konnte der letzte sein. Hajo haderte damit nicht. Er war zum Arbeiten hergekommen wie wir alle.

Und Arbeit bringt Hoffnung. Die gaben wir nicht auf.

Annes Angst hatte sonst niemand bemerkt.

Mir erzählte sie erst davon, als sie einem russischen Panzer, der auf unseren Konvoi schoss, mit der eisernen Faust geantwortet hatte. Ihre Ahnung war wohl begründet.

Was uns noch bevorstand übertraf alles Denkbare.

Der folgende Tag begann, wie immer in diesem Bunker, mit einer Fülle von besonders Dringlichem, woran wir uns möglichst effektiv beteiligten. So half unser Kreisverband Kranken und Verwundeten in der Ukraine auch mit kompetenter Arbeit vor Ort, um ihr Leid wenigstens zu lindern und ihnen ihre Hoffnungen zu erhalten. Dabei waren wir u.a. auch mit der weithin bekannten und gefürchteten Spezialität russischen Militärs, der extremen sexualisierten Gewalt, konfrontiert. Die Opfer solcher Gräueltaten wiesen nicht nur

195

gynäkologische Traumafolgen auf, sondern meistens schwere Verletzungen am ganzen Körper und bleibende psychische Schäden. Dieser Teil des Verletzungsprofils ist bezeichnend für russische Feindeinwirkung. Wir hatten damit erhöhten Therapiebedarf. Mehr Operationen, mehr Antibiotika, mehr Aufwand an Pflege und tröstenden Worten.

Die russische Führung bezeichnet das als Siegesfreude ihrer tapferen Befreier, an der die Bevölkerung teilhaben kann. Wer da vielleicht mal einen kleinen Kratzer kriegt hat es so gewollt.

Wir waren schnell in die Arbeit im Keller integriert und teilten uns zu einem provisorischen Schichtdienst ein. Anpacken ist beim DRK oberstes Prinzip und ein Grund für seine Zuverlässigkeit.

In einer Frühstückspause versuchte Holger einen Witz zur Aufhellung der Stimmung.

"Habt ihr schon gehört? Wladimir der Eroberer will als nächstes Land die Schweiz befreien, ehe ihm dort NATO und EU in die Quere kommen. Die Duma hat auf seinen Befehl schon einstimmig beschlossen, dass die Schweiz zu Russland gehört. Das Imperium Putini Immensum wird dann vom Genfer See bis zum Pazifik reichen. Und glorioser Herrscher werden Seine Majestät Zar Wladimir Wladimirowitsch der Allergrößte von Gottes Gnaden sein. Eines Tages werden Majestät oben in den Bergen auf einer Felsbank Platz nehmen mit Weltkompetenz wie Moses am Berg Sinai und der Lobeshymne lauschen, die ihm die Menschheit singt:

„Ehre sei dir in der Höhe und Siege auf Erden und an der Beute dein Wohlgefallen."

Doch darüber konnte niemand lachen.

Nur Anne kommentierte sachlich-nüchtern

196

„Mit Schweizer Banken ist der Gauner vertraut. Dort versteckt er seine abgezweigten US-Dollars bevor sie gewaschen werden. Aber ihm vertraut kaum noch Jemand. Ein politischer Hampelmann. Unfähig zu jedem konstruktiven Dialog, unfähig zu objektiven Erkenntnissen, unfähig zu vertrauensbildenden Maßnahmen."

Anne ereiferte sich nicht. Sie bemühte sich, sachlich zu bleiben. Sie wusste gut genug, welches Unheil gewalttätige Psychopathen mit den Hebeln der Macht anrichten können.

Hajo fand inzwischen das Gespräch mit dem geheimen Boten zwischen den Kellerkrankenhäusern. Er hatte erfahren, dass der Keller unter dem Stadtpark mit Lebensmitteln ausreichend versorgt war. Wozu dann noch Eulen nach Athen tragen? Er machte sich mit dem Boten auf den gefährlichen Weg zum Partnerkeller und kreuzte dort im richtigen Moment auf.

Der Kollege, der den Russen entfliehen konnte, rackerte dort mittlerweile als einziger Arzt und hatte mehrere Notfälle. Am dringlichsten wurde eine Gebärende, bei der die Geburt plötzlich ins Stocken geriet, was das Leben von Mutter und Kind akut gefährdete.

Der Kollege nahm Hajo so, wie er zur Kellertür herein kam, fragte ihn weder nach Name noch sonst etwas, und drückte ihn auf den Anästhesistenplatz.

"Mach bitte Narkose, aber vorsichtig. Das Kind muss atmen wenn es abgenabelt ist, und wir können uns nicht darum kümmern."

Während die Patientin behutsam auf dem provisorischen OP-Tisch gelagert wurde, desinfizierte er sich eilig die Hände und schlüpfte in die sterile OP-Kleidung.

"Ich bin Orthopäde und tue mich mit einer Sectio schwer. Aber es gibt keine Alternativen. Siehst ja selbst."

197

Zum Glück hatten sie eine fachkundige Schwester zur Assistenz. Der erste Schrei des Kindes war für alle eine Erlösung. Ein Moment des Glücks im Alltag des Schreckens.

Der nächste dringliche Fall lag nur 4 Meter weiter. Ein junger Mann mit einer infizierten Schusswunde. Das Projektil ließ sich leicht entfernen aber die Entzündung nahm rasch zu. Antibiotika gab es nicht. Eine allgemeine Sepsis war mit der lokalen Wundbehandlung nicht aufzuhalten. Auch ihm drohte der Tod. Hajo reagierte sofort.

"Ist der Bote noch da"?

"Er geht gerade wieder los."

"Ruf ihn zurück"! Und dann eindringlich zu dem Boten, immer im behelfsmäßigen Sprach-Mix:

"Schnappen sie sich unter dem Stadtpark einen Kameraden von dem DRK. Der soll ihnen aus dem Transportbehälter Nr. 21 zwei Packungen Chloromycetin-Ampullen geben und aus dem Behälter Nr. 22 so viel Verbandsmaterial wie sie rüberbringen können. Es eilt. Alles verstanden"?

"Alles verstanden."

Der Bote hatte Geschick und Verstand. Die lebensrettenden Ampullen waren schnell da. Und der Lebenswille im Bunker blieb ungebrochen. Doch den Kollegen dort, der Hajo so spontan vertraute, plagten noch weitere Nöte. Eine junge Studentin war von einem Transport eingefangener Zivilisten zur Deportation ins Feindesland abgesprungen und hatte dabei einen Splitterbruch des linken Oberschenkelknochens erlitten. Sie war unbemerkt auf der Straße liegengeblieben, und hilfreiche Landsleute hatten sie in den Keller gebracht. Dort schiente der Kollege zunächst ihr Bein und brachte sie vorsorglich in einem regulären Krankenbett unter. Ihr

198

Allgemeinzustand verschlechterte sich aber ständig. Bald zeigte sich, dass es aus dem Knochenbruch unaufhörlich blutete. Kein Tropfen Blut drang nach außen, aber das Bein schwoll immer weiter an und verfärbte sich bläulich-blass.

Die Patientin verlor viel Blut. Die wässrigen Blutersatzlösungen, die sie infundiert bekam, besserten ihren Zustand nur vorübergehend und verschlechterten sogar die Blutgerinnung. Blutkonserven gab es nicht. Die hätten ihr Leben retten können. Die einzige Alternative und letzte Rettung war die schnelle Amputation des Beines.

Hajo sprach mit ihr. Einfühlsam und lange. Er checkte noch mal ihre Labordaten. Auch ihre Blutgruppe. Dabei hätte er plötzlich jubeln können. Er hatte fast dieselbe Blutgruppe, d.h. sein Blut war mit ihrem verträglich und konnte ihr transfundiert werden. Hajo zögerte keinen Augenblick, stimmte sich mit seinem Kollegen ab, fand in den Instrumentenschränken eine geeignete Rekordspritze und einen Drei Wege-Hahn, ließ alles Erforderliche desinfizieren, legte sich auf einer Krankentrage neben die Patientin, Seite an Seite, Arm an Arm, und überwachte den Bedside-Test und seine eigene Blutspende für die Patientin.

Das wäre ohne den Kollegen und die versierte Krankenschwester unmöglich gewesen. Beim Aufstehen wurde ihm leicht schwindelig. Das hatte er noch nie erlebt. Und die beiden Männer kamen überein, bis zum nächsten Tag zu bleiben. "Ich konnte unsere Notfälle eh nicht einfach so verlassen."

"Und ich hätte dich nicht weggehen lassen. Ich habe dir mehr abgezapft als zwei Vollblutkonserven entspricht. Das widerspricht allen Vorschriften außer unserer Ethik und Moral, die uns viel

199

abverlangen. Dein Einverständnis hatte ich ja. Du hast es nicht ausgesprochen aber es war da. Wie ein Fels in der Brandung."

Hajo schmunzelte.

"Du hast es mir von der Nasenspitze abgelesen. Für die Erhaltung eines hübschen Frauenbeines bin ich mit allem einverstanden."

Eigentlich und recht besehen war Hajo nur mal in den Partnerkeller gegangen, um zu erfahren, welche unserer Hilfsgüter man dort mehr brauchte als da wo unsere Autos standen. Es traf sich gut. Am meisten waren Lebensmittel, Wäsche und Verbrauchsmaterial gefragt. Hajo bestimmte die gerechte Verteilung selbst, und keiner hätte das besser gekonnt. Allerdings musste die teure Fracht in der Dunkelheit mit Schubkarren ans Ziel gebracht werden. Autos kamen nicht durch die Trümmerlandschaft. Hajo karrte natürlich mit.

"Müssen sie als Arzt auch das noch tun?"

"Ich muss dort nach den Problempatienten schauen. Das ist es."

Die junge Studentin erblühte geradezu mit Hajos Blut. Sie versprach ihm eine große Tat der Dankbarkeit.

"Darüber reden wir später."

Er hatte es immer eilig. An unserem 24. Tag im Kriegsgebiet mit Arbeit bis über die Ohren platzte plötzlich ein russischer Soldat mit vorgehaltener Kalaschnikow, geladen und entsichert, in den Keller unter dem Stadtpark.

"Wo ist Natschalnik!"

Eine couragierte Schwester trat ihm entgegen.

"Sdjes!"

Er rief "Jedes russkij Tschelowjek raus hier und weg von Nazi-Banditen. Wir machen freie Fahrt in freies Russland"

Darauf folgte ängstliches Schweigen im Saal. Niemand rührte sich. Natürlich waren unter den Patienten auch Russen und russisch stämmige Ukrainer. Die hatten jedoch absolut kein Verlangen nach Putins Paradies. Der Soldat fuchtelte mit seiner schussbereiten Waffe drohend herum. Manche Patienten zitterten vor Angst. Sein Blick blieb an Anne hängen.

"Du mitkommen. Dawai."

Sie hob erschrocken die Hände und rief auf russisch:

"Ich bin vom Roten Kreuz, bin unbewaffnet und helfe Kranken und Verwundeten."

Der Drohende hob unbeeindruckt sein Gewehr und zielte auf sie. Hajo stellte sich schützend vor Anne, hob ebenfalls die Hände und rief:

"Wir sind vom Deutschen Roten Kreuz und tragen keine Waffen. Wir leisten hier dringend benötigte Hilfe!"

Der Russe zögerte nicht.

Er knallte Hajo einfach ab, noch während Anne übersetzte.

Bedenkenlos und hemmungslos wie ein tollwütiger Hund.

Danach kreischte er einen schrillen Siegerschrei in die schreckgelähmte Menge und watschelte langsam zum Ausgang. Bedrohlich langsam, als könne er sich jederzeit umdrehen und noch mal schießen. Draußen sprang er in einen fahrbereiten Jeep mit Fahrer und schoss aus dem Jeep auf alle Menschen in seinem Blickfeld: Einen Radfahrer, einen älteren gehbehinderten Mann und eine junge Frau, die ihr Kind schützend in den Arm nahm und weglief. Der Radfahrer war sofort tot. Er lag neben seinem Fahrrad mitten auf der Straße. Die junge Frau schoss der Russe in den Rücken. Sie sank langsam auf die Knie, ließ ihr Kind los , fiel auf den Bauch und starb innerhalb weniger Minuten.

Das Kind schrie entsetzt auf und suchte Schutz hinter Trümmerteilen. Den gehbehinderten Mann verfehlte der Russe, weil sein Jeep anruckte und wegfuhr. Danach kroch das Kind auf Händen und Füßen zur Mutter, küsste und umarmte sie, weinte heftig und rief immer wieder nach ihr, als sollte sie ins Leben zurückkommen.

Der Gehbehinderte nahm das Kind behutsam auf und trug es zu uns in den Keller. Dort lag die Leiche von Hajo Wohlfahrt, der wenige Minuten vorher zwei Patientinnen die Wundverbände erneuern wollte, vor den beiden am Boden. Mit erschreckend weit geöffneten Augen in einem kleinen Blutrinnsal, das langsam von ihm weg floss. Anne saß davor. Stumm, in Schreckstarre, an einen Essenskübel gelehnt.

Eine Sekundenszene.

Für Trauer oder Andacht war keine Zeit. Die nächsten Russen konnten jeden Moment herein kommen. Anne war, wie durch ein Wunder, körperlich nicht verletzt. Wir gaben ihr das nur noch leise wimmernde Kind, halfen ihr auf die Beine und machten ihr Platz auf einem abseits abgestellten Wäschekorb.

Sie brauchten ein wenig Zeit. Sie und das Kind. Anne aber war Kummer gewohnt. Auch aus ihrer frühen Kindheit. Sie erholte sich schnell, richtete dem Kind in dem Wäschekorb einen Schlafplatz ein, strich ihm zärtlich flüchtig übers Haar und kam dann wieder vor zu uns. Dabei straffte sich ihre Haltung, ihr Blick drückte Entschlossenheit aus, und sie schwor laut und leidenschaftlich blutige Rache dieser Befreiungsarmee, die in ihrem Land so viele Gräueltaten verübte, und dem zynischen Diktator, der ihr Land seiner Willkür unterwerfen will.

"Rache für den Mord an Hans Joachim Wohlfarth" schrie sie in Ekstase durch den Keller.

Und sie bekam dafür erstaunlich viele Beifallsbekundungen.

Aber wir hatten damit ein Problem: Anne war die einzige tatkräftige Ärztin, die für den Rest des zertrümmerten Krankenhauses noch zur Verfügung stand. Und Rache ist nicht die beste Motivation für ärztliche Arbeit, für den Dienst an der Menschheit. Auch dafür blieb keine Zeit zum Nachdenken. Ein kurzes Gebet des Chefarztes, der sich neben Hajo niedergekniet hatte, dann weiter in der Hektik. Heraustragen des Toten in die provisorische Leichenhalle, Aufbewahren seiner Habseligkeiten, Ausfüllen des Totenscheines. Diagnose: Herz-Kreislaufversagen. Die Wahrheit war schon zu gefährlich.

Was wahr und richtig ist, bestimmt in Kriegszeiten der Sieger. Und wenn unter russischer Herrschaft was falsches auf dem Totenschein stand, konnte es für den ausstellenden Arzt eng werden.

Hajo haben wir am nächsten Tag unter einer großen Eiche im Park vor dem zerbombten Krankenhaus begraben. Anne hat dazu bewegende Worte gesprochen. Mit Tränen in den Augen, aber kraftvoll und entschlossen. Ehrlich gesagt, mir kamen auch die Tränen. Uns allen.

Wir fotografierten das Grab von allen Seiten mit Vordergrund und Hintergrund, damit man die Stelle später wiederfinden kann. Alles Gegenständliche, was Anne von Hajo hat, ist eine Haarsträhne im Briefumschlag, sein Reisepass mit Passbild und ein kleiner goldener Talisman.

Den will sie immer bei sich haben, sagte sie. Tag und Nacht.

Hajo´s DRK-Uniform kam in die Kleiderkammer.

Das Kind im Wäschekorb war anderthalb Stunden später tot. Es hatte einen Steckschuss in der linken Leistenbeuge und war nach innen verblutet. Wir konnten es nicht retten. Für den Totenschein eines

Krankenhauspatienten fehlten uns die Personalien. Und wir hätten wieder die Diagnose verschleiern müssen, entsprechend dem russischen Befehl, dass nach russischem Recht alles Russische nur heldenhaft und russenverehrend dokumentiert werden darf.

Wir legten das tote Kind an die Seite seiner toten Mutter am Straßenrand zu den anderen Leichen, die ab und zu eingesammelt und in die großen Gruben vor der Stadt gebracht wurden.

Dort arbeiteten schon heimlich Fachleute an der Beweissicherung russischer Kriegsverbrechen - Ein Gegengewicht zu zwangsgefälschten Totenscheinen.

Die Wahrheit war schon auf dem Weg ans Licht.

Im Keller unter dem Stadtpark gab es natürlich auch laufend Akutfälle. Wir mussten froh sein, dass nicht schon eine der kriegsüblichen Seuchen ausgebrochen war. Die sonst so bescheidene und zurückhaltende Anne stand in der Fülle dieser Aufgaben wie ein Mammutbaum. Still, aber Kraft und Zuversicht ausstrahlend. Ihre Trauer musste sie, diesem erbarmungslosen Schicksal ausgesetzt, einfach verdrängen. In die Tiefe ihrer großen Seele.

Ich war, ohne ein dazu gesprochenes Wort, ihr Assistent geworden. Beim Operieren und bei vielen anderen ärztlichen Arbeiten. Sie hat das gewisse Etwas. In ihrer persönlichen Nähe hatte sich Hajo vom Hänschen klein zu wundervoller menschlicher Größe gewandelt. Und wieder blieb da zum Sinnen und Betrachten keine Zeit. Unser Lotse und unser Bote zwischen den Kellern kamen zusammen mit einem Ukrainischen Unteroffizier aufgeregt auf Anne zu. Sie ließ die drei gar nicht erst zu Worte kommen und zog sie hinter sich her ins Chefzimmer. Mich natürlich mit. Auf halbem Weg klopfte sie mir auf die Schulter.

204

"Hole Herbert".

Wir spürten beide, dass da was ohne Herbert nicht ging. Doch was dann kam, übertraf alle unsere Erwartungen.

Der Britische und Ukrainische Geheimdienst hatten den Termin der vollständigen Eroberung der Stadt mit einem Sturmangriff der Russen am übernächsten Tag vier Uhr erkundet. Das bedeutete für alle im Bunker den sicheren Tod. Überlebende in unterirdischen Schutzräumen wurden von der russischen Propaganda als Verbrecher dargestellt, die konsequent auszurotten sind.

Zur Flucht aus der Stadt hatte die Ukrainische Verteidigung einen einzigen LKW für Patienten und Personal beider Krankenhäuser zur Verfügung. Herbert hielt es nicht auf seinem Platz. Er schaute auf die Uhr, sprang auf und übertönte jedes Gespräch:

"Einen Moment bitte"!

Zuerst fragte er den Ukrainer: "Wie verlässlich ist diese Information?"

"Absolut sicher."

"Haben wir ein Fluchtziel?"

"Siebzig Kilometer westlich ist eine Firma, die elektronische Bauteile herstellt, nach Polen geflohen. Das Fabrikgebäude steht leer und kann vorläufig als Krankenhaus genutzt werden."

"Haben wir dort Helfer?"

"Nicht namentlich, aber die Hilfsbereitschaft ist groß."

"Gibt es Alternativen?"

"Nein."

"Also Putins Henkersknechte werden mit uns keine Ausnahme machen, und mit hilfsbedürftigen Kranken und Verwundeten schon gar nicht. Bevor die anfangen zu stürmen müssen wir hier alle weg sein. Das ist ein gewaltiges Stück Arbeit. Wir können nur in der

Dunkelheit fahren. Bei Tageslicht zerhacken uns die Putinisten wie Schweinefutter. Die sind zum Stürmen vorbereitet, voll aufgehetzt und warten nur darauf, aus allen Rohren schießen zu können. Uns bleiben zwei Nächte. Heute und morgen. Mit allen vier LKWs müssen wir zweimal pro Nacht fahren und Glück haben, dass alles einigermaßen glatt geht. Der erste Durchgang muss gegen 23:30 Uhr am Ziel sein, schnell entladen, schnell zurück und mit dem zweiten Durchgang spätestens 03:00 Uhr wieder am Ziel sein, um noch in der Dunkelheit zurück zu kommen. Das erfordert nicht nur Kondition, sondern auch Köpfchen. In der Nähe russischer Truppen brauchen wir z.b. absolutes Funkverbot und im Hinterland knappe Sprechsätze mit langen Pausen und nur in Englisch. Unsere Lotsen müssen gut drauf sein, und am Zielort brauchen wir Hilfskräfte. Wir müssen im Konvoi fahren, im Kampfgebiet mit großen Abständen, im Hinterland enger beisammen aber stets wachsam. Ich fahre mit unserem geländekundigen Lotsen als erster, Anne fährt mit dem Armeetransporter als zweite, die anderen als Rotkreuz drei und vier. Wir nehmen pro Fahrzeug eine Mindestmenge an Waffen und Munition mit. Nur für den äußersten Notfall. Zur Verteidigung unserer Patienten. Das gebietet unsere Ethik. In diesem brutalen Angriffskrieg gehört zu den lebensrettenden Maßnahmen auch Waffengebrauch. Die Pfade der Ethik führen an Problembereichen nicht vorbei, sondern gerade dort hinein. Dabei müssen wir standhaft agieren und können nicht immer nur freundlich sein. Und nun sofort an die Arbeit. Jetzt gleich und ohne Umschweife. Geordnet und produktiv. Jede Minute zählt. Nehmt genug Bettzeug und Matratzen mit. Die LKWs sind nicht gepolstert und das Fabrikgebäude auch nicht. Seid großzügig mit Proviant. Auch für die nächsten Tage. Für die Patienten ist der Stress nicht minder groß. Sagt ihnen nichts vom Sturmangriff und schont sie, so gut es geht. Sie müssen aus dem Keller raus und in sichere Verhältnisse ohne Russen und Krieg - wäre ein Argument zur Beruhigung. Unsere Logistik ist verteufelt. In dem Maße wie in unserem Keller Plätze frei werden, müssen Patienten aus dem Partnerkeller nachrücken. Sie können nur von hier abtransportiert werden. Bettlägerige Kranke über Trümmerberge bugsieren - ich weiß nicht, wie das gut gehen soll. Ich weiß nur, dass es schnell gehen muss. Selbst- und gegenseitige Hilfe müssen wir da wieder anschieben. Vielleicht kann der erste Durchgang vom Zielort Helfer, die unsere eisenhaltige Luft nicht scheuen, für einen Tag mit herbringen. Und natürlich wieder zurück. Patentlösungen gibt es nicht gleich, wie so oft, aber wir sind kreativ, wie immer. Ich werde jetzt nach drüben gehen und meine Predigt dort noch mal halten, und Patienten und Personal, so gut es geht, konditionieren. Vielleicht bringe ich schon jemand huckepack mit her."

Nach einer Stunde kam Herbert tatsächlich mit einer Schwerverletzten auf dem Rücken an. Er ging gern als gutes Beispiel voran.

Die Patientin war ziemlich schwach und wurde gar nicht erst in ein Bett gelegt, sondern gleich verladen. Sie war Lehrerin, Mitglied des Roten Kreuzes und über das Kriegsgeschehen gut informiert. Sie kannte auch den Termin des russischen Angriffes, roch sofort den Braten hinter Herberts Evakuierungsaktion und hüllte sich in kluges Schweigen.

Sie äußerte nur ablenkend: "Die Schäden, die der paranoide Russe täglich anrichtet, kann das Rote Kreuz weltweit mit noch so viel Aufwand nur mildern. Dieser gefährliche Wilderer, diese Macht der Unvernunft, prophezeit den Untergang des Abendlandes mit der

Begründung, dass ihm als Herrscher über das größte Land der Welt auch die Weltherrschaft zusteht. Dem Stinkstiefel steht eine Gefängniszelle zu. Und sonst nichts."

Herbert konnte zufrieden sein. Das Beladen der Fahrzeuge unter erschwerten Bedingungen klappte besser als gedacht. Wir hatten das ja oft genug bei unseren Katastrophenschutzübungen trainiert.

Vor Einbruch der Dunkelheit war alles marschbereit.

Den Startzeitpunkt bestimmte der Lotse. Unterwegs ließ er uns zweimal anhalten und erkundete unsere Schleichwege mit Fahrrad und Nachtsichtgerät. Wir hatten das Glück der Tüchtigen. Am Zielort überraschte uns ein herzlicher Empfang. Die Ukrainische Armeeführung hatte über Draht alles Notwendige vorbereiten lassen. An tatkräftigen Helfern fehlte es nicht, und das Fabrikgebäude war aufgeräumt und gereinigt. Sogar die Fenster waren alle geputzt. Einige Einwohner hatten Betten und Matratzen gebracht und aufgestellt. Wir lagen gut im Zeitplan.

Ein Student der Militärmedizin fungierte schon als "Chefarzt" und machte seine Sache gut. Er war auch der ideale Ansprechpartner in Sachen Hilfskräfte für die Evakuierung der Krankenhauskeller in der zertrümmerten Stadt.

Sein Freund im Ort besaß eine Suzuki "Motocross". Der stand um Mitternacht fahrbereit am Fabriktor.

Und kaum zu glauben: Sogar einen Reiseunternehmer mit Reisebus klingelte der Militärmediziner aus dem Bett. Der Busfahrer hatte einige Flüchtlingstransporte getätigt, war aber ansonsten arbeitslos. Das Reisegeschäft lief seit Kriegsbeginn nicht mehr so gut. Und noch drei Helferinnen organisierte der hilfreiche Chefstudent als Fahrgäste in den Bus.

Unser Konvoi kam um eine Enduro, einen Reisebus und zehn hilfreiche Hände bereichert wieder zurück.

Der zweite Durchgang verlief mit leichter Verspätung ebenfalls reibungslos, und auch dabei gesellten sich noch zwei Helferinnen zu Anne auf den Rückweg. Zur Hauptaufgabe des folgenden Tages wurde die Evakuierung des Partnerkellers.

Der Motocross-Fahrer vollbrachte dabei wahre Wunder. Alle Patienten, die sitzen und sich an ihm festhalten konnten, fuhr er spielend durch die Trümmerlandschaft. Dennoch blieb für Helferinnen und Helfer überaus viel zu tun. Bei solchen Aktionen gibt es immer Unvorhergesehenes.

Gegen Abend waren die Keller leer und die LKWs voll beladen. Auch der Reisebus war voll.

Den Sitz des Reiseleiters hatten die Helfer für den Krankenhaus-Chefarzt reserviert. Aber der ließ auf sich warten. Er saß verstört in seinem Zimmer und wollte da nicht raus.

„Achtung, Achtung! Der Bus fährt ab. Bitte einsteigen und Türen schließen" versuchten sie ihn zu ermuntern.

Doch er blieb reglos sitzen und erklärte Anne mit schwacher Stimme, dass er sein Krankenhaus, sein Lebenswerk, nicht verlassen kann.

Er wollte lieber hier in seinem Krankenhaus sterben, egal wie und wann.

Anne war entsetzt.

"Nein, nein, nein! Jetzt bloß nicht aufgeben. Nicht jetzt."

Bei allem Respekt vor der grauen Eminenz rüttelte sie ihn an beiden Schultern. "Verehrter Krankenhausdirektor, mein lieber Kollege, jetzt muss ich sie an ihre Worte erinnern am Tage unserer Ankunft hier im Bunker. Wir gelobten uns, bei all dem Kriegselend wenigstens unsere

209

ärztliche Ethik kraftvoll walten zu lassen und gegen alle Missstände zu verteidigen. Es steht felsenfest: Unsere Ethik ist nicht nur Grundsätze formulieren, Forderungen stellen, das gute Wort und die gute Tat, sondern vor allem unsere Bereitschaft zur Verantwortung, für die wir stehen und keine Mühe scheuen, die bedingungslose Hilfe bei Krankheit und Not, die Sorgfalt unserer Entscheidungen, der Weitblick für richtig oder falsch, Freud oder Leid. Ich habe großen Respekt vor ihrem Lebenswerk, dem unendlicher Dank gebührt. Doch jetzt hierzubleiben, bedeutet, unsere Patienten, die wir gerade vor dem sicheren Tod bewahren, im Stich zu lassen. Es sind noch über hundert, und sie haben in ihrer neuen Unterkunft zur ärztlichen Versorgung einen einzigen Studenten. Der braucht ihren Rat, ihre Erfahrung, ihre Hilfe. Er hat die physische Kraft für diese Herausforderung, und sie haben das fachliche Wissen. Sie sind unentbehrlich. Ja, die Krankheit hat sie körperlich geschwächt, schlimm für uns alle. Doch die Kraft unserer Ethik ist ihnen geblieben. Sie können und müssen mit uns fahren."

Sie nahm ihn mit sanfter Gewalt und liebevoll zugleich am Arm, als sei es ihr Vater. Sie führte ihn bis zu seinem Platz im Bus. Er ließ es geschehen, nicht weil er zu schwach war. Er war überzeugt.

Anne schloss die Bustür von außen und verweilte einen Augenblick. Moralpredigten hielt sie nicht gerne, nur bei außergewöhnlichen Anlässen. Wenn es um wichtige Dinge ging. Wie gerade eben.

Sie eilte auf ihren Platz in dem Ukrainischen Transporter. Der Konvoi konnte starten. Den Abfahrtstermin bestimmte wieder unser Lotse.

Es wurde eher dunkel. Der Himmel war bedeckt. Es nieselte leicht.

Herbert hatte umgruppiert. Zuerst fuhr der Biker mit dem Lotsen als Sozius. Dann der Bus, danach Herbert mit einer Helferin und wir in

210

üblicher Formation. Diesmal aber hatten wir nicht so viel Glück wie tags zuvor.

Als alle glaubten, dass wir den Belagerungsring des Feindes mit seinen Lücken hinter uns haben, wurde Rot Kreuz drei von einer bewaffneten Streife gestoppt. Zwei Russen zielten mit ihren Kalaschnikows auf die Frontscheibe.

Ronny und Holger konnten gerade noch mit Lichthupe ein Signal geben. Die beiden mussten aussteigen, wurden nach Waffen abgetastet und mussten sich mit den Händen über dem Kopf vor das Auto stellen.

Dann hielt einer der Russen Ronny, Holger und alle Patienten und Helferinnen in seinem Schussfeld, während der andere sich zwischen die Hilflosen auf der Ladefläche des LKW drängte und gestikulierte.

Die Marodeure wussten genau, dass Flüchtlinge immer Wertsachen bei sich haben. Alle sollten ihnen Uhren, Schmuck und Geld geben.

Wer nicht alles abgibt, wird erschossen.

Zur Bekräftigung seiner Gesten erschoss er gleich mal eine ältere Patientin, die nicht gleich ihr Armband abstreifen konnte. Die gierigen Räuber hatten nicht bemerkt dass Rot Kreuz 3 in einem Konvoi fuhr.

Das wurde ihnen zum Verhängnis.

Herbert hatte das ferne Signal erkannt, hatte Sprechfunk veranlasst und alle zum Halten aufgefordert. Alle Motoren aus und Licht aus.

Dann rannte er auf dem Weg rückwärts. Zu ihm gesellte sich der Ukrainer.

"My name is Flynn."

Und weiter ging es in leisem Englisch.

"Jeder muss ein Gewehr und eine Pistole mitnehmen. Wir werden kämpfen müssen. Und wir müssen schnell sein."

211

Rot Kreuz 3 war in der Ferne im schwachen Taschenlampenlicht erkennbar. Anfangs rannten sie noch, zuletzt schlichen sie. Was sie sahen hatte Flynn schon erwartet. Er näherte sich geräuschlos dem vor dem LKW stehenden Soldaten von hinten her und streckte ihn mit einem heftigen Nierenstich lautlos nieder, wie er es in seiner Nahkampfausbildung gelehrt bekam.

Der andere Russe, der durch das Beuteraffen abgelenkt war, bemerkte das erst nach Sekunden und schoss ziellos ins Dunkle, wendete sich dann zur Seite und zielte auf Patientinnen.

Doch sein Weitermorden verhinderte Herbert mit einem einzigen Schuss.

Danach lag der Kämpfer für Gold und Geld auf den Schuhspitzen der Patientinnen, die er beinahe abkassiert und womöglich auch getötet hätte. Auf der Ladefläche war wenig Platz. Und wieder übertönte Herbert die Aufregung mit seiner resoluten Stimme.

"Ruhe jetzt! Alle herhören."

Das verstanden alle, auch ohne Dolmetscherin. Und die folgenden Worte verstanden sie nach und nach.

"Die Gefahr ist vorüber. Alle bekommen ihr Eigentum wieder. Wir müssen schnell weiterfahren. Die Schießerei hat vielleicht den Feind auf uns aufmerksam gemacht. In wenigen Stunden wird es wieder hell, und wir werden keine Feinde mehr fürchten müssen."

Dabei lief er schon im Laufschritt nach vorn und funkte:

"Stopp ist beendet. Weiterfahren wie bisher. Pause nach zehn Kilometern".

Flynn, der Ukrainer, hatte die toten Russen schnell am Ende der Pritsche verstaut und war Herbert hinterhergeeilt. Er drückte seine Waffen Anne in die Hand, um zeitgleich mit dem Konvoi zu starten.

"Du brauchst mir nichts zu erklären", kam ihm Anne zuvor.

"Ihr wart echt gut. Alle Achtung."

Bis zur vereinbarten Pause gab es keine weiteren Zwischenfälle. Herbert berichtete uns allen von dem Anschlag auf Rot Kreuz 3. Mit Blick auf die toten Russen bemerkte er:

"Wir konnten sie nicht anders abwehren. Sie waren auf dem besten Weg, uns nach dem Abkassieren auf ihre Art und Weise zu entsorgen".

Die ermordete Patientin sollte am Ankunftsort beerdigt werden.

Flynn zog den Russen die Uniformen aus. Sie hatten bereits etliches Gold und Geld in den Taschen. Offenbar waren sie als Jäger und Sammler auf ihre Art schon vorher erfolgreich. Der Goldrausch hat sie dann wohl unvorsichtig werden lassen. Flynn legte ihre Leichen abseits von der Straße ins Gras und überließ sie den Gesetzen der Wildnis.

Bei der Ankunft vor dem Fabrikgelände kamen uns wieder viele helfende Hände entgegen. Doch unsere Freude war diesmal nicht mehr so unbeschwert.

Wir lagen noch gut im Zeitplan und hätten ohne Eile den zweiten Durchgang fahren können. Doch der Lotse riet uns ab.

Es war zu unruhig geworden, zu wenig einschätzbar, zu gefährlich.

Zudem war der letzte Durchgang als reine Material- und Gerätefahrt gedacht.

Alle Lebenden waren raus aus den Krankenhauskellern.

Wieder wurde schnell entschieden. Wir mussten die Dunkelheit nutzen, um den Weg in Richtung Heimat anzutreten und hatten nun auch für den Abschied wenig Zeit. Diese Tour war wirklich kein Happening. Und sie war noch nicht zu Ende. Herbert hatte drei Medaillen des DRK zu vergeben. Wir überreichten sie trotz allem

213

feierlich und dankbar dem Senior-Chef, der noch wenige Wochen zuvor ein voll funktionsfähiges intaktes Krankenhaus leitete, dem tollkühnen Motocross-Fahrer und Herberts Ukrainischem Kameraden, der ohne dass wir etwas davon mitbekamen, eine große Gefahr von uns abgewendet hatte.

Wir tauschten schnell noch Handynummern und Adressen, dann hieß es aufsitzen und ab ins Dunkle.

Im Morgengrauen fanden wir ein Stück Hochwald, in dem wir uns gut verstecken und mal richtig ausschlafen konnten.

Anne schlief allein. Wir respektierten ihre Gemütsverfassung.

Wir verehrten sie geradezu.

Für 17 Uhr war Teambesprechung angesetzt. Dazu erschien Anne frisch wie eine aufblühende Rose. Wir entschieden uns für die Weiterfahrt noch vor dem Abend. Doch kaum hatten wir den Wald verlassen, detonierte dort ein Geschoss.

Ein schweres Kaliber. Sonderbar.

Wir hatten uns so sicher gefühlt. Galt das wirklich uns?

Wenige Minuten später der nächste Einschlag. Kurz daneben.

Herbert kommandierte uns hinter die ersten Baumreihen. Dort schlängelten wir uns sichtgeschützt ca. 100 m seitwärts.

Dementsprechend schlug das dritte Geschoss 100 m hinter uns ein.

Da flog viel Waldboden durch die Luft Anne hatte die Abschüsse in der Ferne erkannt. Sie schaute mit dem Feldstecher in die Richtung und entdeckte einen russischen Panzer, der auf uns zu rollte.

Bodentruppen des Feindes waren in dieser Gegend nicht zu erwarten und auch nicht zu sehen. Gott sei Dank.

Da hatte sich wohl ein Aufklärer oder Einzelkämpfer zu weit vor gewagt. Anne empörte sich, nahm sich aus dem Behälter unter der

Fahrerbank einen Stahlhelm und eine Panzerfaust. Sie ließ sich nicht bremsen.

"Lasst mich"! rief sie und rannte hinter Sichtschutz in die Fahrtrichtung des Angreifers, versteckte sich geschickt und ließ den Koloss herankommen.

Uns wurde allmählich unheimlich. Da winkte schon wieder Gevatter Tod.

Herbert rief über Funk

"Bewaffnet euch. Volle Deckung"!

Er nahm sich ebenfalls Panzerfaust und Stahlhelm und verschanzte sich seitwärts der Angriffsrichtung.

Wir bekamen jedoch nichts zu tun, blieben staunende Zuschauer.

Anne nahm den gleichmäßig anrollenden Russen, der noch einmal zwischen die Baumreihen schoss, ins Visier wie eine Schießbudenfigur.

Als er in sicherer Reichweite war, drückte sie ab.

Ein dünner bogenförmiger Rauchstreifen, eine übermäßig heftige Explosion und ein riesiger Feuerball.

Seitlich heraus wirbelte der Panzerturm mit dem Kanonenrohr durch die Luft. Dann eine Staubwolke, die sich ewig nicht verzog, und Grabesstille.

Nach zwei Minuten kam Anne zurück geschlendert, verstaubt, den Stahlhelm baumelnd am Handgelenk, ein verschmitztes Lächeln im Blick.

"Dümmer als diese Russen kann man im Gelände kaum agieren. Entweder waren die im Vodkataumel oder nur putinös überheblich. Oder beides. Sie hatten offenbar reichlich Munition an Bord. Toller Knallverstärker."

215

Anne war jedenfalls wie Hans im Glück. Sie hatte mal an einem Tag der offenen Tür eine Panzerfaust auf der Schulter, aber noch nie damit geschossen.

Wir grundsätzlichen Pazifisten mussten sie einfach loben. Und Herbert musste, wohl oder übel, wieder zum Aufbruch blasen.

"Wer weiß, welche schlafenden Hunde der Knall geweckt hat. Laut genug war er ja."

Doch die Weiterfahrt wurde gemütlich wie ein Abendspaziergang, und in der Nacht kamen wir weit voran. Im Morgengrauen allerdings begrüßte uns eine russische Drohne mit spähendem Auge. Kein schöner Tagesbeginn.

Wenn seine Bodentruppen nicht weiter kamen, wurde die Gier des Präsidenten mit Luftangriffen bedient. Da gab es weniger Gegenwehr und mehr Erfolg.

Wir mussten bald wieder einen sichtgeschützten Schlafplatz finden. In der Nähe befand sich ein Tunnel mit nur einer Fahrspur. Gut gegen Luftangriffe, aber zum Schlafen nicht geeignet. Herbert änderte vorsichtshalber wieder die Marschordnung. Unser letztes Fahrzeug, Rotkreuz 3, war ein Mannschafts-Transport-Wagen aus Armeebeständen, schnell und geländegängig. Der sollte am Ende fahren, damit unser Trio möglichst zusammenblieb. Trotzdem waren wieder große Abstände ratsam. Herbert fuhr als erster, müde und immer auf der Suche. Leider vergeblich. Das russische Auge hatte uns zum Abschuss weitergemeldet. Der Kampf-Jet kam nach sechs Minuten.

Herbert schrie ins Mikrofon "schnell zum Tunnel".

Er raste mit 140 km/h voraus, wir hinterher. Der Angreifer konnte nur einen von uns beschießen und hatte die Qual der Wahl. Er kreiste über uns wie ein Raubvogel über der Beute. Als er merkte, dass wir zum Tunnel rasten, ging er in den Sturzflug zum Angriff und erwischte gerade noch unseren MTW.

Ronny und Holger duckten sich ab und blieben unverletzt. Aber der Tank erhielt einen Treffer, und unser bestes Auto brannte innerhalb von Sekunden lichterloh. Unsere Kameraden konnten noch herausspringen und als die Luft rein war, zu uns kommen.

An diesem Tag blieben wir im Tunnel. Wir brauchten auch niemandem Platz zu machen, denn tagsüber traute sich in dieser Gegend niemand auf die Straße.

Der MTW bzw. das was von ihm übrig war, sah jämmerlich aus.

Auf der Heimfahrt sahen wir noch etliche solche Wracks. Bis hin zur polnischen Grenze. Die Polen kannten das zur Genüge.

Sie erklärten uns: „Das ist die Ankündigung des russischen Molochs, der uns alle verschlingen wird, wenn wir nicht wehrhaft genug sind".

Alles in allem war unsere Aktion für viele Bürger der kriegsgeschundenen Ukraine sehr hilfreich. Wenn auch zu einem hohen Preis.

Wir kamen ohne MTW zurück und ohne Ärzte.

Anne war am Grenzübergang mit Ukrainern ins Gespräch gekommen, die in die Gegenrichtung fuhren. Sie waren geflüchtet und hatten in ihrer Unterkunft von Augenzeugen erfahren, dass ihr Dorf im Norden des Landes vorübergehend von Russen besetzt war, und dass diese Russen das Dorf einschließlich der Kirche vollständig verwüstet haben. Von den daheimgebliebenen Einwohnern sei niemand mehr am Leben. Nach unvorstellbaren Gräueltaten an den meisten alten Leuten seien ihre Leichen in provisorischen Gruben nur unvollständig zugeschüttet worden. Viele Leichen haben die Besatzer auch auf die

Schutthaufen geworfen oder auf den Straßen liegengelassen. Gefesselt, gefoltert, erwürgt oder erschlagen. Die Ukrainische Armee hat die Russen aus dieser Gegend vertrieben. Nun wollten die Geflüchteten zurück in Ihr Dorf und schauen, was von ihrem Haus und Hof noch übrig ist, und ob wenn nicht die Kirche, wenigstens der Friedhof von russischer Gerechtigkeit verschont geblieben ist.

Anne brauchte man das nicht zu erläutern. Sie kannte diese Nomenklatur bereits. Vor allem die Befreiungslüge als Beispiel vom Hohn und Zynismus des Aggressors mit seinen Killerkolonnen.

Anne war plötzlich umgestimmt. Sie musste unbedingt wieder zurück. Sie verabschiedete sich von uns sehr herzlich, aber kurz. Sie habe noch etwas zu erledigen. Damit stieg sie in den ukrainischen Pkw und fuhr wieder ostwärts.

Die Herzlichkeit beim Abschied war auch ganz unsererseits. Wir waren den Tränen nahe aber eher erschrocken.

Der erste Gedanke war: Anne fährt in den Tod. Wir schauten dem Auto lange nach, bis es in einer fernen Kurve verschwand.

Nach vier Tagen meldete sie sich über Handy bei ihren Eltern. Sie rief aus der Nähe von Kiew an. Dort war der Mobilfunk noch intakt. Sie erzählte ihnen noch nicht viel, um sie möglichst wenig zu beunruhigen. Sie versprach, gewiss nach Hause zu kommen, sobald sie getan habe, was noch zu tun ist.

Nach zwei weiteren Tagen schickte sie eine Nachricht mit Foto, worauf sie im Kampfanzug der Infanterie posiert, mit einer Panzerfaust in den Händen.

„Ich komme nach Hause, wenn ich hier mindestens zehn Russenpanzer unbrauchbar gemacht habe", schrieb sie dazu.

„Auch das ist Dienst an der Menschheit."

Wenige Tage später rief sie wieder an und teilte ihrem Vater mit, dass sie schon fünf Panzerfäuste verschossen habe, „jede ein Volltreffer".

Ihrer Mutter sagte sie, dass sie schwanger sei und ein Kind von Hajo erwarte.

„Ich bin überglücklich und muss nun doppelt vorsichtig sein mit der Verantwortung für Mutter und Kind. Die restlichen Panzer aber mache ich noch platt. Mein Ausbilder sagte, ich habe dafür einen besonderen Sinn. In der vorigen Woche hatte ich zwei Panzerfäuste in meinem Versteck und mit beiden getroffen. Danach wollte ich schnell weg weil die Russen wahrscheinlich das Versteck beschossen hätten. Doch sie waren wohl von so viel Gegenwehr überrascht und sind geflüchtet wie die Hasen aus Angst vor dem dritten Treffer".

Anne versprach noch mal, dass sie als künftige Mutter nur in Deutschland sein und ihr Kind nur in Deutschland zur Welt bringen möchte.

Sie wird ihm den kleinen goldenen Talisman in die Wiege legen und es mit der Liebe in die Welt begleiten, die stärker ist als Despotengewalt und Krieg.

Sie wird es zur Achtung der Menschenwürde erziehen und zur Ehrfurcht vor dem Leben. Und wenn es größer wird und Fragen stellt, wird sie mit ihm in die Ukraine fahren. An die Stelle wo sein Vater begraben ist.

Sie wird dort schweigend stehen und heimlich weinen. Aber sie wird ihr Kind keinen Hass empfinden lassen. Sie wird ihm keine Meinungen aufdrängen und es schon gar nicht indoktrinieren.

Anastasia Kowalski wird ihrem Kind niemals erzählen, wie und warum sein Vater starb, und dass sie diesen Mord gerächt hat. Darauf ist sie weder stolz noch schämt sie sich dafür.

219

Sie wird das wie ein bezwungenes Aufbegehren in der Tiefe ihrer Seele schweigend bewahren. Im Chaos von Katastrophen sind Gutes und Böses oft nah bei einander.

Doch jedes bleibt immer was es ist.